KB269111

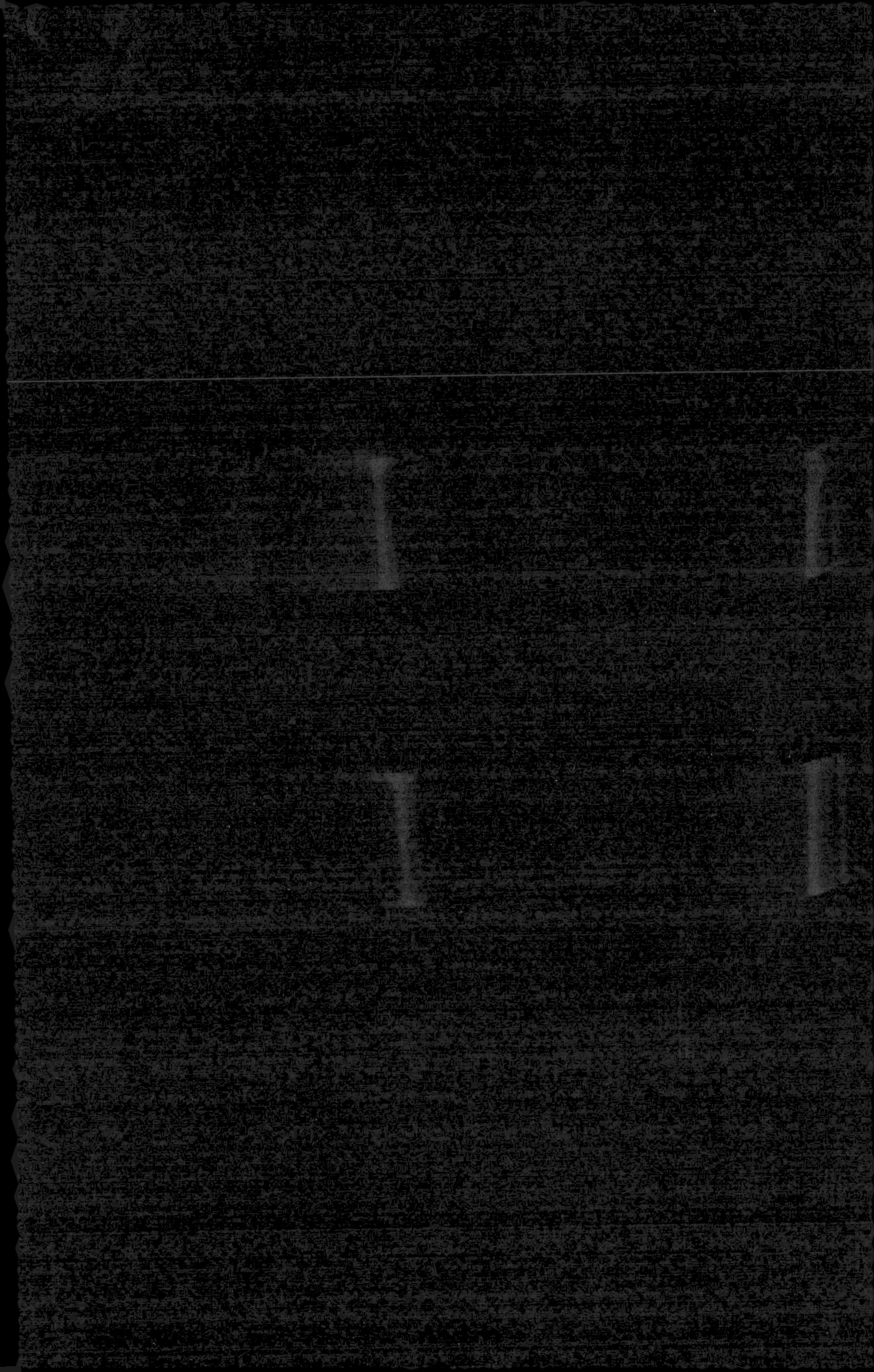

산속의 가을 저녁 山居秋暝

빈 산, 새로 내린 비 막 갠 뒤
날 저물자 가을이 깊어졌다
밝은 달 소나무 사이로 비치고
맑은 샘물은 돌 위로 흐른다
대나무숲 시끄럽게 빨래 하는 아낙네들 돌아가고
연꽃 요동치게 고깃배가 내려가네
봄날의 향기로운 꽃 없어진들 어떠리
은자만 걸로 머물만 한 것을

空山新雨後　天氣晚來秋
明月松間照　清泉石上流
竹喧歸浣女　蓮動下漁丹
隨意春芳歇　王孫自可留

太極劍解

태극검해

태극검해(太極劍解) 9

한성수 新무협 판타지 소설

초판 1쇄 찍은 날 § 2006년 6월 7일
초판 1쇄 펴낸 날 § 2006년 6월 17일

지은이 § 한성수
펴낸이 § 서경석

편집장 § 문혜영
편집책임 § 김민정
편집 § 유경화 · 심재영

펴낸곳 § 도서출판 청어람
등록번호 § 제1081-1-89호
등록일자 § 1999. 5. 31
어람번호 § 제2-0931호

주소 § 경기도 부천시 원미구 심곡1동 350-1 남성B/D 3F (우) 420-011
전화 § 032-656-4452 팩스 § 032-656-4453
http://www.chungeoram.com
E-mail § eoram99@chollian.net

ⓒ 한성수, 2005

ISBN 89-251-0158-0 04810
ISBN 89-5831-524-5 (세트)

太極劍解

한성수 新무협 판타지 소설

Fantastic Oriental Heroes

9

태극무검(太極無劍)

태극검해

도서출판 청어람

【目次】

◆ 第八十章 ◆

화룡대수 임대성의 죽음

파미륵 일행은 빠르게 남하했다.

모두 빼어난 고수들이었기에 일제히 경공을 펼치자 이동 속도는 평범한 사람들의 상식을 월등히 뛰어넘었다. 하루에 오류백 리 정도는 가볍게 돌파했다.

결국 그들이 호남성에 들어선 것은 한참 팔대세가 연합과 남녹림 간의 강남대전이 진행되고 있을 무렵이었다. 곳곳에서 들려오는 소문에 귀가 솔깃하지 않을 수 없었다.

객점에 잠깐 들러 일행들이 먹을 건량을 구해온 장진구가 털레털레 걸어오자 관도 부근에 옹기종기 모여 있던 파미륵 등의 눈이 번뜩였다. 평소보다 식사 시간이 넘은 지 조금 됐다. 뱃속의 아우성에 귀 기울이지 않을 수 없다.

휙!

장진구의 머리를 노린 채 돌멩이 하나가 날아들었다. 육노당이 방금 전까지 공기놀이에 사용하고 있던 물건이었다.

까닥!

장진구가 고개를 한차례 옆으로 뉘이는 것으로 돌멩이를 피해냈다. 익숙한 동작이다.

육노당이 책망하듯 소리쳤다.

"어이, 왜 이렇게 늦은 거야? 배고파서 돌아가시는 줄 알았잖아!"

"마침 점심때라서 객점 안에 사람이 좀 많았습니다요."

"그래서 얌전하게 줄을 서서 음식이 나오기를 기다리고 있었다는 거냐?"

"그야… 그게 올바른 세상을 살아가는 자세가 아니겠습니까요?"

"지랄!"

육노당이 나직이 욕설을 내뱉었다. 현재의 처지는 차치하고 천마신교의 당당한 마두였던 장진구가 하는 말이 지나치게 가당찮았기 때문이다.

그때 파미륵이 실눈으로 육노당을 바라봤다.

"육 도장, 본불이 배가 고프면 꽤나 난폭해지는 걸 모르진 않겠지?"

"어찌 제가 그걸 모르겠습니까?"

육노당이 조그맣게 중얼거리곤 더 이상 장진구에게 시비를 걸지 않았다. 배가 고픈 상태의 파미륵과 시비가 붙고 싶은 생각이 전혀 없었기 때문이다.

장진구가 얼른 파미륵에게 허리를 굽실거려 보이곤, 구입해 온 건량과 대나무 통에 담아온 차를 배분해 주기 시작했다. 완전히 틀이 꽉 잡힌 식돌이의 모습이었다.

그렇게 한동안 평화로운 분위기 속에 식사가 진행됐다.

장진구에게 받은 차를 남희명에게 건넨 소설향이 문득 생각난 듯 말했다.

"장 부대주, 객점에서 소문 같은 걸 듣지 못했나요?"

"소문이라니, 무슨?"

"요즘 한창 진행 중이라는 강남대전에 대해서 말예요."

"확실히 그런 얘기를 나누는 사람들이 꽤 있었습니다요. 호남성 전체가 들썩이는 대사건인만큼, 사람들의 관심이 상당히 높더군요."

소설향의 눈에 이채가 스쳐 갔다.

"그래서 전황은 어찌 진행되고 있다던가요?"

"그게……."

장진구가 눈살을 살짝 찌푸리며 뒤통수를 긁적거렸다. 일반인들이 떠들어댄 이야기 중 상당수가 크게 과장되었을뿐더러 믿을 수 없는 것임을 잘 알고 있었기 때문이다.

소설향이 시원스런 표정으로 말했다.

"장 부대주는 그냥 들은 그대로만 말해주면 돼요. 어차피 민간인들에게 얻을 수 있는 정보란 극히 한정되어 있다는 걸 잘 알고 있으니까요."

"헤헤, 소 소저가 그런 세상의 도리를 알고 계시다면야, 이야기하기가 쉽습지요."

손바닥을 한차례 비벼 보인 장진구가 떠들어대기 시작했다.

"이미 강남대전은 거의 막판에 이른 것 같습니다요. 남녹림의 대병이 모용세가를 급습했다가 패퇴했는데, 양측의 사상자가 수천에 이른다고 하더군요. 그리고 진 소협에 대한 이야기가 많던데, 모두 허황되어 믿을 바가 못 되는 것들밖에 없더군요."

"진 소협에 대한 이야기요?"

"예, 진 소협이 남녹림과의 싸움에서 천신과 같은 위세를 보였는데, 하늘을 마구 날아다닐뿐더러 손에서 벼락을 마구 쏟아내었다고 하더군요. 뿐만 아니라 일각에서는 진 소협을 하늘의 천장이 지상에 현신한 것이라고도 하고, 마정이선 이후 최고의 고수라고 떠들어대는 자까지 있었습니다요."

"그래서 믿을 수 없다?"

"그렇습지요. 진 소협의 무공이 비록 후기지수 중에선 빼어난 바가 있었지만, 어찌 그 짧은 사이에 그와 같은 위세를 보일 정도로 진보할 수 있겠습니까? 하물며 마정이선 이후 최강의 고수라니……."

자신이 말해놓고도 어이가 없는지 장진구가 천천히 고개를 가로저어 보였다.

그러나 그의 얘기를 조용히 듣고 있던 파미륵을 비롯한 일행들의 얼굴은 진지하기만 했다. 소문이 비록 과장된 바가 없지 않으나 진자운의 무위가 장진구가 알고 있는 것보다 훨씬 엄청나다는 걸 알고 있었기 때문이다.

문득 파미륵이 실눈 가득 신광을 담았다.

"어쩌면 진 소협의 무위가 헤어진 동안 가일층 진보했을지도 모르겠구만."

"충분히 그럴 수 있는 일이지요. 진 소협은 천하에 보기 드문 기재니까요."

육노당이 천천히 고개를 끄덕여 동의했고, 소설향과 남희명 역시 반론을 제기하지 않았다. 그러자 뻘쭘해진 건 절반쯤 농담 삼아 말을 전했던 장진구였다.

'가일층 진보? 설마 그 악마 같은 놈이 요 몇 년 새에 무공이 증진해 신화경에 이르렀단 말인가?'

오싹!

장진구는 자신도 모르게 어깨를 떨어 보였다. 갑자기 진자운이 항주에서 내렸던 명령을 자신이 전혀 수행치 못했다는 걸 생각하니, 소름이 무더기로 돋아나고 있었다.

그때 소설향이 갑자기 붉은 입술에 미소를 만들며 재밌다는 듯 중얼거렸다.

"그런데 남녹림도 정말 불쌍하군요. 진 소협 같은 사람을 상대로 싸워야 하다니……."

"사저의 말이 옳습니다. 정말 불쌍할 뿐입니다."

남희명이 얼른 목소리를 높여 동조하자 소설향이 살짝 그의 옆구리를 손가락으로 꼬집었다.

"아이, 어째서 아직도 날 사저라 부르는 거야?"

"그, 그게 버릇이 되어놔서……."

"그 버릇 고치는 게 좋을 거야."

"으응."

남희명이 은근슬쩍 자신의 가슴을 더듬어오는 소설향의 손가락을 느끼며 안색을 가볍게 붉혔다. 서로 마음이 통한 이후, 갈수록 대담해지는 그녀의 행동을 여전히 따르지 못하고 있는 것이다.

육노당이 그 모습에 얼른 시선을 옆으로 돌려 버렸다. 장진구가 재빨리 그의 시선이 안 닿는 쪽으로 이동했음은 물론이었다. 이젠 그의 생존 본능이 생각보다 몸이 먼저 반응하는 단계에 이르렀음이다.

　　　　　*　　　　　*　　　　　*

　장사산.

　선진에 포함되었음에도 불구하고 다지협 윤서는 한동안 요리조리 싸움을 피해 다녔다. 자신과는 전혀 관계없는 정파와 녹림 간의 싸움에 끼어들어 피를 보고 싶은 마음이 전혀 없었기 때문이다.

　그러나 인생은 본래 자신의 뜻대로 되지 않는 게 보통이다.

　치열한 격전지에서 슬그머니 떨어져 나와 있던 윤서의 눈앞에서 갑자기 흰색 도광이 번뜩였다. 생각지도 못했던 곳에서 기습적인 일도(一刀)를 당한 것이다.

　촤릭!

　그는 물러서는 것과 동시에 독문병기인 철선과 단도(短刀)를 동시에 빼 들었다. 적의 이격이 오게 되면 반격을 가하기 위함이었다.

　그러자 윤서와 마찬가지의 이유로 가장 치열한 격전지를 빠져나와 있던 용맹호도 연충경의 눈매가 가늘어졌다. 자신이 기습적으로 가한 일도를 윤서가 피해내리라곤 전혀 생각지도 않았던 것이다. 드디어 고수를 만났다는 생각이 들었다.

　연충경은 망설이지 않았다.

　적이 강하다면 결코 생각하거나 방어할 여유를 줘서는 안 된다.

　그게 그의 싸움 철학이었다.

　파팟!

　연충경의 도가 맹렬한 위세를 품고서 윤서를 향해 파고들었다.

　일격필살의 기세!

윤서로서도 이에 맞대응하지 않을 수 없었다.

그는 철선과 단도를 교차시키며 연충경의 도를 맞받았다. 상대의 공격을 막은 후 반격에 들어가는 교탈천공(矯奪天空)의 절초.

파슛!

연충경의 장포에 한줄기 도흔이 새겨졌다. 철선에 도가 가로막힌 사이 단도에 일격을 당한 것이다.

"뭐……."

연충경이 재빨리 뒤로 신형을 피해내며 눈살을 찌푸려 보였다. 설마 하니 책방서생처럼 생긴 윤서가 이 정도 무공을 숨기고 있을 줄은 몰랐기 때문이다.

윤서의 입술꼬리가 살짝 치켜 올라갔다.

"고작 그 정도 솜씨로 내게 덤벼들다니! 정말 가소롭기 이를 데 없구나!"

"……."

윤서의 발이 춤을 추듯 앞으로 움직였다. 그에 따라 변화하는 철선의 현란한 움직임.

파파파파팟!

순간적으로 연충경의 장포 이곳저곳이 걸레쪽이 되어 하늘로 날아올랐다. 일시 윤서의 특기인 철륜선법(鐵輪扇法)의 변화를 파악하지 못한 탓에 벌어진 일이었다.

연충경은 연달아 뒤로 물러섰다.

뒤이은 윤서의 천지도법(天地刀法)을 피해내기 위함이었다. 속에서 천불이 치솟지 않을 수 없었다.

'썅! 지금 당장 멸살도(滅殺刀)를 펼치면 일도감밖엔 안 될 것이!'

연충경은 심각하게 천마신교에서 배운 멸살도를 펼칠 것을 고려했다. 팔대세가 연합이든, 남녹림이든 개 떼같이 뒤엉킨 싸움 중이었다. 자신이 멸살도를 펼친다 해도 알아볼 자가 있으리란 생각은 들지 않았다.

한데 그때 윤서가 처음처럼 철선과 단도를 교차시켰다.

교탈천공과 흡사한 초식.

철륜선법과 천지도법에 전혀 없는 초식이 다시 펼쳐진 것이다.

실전 경험이 풍부한 절정고수답게 연충경은 눈앞의 초식이 가진 위험성을 바로 알아봤다. 이대로 있을 까닭이 없다.

슉!

연충경이 갑자기 뒤로 신형을 뽑아 올렸다. 자신이 위험을 무릅쓸 까닭이 없다는 걸 눈치 챈 것이다.

갑자기 넓어진 간격.

연충경이 소리쳤다.

"네놈이 그 철부채와 단도로 곽 채주를 죽였구나!"

"뭐?"

머리가 좋다고 소문난 윤서지만 연충경의 갑작스런 외침 속에 담긴 의도를 파악하긴 쉽지 않았다. 그는 눈살을 가볍게 찌푸리며 헛소리를 하지 말라고 소리치려 했다.

그런데 바로 그때였다.

슈파앗!

갑자기 그로부터 몇 장이나 떨어진 곳에 한줄기 혈선이 모습을 드러냈다. 방금 전까지 모용중천과 피투성이 싸움을 하고 있던 혈수 구곡이었다.

"이 죽일 놈!"

구곡은 두 번 생각할 것도 없이 좌수에 성명절학인 적마강기를 담았다.

검붉은 기운을 쏟아내며 형성된 장영(掌影)!

여유가 넘치던 윤서의 안색이 대변했다. 구곡의 적마강기는 녹림에서 유명한 절학이었다. 아무리 윤서가 여태까지 본신의 무공을 숨기고 있었다 하나, 쉽사리 상대할 수 없는 게 당연하다.

스스스슥!

윤서가 신법을 펼쳐 신형을 좌우로 분신시키며 연충경에게 펼치려 했던 살초를 구곡에게 쏟아냈다.

교탈살혼(矯奪殺魂)!

철선이 만들어낸 편영과 단도의 도기가 결합되며 일어난 광풍이 순간적으로 윤서의 전신을 휘감았다.

살풍(殺風).

그가 만들어낸 바람은 스치기만 해도 상대방의 목숨을 빼앗을 수 있는 살기를 품고 있었다.

그 정도의 강력한 살초였다.

'죽어랏!'

윤서의 입가로 스산한 살기가 스쳐 갔다. 그만큼 자신이 펼친 초식에 자신이 있었다.

한데 그때 구곡의 좌수에서 강렬한 혈영이 형성되더니, 윤서가 만들어낸 살풍을 무자비하게 꿰뚫어 왔다.

번뜩!

윤서의 입가에 매달려 있던 살기가 일순 고통으로 변했다. 어느새 옆구리가 피투성이로 변해 있었다. 구곡의 적마강기가 만들어놓은 상흔이었다.

"크으윽!"

윤서가 휘청거리며 뒤로 물러섰다. 이미 전의 따윈 싸그리 없어진 상황.

구곡이 다시 좌수에 적마강기를 담았다.

"자허를 암습한 것에 대한 대가다!"

"뭐……?"

그때 귀신 같은 신법을 펼쳐 윤서의 배후로 돌아 들어간 연충경의 도가 쾌속하게 움직였다.

콰득!

윤서의 등판이 쩌억 소리를 내며 갈라졌다. 처음과는 달랐다. 연충경의 두 번째 암습은 성공을 거두었다.

그런데 바로 그때였다.

스파앗!

즉사를 해도 몇 번은 했을 치명상을 입은 윤서의 신형이 바람처럼 회전을 일으켰다. 방금 전 연충경이 펼쳤던 것과 매우 흡사한 신법.

'이건……!'

짧은 순간 연충경은 자신의 잘못을 깨달았다. 입을 열어 말을 건네고 싶었다. 그러나 윤서는 그가 했던 그대로를 돌려주었다. 입을 열 기회를 주지 않은 것이다.

콰직!

윤서의 단도가 연충경의 목을 꿰뚫었다. 그는 이미 의식을 잃고 있었다.

풀썩!

결국 서로를 끌어안은 채 동귀어진한 두 사람.

"똑같은 신법에 똑같은 도법이라니……."

그들을 망연히 바라보던 구곡의 볼살이 가볍게 떨렸다. 뭔가 잘못됐다는 생각이 강하게 뇌리를 스치고 지나갔다. 음모의 냄새가 강하게 났다.

그러나 그의 상념은 계속 이어지지 못했다. 어느새 얼마 전까지 그와 자웅을 겨루고 있던 모용중천이 신형을 날려왔기 때문이다.

"싸움 중에 도망가다니, 언제부터 혈수가 이리 비겁해진 것인가!"

"누가 도망갔다는 거냐!"

모용중천에게 버럭 노성을 터뜨린 구곡이 윤서를 죽이기 위해 일으켰던 적마강기를 돌렸다. 모용중천에게 자신이 아직 죽지 않았음을 보여줘야만 했다.

모용청려는 중상을 당한 모용중석을 대신해 진천풍검대를 이끌고서 악전고투를 벌이고 있었다. 진천풍검대의 상대가 황산산채의 주력인 산군이었기 때문이다.

산군의 선두에 선 십대산귀들의 십귀진은 현란한 변화를 보이며 진천풍검대를 연신 압박해 왔다. 그들 개개인의 무공만 해도 보통이 아닌데, 다시 십귀진의 위력이 더해지자 그 위세란 장난이 아니었다.

결국 시간이 지날수록 모용청려의 진천풍검대는 점차 뒤로 밀려나기 시작했다.

십귀진을 중심으로 한 산군들의 기세에 완벽하게 말려 버렸다. 이대로 가면 진천풍검대뿐 아니라 그 뒤를 받치고 있는 신룡철검대까지 패퇴는 불을 보듯 뻔했다.

총명한 모용청려가 그 같은 점을 모를 리 없다.

지휘하는 자로서 결단을 내려야만 했다.

'지금쯤 사형은 화룡대수 임대성과 생사의 대결을 벌이고 있을 거야. 그러니 여기서는 내가……'

모용청려는 아랫입술을 깨문 채 진천풍검대 속에서 신형을 뽑아 올렸다. 이제야말로 오랫동안 숨겨왔던 자신의 전력을 발휘할 때였다.

휘익.

모용청려의 갑작스런 돌출 행동에 진천풍검대 전체가 술렁거렸다. 자신들의 목숨 전체를 바쳐서라도 지켜야 할 모용청려가 적의 창칼 앞에 나섰다. 동요가 없다면 그게 오히려 이상할 터였다.

"아가씨!"

"아가씨!"

진천풍검대 전체가 한목소리가 되어 소리 질렀다. 그러나 모용청려는 진천풍검대로 돌아가지 않았다.

대신 그녀는 십귀진을 향해 검을 빼 들었다.

스릉.

맑고도 강한 검명이 일었다.

그리고 일어난 한줄기 바람.

'십귀진 따윈 부숴 버리면 된다!'

수중의 검과 같이 강하고 맑은 기운을 눈에 담은 모용청려가 어느새 지척까지 이른 십귀진을 바라보며 소리쳤다.

"진천풍검대! 바람과 같은 영혼을 가진 자들이여, 검을 들고 나를 따르라!"

“하늘을 울리고…….”

“바람을 벗삼아 검을 닦는다!”

진천풍검대가 우렁찬 함성과 함께 다시 전의를 가다듬었다. 모용청려가 이룬 일이었다.

그때 모용청려가 지체없이 십귀진으로 파고들었다.

번뜩이는 검광!

모용청려와 십귀진, 그리고 진천풍검대와 산군 간의 대격전이 시작되었다.

밀고 밀리고가 아니라 죽느냐 사느냐의 진검승부가.

*   *   *

방금 전까지 실실거렸던 것과 달리 진자운은 어느새 눈을 차갑게 가라앉히고 있었다. 자연스레 단천뢰심강이 극성까지 일어난다.

화룡대수 임대성.

구주 이십오성 중 일인, 녹림삼왕 중 으뜸이라 불리는 자.

여태까지 각원 대사나 모용진천 등, 구주 이십오성과 비무를 해본 적은 있으나 목숨을 걸고 싸우는 건 이번이 처음이었다. 조금의 방심도 용납되지 않는다.

콰룽!

진자운이 손을 뻗자 미리 만들어놨던 단천뢰심강의 강기가 임대성의 눈앞에서 갑자기 대폭발을 일으켰다. 일부러 그리한 것이었다.

그러니 후속 공격이 없을 리 만무하다.

스스슥!

지검무 태극의 보법을 밟으며 순간적으로 십여 차례나 분신을 일으킨 진자운의 쌍수가 흐릿한 편월형의 강기를 만들어냈다. 월인천강으로 단숨에 승부를 결판내려는 의도였다.

파슛!

진자운의 장심에서 편월의 강기인 월인천강이 떠나갔다. 목표는 임대성의 인후혈이었다.

그러자 임대성이 처음으로 신형을 움직였다.

단 일보!

흡사 진자운의 반보붕권이 기본이 된 일권파를 펼칠 때와 같은 움직임. 더불어 그의 손이 자신의 인후혈을 감싸 안았다. 막 진자운의 손을 떠난 월인천강의 직격을 막아내기 위함이었다.

우우우우우웅!

임대성의 커다란 손안에 갇힌 월인천강이 흐느끼듯 울음을 터뜨렸다. 놀랍게도 그의 손에 붙잡혀 버린 것이다.

게다가 더욱 놀라운 점은 단천뢰심강의 정화인 월인천강이 그의 손아귀에 갇혀 마구 반항을 하다 조금씩 위력이 약해지기 시작했다는 점이었다.

그럼에도 진자운은 전혀 놀라지 않았다. 대신 무심하니 중얼거렸다.

"그거 아주 흉악한 물건인데……."

"흉악한 물건?"

임대성이 반문과 함께 월인천강의 편월강을 제압한 손아귀에 엄청난 힘을 가했다.

아예 끝장을 내버리려는 심사.

그러자 월인천강이 더욱 큰 울음을 토해냈다. 단말마의 외침인가?

그게 아니었다.

갑자기 엄청난 빛을 발하기 시작한 월인천강이 순간적으로 임대성의 손가락 사이로 튀어 올랐다.

푸싯!

임대성의 손에서 핏방울이 방울방울져 떨어져 내렸다. 놀랍게도 완벽하게 제압했다고 여겼던 월인천강이 천하제일수(天下第一手)라 불리는 그의 화룡천라수(火龍天羅手)에 구멍을 뚫어버린 것이다.

“허!”

임대성의 입술 새를 뚫고 기가 막힌 신음이 흘러나왔다. 다른 곳도 아닌 자신의 무적수가 상처를 받았다는 사실을 당최 믿기 어려운 까닭이다.

그때 진자운이 크게 반원을 그리며 자신에게 돌아온 월인천강을 회수한 채 히죽 웃어 보였다.

“그러게 흉악한 물건이니 조심하라 하지 않았습니까?”

“…강기에 날을 세웠다는 건가?”

임대성이 눈살을 찌푸려 보이자 진자운이 천연덕스레 대답했다.

“날을 세웠을뿐더러, 제 손을 떠난 후에도 이렇게 자유자재로 조종을 할 수 있지요.”

“정말 세상 오래 살고 볼 일이군. 이런 골 때리는 무공이 다 나오고.”

“무당파에서 구주 이십오성같이 강기를 주로 다루는 절대고수들과 싸우기 위해 만들어낸 무공이지요.”

“허공 진인이?”

"그분에겐 사제가 한 명 있었는데, 제 사부십니다."

"그렇군."

임대성의 얼굴에 비로소 납득했다는 기색이 떠올랐다. 허공 진인 같은 천하제일인이 이런 얍삽한 무공을 만들 리 없다고 생각한 것이다.

'그렇다면 분명 어딘가에 약점이 있을 것이다!'

내심 살기 어린 미소를 보인 임대성이 발끝으로 살짝 바닥을 찍더니, 진자운을 향해 쏜살같이 파고들었다.

화룡벽력수(火龍霹靂手)!

화룡천라수와 더불어 그가 자신하는 최강의 수공.

붉게 달아오른 장심 속에서 한 마리의 화룡이 꿈틀거리며 튀어 오르더니, 진자운을 노리며 입을 크게 벌렸다.

쩌룽!

화룡의 입을 뚫고 튀어나온 시퍼런 강기가 방금 전까지 진자운이 서 있던 장소를 초토화시켰다. 그만큼의 위력이 있는 것이었다.

스슥!

간발의 차이로 화룡벽력수의 일격을 피한 진자운이 다시 수중의 월인천강을 날렸다.

이번에는 하나가 아니라 셋이었다.

진자운의 손을 떠난 세 개의 월인천강이 각기 빙글거리며 회전을 일으키더니, 시간차를 두고 임대성에게 파고들었다. 그 속도는 섬전!

임대성은 다시 손을 뻗어 월인천강을 잡으려 시도하지 않았다.

대신 그는 연속적으로 화룡벽력수를 펼쳐 십여 개가 넘는 뇌전을 쏟아냈다.

월인천강을 붙잡는 대신 부숴 버리려는 의도였다.

순간 진자운이 지축을 박차며 공중으로 뛰어올랐다.

이형환위.

뚜렷할 정도로 분신을 일으킨 진자운이 공중에서 무릎을 아래로 세웠다. 화룡벽력수를 연속적으로 펼치느라 느슨해진 머리 쪽의 천령혈을 직접 공격하기로 마음먹은 것이다.

콰득!

진자운의 무릎이 임대성의 머리에 꽂혔다. 아니, 그건 시각적인 착각이었다.

선후가 바뀌었다. 정확하게 말하자면 진자운의 무릎을 임대성이 머리로 받았다고 해야 옳았다.

"이런 개 같은……."

진자운이 무릎이 박살나는 듯한 고통을 참으며, 뒤로 공중제비를 돌았다.

본래는 공격의 성패 여부를 떠나 자오원앙각의 연속기로 임대성을 괴롭힐 생각이었다. 그렇게 싸움을 지근거리의 근접전으로 몰아가면 일단 성공이었다.

그런데 고통이 하도 극심해 까맣게 잊어먹었다. 금강석으로 만들어진 머리를 무릎으로 찍은 것만 같다.

자연스레 진자운의 뒤통수가 임대성의 시야로 확연히 들어왔다.

'유혹인가?'

차갑게 눈을 빛낸 임대성의 화룡벽력수가 다시 강기를 뿜어냈다. 진자운의 뒤통수가 아니라 허리를 노린 일격!

"허, 그러면 안 되지요!"

"어째서?"

“허리는 남자의 생명입니다!”

“…….”

순간 크게 질책을 한 진자운이 신형을 공중에서 꽈배기처럼 꼬며 옆으로 회전을 일으켰다. 그리고 임대성의 안면을 향해 소나기처럼 쏟아진 번개 같은 퇴영들.

파파파파팍!

임대성의 손바닥과 진자운의 발이 연달아 삼십 번이 넘게 공중에서 격돌했다. 강기를 주로 다뤄서 싸우는 절대고수들답지 않은 막싸움.

슉!

그사이를 노려 살짝 바닥에 착지한 진자운이 안색을 구겼다. 나름대로 자신을 갖고 가한 일격이 무위로 돌아가자 조금 열이 받는다.

임대성 역시 마찬가지였다.

진자운의 자오원앙각을 받아낸 손바닥이 화끈거려 왔다. 그만큼의 타격이 있었다는 의미였다.

‘씨발, 진짜 강하군!’

‘죽일 놈!’

잠시 두 사람은 서로를 노려본 채 침묵을 지켰다. 지금도 산밑에서는 처절한 싸움이 계속되고 있었으나 이미 그들의 시야엔 들어오지 않고 있었다. 그만큼 상대의 강함을 뼛속 깊이 느끼고 있다는 뜻이다.

숨 막힐 정도의 대치!

문득 진자운은 자신의 월인천강을 받아낸 임대성의 손바닥을 바라보다 눈에 이채를 띠었다. 지금까지 자신이 생각을 잘못하고 있었음을 깨달은 것이다.

'임대성의 강기는 내 단천뢰심강을 뚫지 못했지만, 월인천강은 그의 몸에 상처를 입혔다는 건가?'

강하게 가슴을 때리는 정면 승부의 유혹 속에 진자운이 옆으로 반보가량 이동했다. 일권파를 펼치기 직전의 움직임.

임대성의 입술꼬리가 꿈틀거렸다.

"뭔가 생각이 떠오른 모양이로군. 그래서 이젠 어찌해 볼 작정이지?"

"정면 승부!"

"뭐?"

"이 상황에 사나이라면 그것밖엔 없는 거요!"

"……."

임대성의 침묵 속에 진자운이 단천뢰심강을 극한까지 일으켰다. 그리고 만들어낸 거대한 월인천강.

편월강으로 온몸을 두른 진자운이 임대성을 향해 뛰어들었다. 무공을 익힌 후 그다지 해본 적이 없고, 취미에도 없는 정면 승부에 나선 것이다.

"미친놈!"

임대성은 순식간에 자신의 눈앞까지 이른 진자운을 향해 쌍수 가득 담고 있던 화룡벽력수를 쏟아냈다.

그 수밖엔 딱히 생각나는 게 없었다. 피치 못한 선택이었다. 그래도 위력은 발군.

콰쾅!

순간적으로 강렬한 기파가 하늘을 향해 폭출했다. 두 절대고수가 자신의 전력을 몽땅 끌어올려 격돌했다. 이 같은 현상이 벌어지는 것도 무리는 아니었다.

그래서 결과는?

휘청!

임대성은 뒤로 한 걸음 물러난 채 미간을 찡그려 보였다. 자신이 막 무가내인 진자운의 공격에 밀려서 뒤로 물러섰다는 것에 크게 자존심이 상했다.

전혀 예상 밖의 상황이 벌어진 것이다.

그러나 느닷없는 격돌의 결과는 그것으로 끝난 게 아니었다.

퍼퍽!

갑자기 임대성의 허리 부분이 쩌억 갈라졌다. 그리고 폭포수 같은 핏물이 마구 터져 나온다.

"어떻게……?"

격돌의 반진력을 이용해 삼 장 뒤로 물러선 진자운을 임대성이 의혹 섞인 표정으로 바라봤다. 도대체 자신이 어떤 수법에 당했는지 납득이 가지 않는 표정.

슷!

그때 진자운이 하늘을 향해 내민 손으로 편월형의 강기가 날아들었다. 그가 전신을 월인천강으로 휘감고서 달려들 때 몰래 공중으로 띄워 올린 강기였다.

그때서야 임대성은 이해가 갔다. 진자운은 결코 정면 승부만을 고집하는 정파의 애송이가 아니었다. 철저하게 이기는 싸움만을 하는 승부사였다.

푸욱!

임대성은 무릎에 힘이 풀리는 걸 느끼며 바닥에 주저앉았다. 명문혈에 구멍이 난 이상 그의 엄청난 몸집을 다리가 지탱할 수 없는 건 지극히 당연한 일이었다.

진자운이 눈에 신광을 담은 채 말했다.

"임 맹주, 지금이라도 싸움을 중단하고 황산으로 돌아가는 게 어떻겠습니까?"

"돌아가라?"

"만약 지금 돌아간다면……."

"어차피 앞으로 남녹림 전체 산채를 하나하나 사냥해 들어올 테지. 그게 정파의 방식이 아니던가?"

"임 맹주가 살아 있는데 어찌 그럴 수 있겠습니까?"

"내가 살아 있다면 그렇겠지, 분명……."

나직이 말끝을 흐린 임대성의 입가에 자조적인 미소가 떠올랐다.

죽음이 깃든 미소.

문득 진자운은 임대성의 마음을 읽을 수 있었다.

"설마 병이……?"

"절대지경에 오른 고수는 언제까지고 불노불사할 거라 생각하는 건 아닐 테지? 나는 폐관수련하던 중 치명적인 주화입마를 맞았다. 억지로 또 다른 경지로 오르려다 실패한 것이다. 그러니 방금 전에 명문혈이 박살나지 않았다 해도 내 목숨은 십 개월을 넘기지 못했을 것이다."

"그래서 죽기 전에 은원을 정리하려 했던 것입니까?"

"소괴와 악구괴, 그 두 연놈들보다 어찌 내가 먼저 죽을 수 있겠느냐! 나는 결코 그 둘을 뇌둔 채 죽을 순 없었다! 하지만… 그것도 지금 생각해 보니, 정말 우스운 일이었던 것 같군. 어차피 지금 내가 먼저 죽게 됐지만, 그 둘도 늙었으니 곧 따라오지 않겠는가."

“그건…….”

“왜? 내 집념이 좀 우스워 보이는가?”

진자운이 고개를 끄덕여 보였다.

그러자 임대성의 입가로 미소가 걸린다.

“푸후후, 평생 유일한 여한이었다. 좀 집착한다 해도 나쁘진 않은 것 아닌가? 죽음을 눈앞에 뒀으니 조금쯤은… 조금쯤은…….”

임대성이 갑자기 말끝을 흐리더니, 창백하게 질린 안색을 와락 일그러뜨렸다. 내력을 움직여 억지로 막아놨던 주화입마가 다시 진행되기 시작한 것이다. 그에겐 이미 그걸 틀어막을 내력이 전혀 남아 있지 않았다.

“우아악!”

임대성이 하늘을 바라보며 크게 소리 질렀다. 몸 안의 강대한 내력이 산산조각나며 일어난 현상이다.

순식간에 마른 고목처럼 푸석푸석해지기 시작한 얼굴.

한줄기 씁쓸한 미소.

“집착… 집착이라…….”

“…….”

진자운이 보는 앞에서 녹림의 거성 임대성은 마지막 숨결을 거칠게 토해냈다. 여한을 풀진 못했으나 꽤나 편해진 얼굴을 하고서.

슥!

천천히 임대성에게 다가선 진자운의 입가에 한숨이 매달렸다. 일세를 풍미한 거성의 죽음치고는 너무 허무하단 생각이 들었다.

‘절대지경을 뛰어넘으려 했던 건, 두 명의 합공을 이길 힘이 필요했던 것일 테지? 덕분에 명이 짧아졌으니, 집착이 곧 주화입마의 원인이

된 셈이로구나!'

내심 고개를 가로저은 진자운이 크게 허리를 숙여 보이고 손가락에 담긴 무형지기를 쏟아냈다.

숫!

임대성의 목이 잘렸다.

강남대전을 끝내기 위한 조건이 갖춰진 셈이다.

*   *   *

뚜둥! 뚱뚱뚱…….

평범한 칠현금의 탄주법이 아니었다. 그보다는 오히려 현을 뜯어 강렬함을 표시하는 거문고에나 어울릴 듯하다.

결국 현이 버티기 어려웠으리라!

칠현금의 칠 현 중 세 개가 중간에서 운명을 달리했다. 끊어지고 만 것이다.

"아!"

그제야 자신의 신색을 깨달은 상유연이 고운 옥용을 가볍게 저어 보였다. 아까운 악기 하나를 부수었으니, 마음속에 진한 아쉬움이 인다.

"결국 그렇게 갈 것을 어찌 마음속에 여한을 남기고 있었던가!"

탄식!

누구를 위한 것인지 알 도리가 없으나 그 속에 담긴 마음의 진정만은 누군들 알 수 있을 것 같다.

그때 상유연의 앞으로 허무 진인이 모습을 드러냈다. 마치 계속 그곳에 있었던 것처럼 자연스런 등장.

상유연의 시선이 그를 향한다.

"진인께서는 어찌 아직도 이곳을 배회하고 있는 건가요? 설마 진 소협과의 약속을 어기시려는 건 아닐 테지요?"

"어찌 그 아이와 한 약속을……."

"제 시선은 한시도 진 소협을 떠난 적이 없었습니다. 어찌 진인과 진 소협의 만남을 놓쳤을까요?"

"그렇구려."

허무 진인이 천천히 고개를 끄덕여 보였다. 잠시 놀란 얼굴을 했던 것조차 일부러 그리하였던 것처럼 빠른 수긍이다.

허무 진인이 본론을 끄집어냈다.

"상 소저의 예상대로 화룡대수 임대성이 죽었소이다. 이제 강남에 불어닥쳤던 혈풍도 끝날 때가 됐다는 뜻이오."

"혈풍이 끝났다?"

반문과 함께 입가에 미소를 매단 상유연이 미미하게 고개를 가로저었다.

"강남에 불어닥칠 혈풍은 오히려 지금부터일 거예요. 모용세가와 남궁세가는 결코 이번 일을 잊어버리지 않을 테니까요."

"남녹림에 복수할 거라는 거요?"

"복수라기보다는 학살이 되겠지요."

"……."

허무 진인의 노안이 가볍게 일그러졌다. 상유연이 한 말이 진실에 가깝다는 걸 그 역시 잘 알고 있었다. 여태까지 애써 외면하고 있었을 뿐.

'혈풍을 막으려 노력했건만, 그것이 모두 내 헛된 망상에 불과했더

란 말인가!'

　내심 탄식하는 허무 진인에게 상유연이 말했다.

　"그 같은 혈풍을 막을 사람이 딱 한 명 있습니다."

　"그건… 설마……."

　"예, 진 소협입니다. 그가 나서서 남녹림을 옹호한다면, 혈풍의 그림자는 한동안 강남을 빗겨갈 거예요. 화룡대수 임대성을 죽이고 새롭게 구주 이십이성에 든 사람의 일언은 분명 천금보다 무거울 테니까요."

　'구주 이십이성…….'

　내심 상유연이 한 말의 의미를 되새긴 허무 진인이 무거운 표정으로 말했다.

　"상 소저는 빈도더러 그 아이에게 남녹림을 구하라고 말하라는 것이오?"

　"어찌 진인에게 그런 부탁을 드릴 수 있겠습니까? 그 부탁은 제가 해볼까 합니다."

　"상 소저가?"

　"진 소협과는 다시 한 번 만나보고 싶었습니다. 그러니 진인께서는 진 소협과의 약속을 지키기 위해 지금 당장 무당산으로 떠나주세요."

　"그건……."

　"저는 제 오라비가 어떤 짓이든 저지를 수 있다는 걸 믿고 있습니다."

　"……."

　상유연을 한동안 물끄러미 바라보던 허무 진인이 천천히 고개를 끄덕였다. 그녀가 한 말의 의미를 누구보다 잘 알고 있었기 때문이다.

　허무 진인의 뒷모습을 잠시 바라보던 상유연이 다시 칠현금에 손가락을 얹었다가 픽 하니 한숨을 토해냈다. 자신의 무식한 탄주로 인해 줄이 세 개나 끊겨 있었다. 더 이상 연주는 할 수 없게 된 것이다.

　'세상이 이와 같지 않은가? 막상 무언가를 하고자 할 때는 할 수가 없으니……'

　상유연은 묵묵히 따로 간직하고 있던 현을 꺼내 들었다. 연주를 하기 위해선 현을 갈아야만 한다. 그건 지금 누구도 대신해 줄 수 없는 일이었다.

　"끊어진 현은 갈면 될 테지. 하지만 죽어버린 사람은 과연 누가 있어서 대신해 줄 수 있을 것인가?"

　고개를 한차례 갸웃해 보인 상유연이 익숙한 솜씨로 칠현금의 끊긴 현을 갈아 끼웠다.

　띠딩!

　손가락으로 시험 삼아 퉁겨보니, 여전한 음률이 맥동하듯 튀어 오른다. 완전히 새로 태어났음이다.

◆ 第八十一章 ◆

태극무검(太極無劍)

임대성의 죽음을 묵묵히 지켜본 진자운은 심한 피로감을 느꼈다. 내상을 입진 않았으나 극심한 정신적인 피로가 폭포수처럼 밀려온다.

더 이상의 싸움을 원할 리 만무하다. 어차피 임대성 개인의 은원에 의해 시작된 싸움에 애꿎게 휘말린 사람들이 피 흘릴 까닭이 없었다.

그렇다면 단숨에 싸움을 종식시켜야만 하는데 뭐가 좋을 것인가?

팔대세가 연합과 남녹림.

이미 서로 간에 사상자가 천 단위를 넘어가고 있었다. 좋게 좋게 말한다고 해서 금세 손에 든 병장기를 놓고 허심탄회한 웃음으로 싸움을 끝낼 리 만무했다. 그런 생각을 하는 자가 있다면 멍청이거나 평생 책상물림이나 하던 이상론자일 게 분명하다.

당연히 진자운은 그런 사람이 아니었다.

잠시 염두를 굴린 그는 다소 허풍을 떨 필요가 있다고 생각했다. 자신이 가장 잘하는 짓을 하기로 마음먹은 것이다.

스륵!

장사산의 정상에서 살짝 신형을 띄워 올린 진자운이 장사산채를 향해 누구라 해도 기가 질릴 공중 걷기[虛空踏步]를 하기 시작했다. 잠시 잠깐 만에 생각해 낸 허풍을 치기 위한 첫 번째 단계였다.

"오오!"

"아아!"

혈전 중에 있던 두 세력 간에 일시 싸움이 멈추더니, 상반된 반응이 거의 동시에 터져 나왔다.

이곳에 모인 자들 중 장사산의 정상에서 여태까지 어떤 일이 벌어지고 있었는지 모르는 사람은 아무도 없었다.

이제 결과가 모습을 드러냈으니, 일제히 싸움을 멈춘 것도 무리는 아니었다. 개중 상황 파악 못하고 다시 병장기를 휘두르려던 자들이 주변의 구박을 받게 됐음은 물론이었다.

그때 온갖 거만스런 표정과 위세를 다 내보이며 진자운이 혈전의 중간 지대에 떨어져 내렸다.

슥!

바로 하늘로 들어올려진 임대성의 잘린 머리.

남녹림 녹림도들의 절망에 찬 울부짖음 속에 모용세가를 중심으로 한 팔대세가 연합 무사들의 환호가 터져 나왔다. 싸움의 축이 이젠 완벽하게 한쪽으로 기운 것이다.

"반보무적! 일보단천!"

"반보무적! 일보단천!"

열화와 같은 연호 속에 주변을 한차례 스윽 훑어본 진자운이 눈에 안광을 담고서 소리쳤다.

"이 시간부로 팔대세가 연합과 남녹림 간의 싸움은 이유불문하고 중단되어야 할 것이오! 만약 이를 어길 시에는 나, 진자운의 명예와 모든 무력을 걸고 결코 좌시하지 않을 테니, 명심하셔야 할 것이오!"

"반보무적! 일보……."

"반보……."

진자운을 향해 쏟아지던 환호성이 순식간에 사그라들었다. 그의 선언이 굉장히 뜻밖이었기 때문이다.

"뭐, 뭐야?"

"지금부터 남녹림의 산적들을 모두 도륙하는 게 아니었던 거야?"

남녹림 녹림도들은 어리둥절했고, 팔대세가 연합에 속한 무사들은 서로에게 시선을 던지며 의혹 섞인 대화를 나눴다. 자연스레 그들의 시선이 우두머리급 고수들에게 향해지지 않을 수 없었다.

그러나 고수들 역시 당황스럽긴 마찬가지였다. 진자운이 보인 엄청난 무위에 이미 꽤나 기가 죽은 상태인 터에, 조금 터무니없는 말을 들었긴 하나 쉽사리 반론을 제기하긴 힘든 상황이었다.

결국 피투성이 싸움 중에서도 백미를 연출하고 있던 모용중천과 구곡에게로 모든 시선이 모아졌다. 그들에게 모든 짐을 떠넘겨 버린 것이다.

모용중천이 진자운에게 나섰다.

"진 소협, 손에 들린 머리의 주인이 화룡대수 임대성이 맞는 것이겠지?"

"예, 임 맹주가 맞습니다."

"오! 오오오오!"

다시 팔대세가 연합 측에서 함성이 터져 나왔다. 이미 대충 예상하고 있던 일이었으나 확인을 받자 더욱 기세등등해지지 않을 수 없었다.

슥!

손을 들어 함성을 죽인 모용중천이 진자운에게 냉연한 눈빛을 던졌다.

"그렇다면 진 소협이 방금 전에 한 선언 속에 담긴 진의는 남녹림의 잔당들을 이대로 살려서 보내주자는 것인가?"

"맞습니다."

진자운의 태연자약한 대답에 모용중천의 눈살이 가볍게 찌푸려졌다. 내심 그러할 것이라 믿고 있었으나 그러하지 말기를 간절히 바라고 있었던 것이다.

"그것은 무당의 협(俠)인가?"

"협?"

진자운은 평생 한 번도 관심을 기울여 본 적이 없는 말을 듣고 잠시 고민스런 표정이 되었다. 자신이 싸움을 종식시키기로 한 건 어디까지나 더 이상의 귀찮음을 피하고 싶었기 때문이다. 갑자기 협이란 생뚱맞은 게 튀어나오자 마음속 깊숙한 곳에서 의혹 하나가 떠오른다.

'내가 행하려 하는 게 진짜 협이란 말인가? 만약 그렇다면 그거야말로 우스운 일이다.'

내심 히죽 웃은 진자운이 말했다.

"협이란 말을 아직 저는 잘 모릅니다. 그저 저는 더 이상 사람들이 이런 쓸데없는 싸움에 목숨을 거는 걸 보고 싶지 않을 뿐입니다."

"허허, 쓸데없는 싸움이라……."

"이번 강남대전은 어디까지나 임 맹주와 쌍괴 선배님들 간에 맺은 과거의 은원 때문에 벌어진 일이었습니다. 이제 은원의 당사자들이 떠나고 죽었으니, 더 이상의 싸움은 쓸데없는 것이지요."

"……."

모용중천은 진자운의 말이 옳다고 생각했다. 그는 지금 진실을 말하고 있었다. 하지만 세상이란 진실만으로 움직이진 않는다. 그것 역시 모용중천은 알고 있었다.

'역시 아려를 팔아서 그를 설득해야 하는 것인가?'

문득 모용중천의 시선이 질녀인 모용청려 쪽으로 향했다. 그녀의 뜻을 확인해 보고 싶었기 때문이다.

'대숙, 그는 남의 강압을 받을 사람이 아닙니다.'

모용청려가 조용히 모용중천의 시선을 외면했다. 그녀 역시 더 이상의 싸움은 무용하다고 생각했을뿐더러, 진자운을 설득할 자신 역시 없었다.

모용중천의 입가에 가벼운 한숨이 매달렸다.

'후우, 젊은이들이라 역시 세상을 모르는군. 고집들을 부리다니…….'

진자운이 모용중천의 심사를 읽고 선수를 쳤다.

"그럼 모용 이가주님께서는 동의하시는 걸로 믿겠습니다."

"……."

모용중천은 역시 대답하지 않았다. 대신 고개만 한차례 끄덕여 보였을 따름이다.

진자운의 시선이 하얀 안색이 더욱 창백해진 구곡을 향했다. 이제 그의 차례였다.

"지금부터 남녹림에 속한 모든 산채는 오 년 동안 일체의 활동을 금하는 바이오. 뿐만 아니라 모용세가를 비롯한 팔대세가에 속하거나 관계있는 곳에 대한 노략질 또한 금하오. 이를 받아들이시겠소?"

"그전에……."

목이 쉬었는지 까마귀가 짖는 듯한 쉿소리가 튀어나왔다. 잠시 말을 멈춘 구곡이 붉어진 눈을 한 채 말을 이었다.

"맹주님의 시신과 목을 내게 넘겨주시기 바라오. 아니, 부탁하겠소."

"대답이 먼저요."

"만약 불복한다면, 맹주님의 시신을 훼손하겠다는 뜻이오?"

"그렇진 않소. 나 역시 임 맹주에 대한 존경심을 품고 있으니까. 하지만 남녹림 삼십육채는 초토화될뿐더러, 단 한 명의 산적도 살아남지 못하게 될 것이오."

"……."

"대신 지금 당신이 내가 한 말에 따르겠다면 앞으로 오 년간 팔대세가 연합은 남녹림을 건들지 않을 것이오."

"당신이 나서겠다는 뜻이오?"

"물론."

진자운은 모용중천에게 의견을 구하거나 시선조차 던지지 않고 대답했다. 이 시점에선 그와 같은 단호함을 보여야만 한다고 여긴 것이다.

구곡의 눈이 심중의 원통함을 밖으로 표출하듯 더욱 붉게 달아올랐다. 아예 피구덩이 속에 빠진 듯하다. 그러나 현실은 냉엄하고 잔혹한 법.

풀썩!

바닥에 그대로 무릎 꿇은 구곡이 천천히 진자운 앞에 엎드렸다. 그 자신의 고집만으로 남녹림 산적 전체를 죽음으로 몰고 갈 수는 없었기 때문이다.

"진 대협의 명에 따르겠소이다!"

"……."

진자운의 침묵 속에 구곡의 항복을 묵묵히 지켜보던 산적들이 하나둘 흐느껴 울며 수중의 병장기를 바닥에 내려놨다. 강남대전이 끝나는 순간이었다.

*　　　*　　　*

화룡대수 임대성의 죽음과 남녹림 전체의 오 년 봉림(封林) 선언!

천하가 발칵 뒤집혔다.

사실 엄밀히 말해 확실하게 뒤집어진 건 강남 쪽이었다. 사천과 운남을 비롯한 강북 쪽은 아직도 정파연합군과 마교의 대립으로 잔뜩 긴장한 상태였다. 쉽사리 뒤집어질 여지란 전혀 보이지 않았다.

하지만 어쨌든 사천대전 이후 가장 심한 난리가 났고, 그중에 중천의 태양처럼 떠오른 이름 하나가 있었다.

사천대전에 이어 강남대전까지 종식시킨 새로운 별.

태극무검(太極無劍) 진자운.

전대 천하제일인이었던 태극검선 허공 진인에 빗대어 붙여진 별호는 몇 년 전 스스로 지어 붙인 반보무적 일보단천보다 훨씬 그럴듯하단 평가를 받으며 사람들의 입에 오르내렸다. 그의 출신이 무당파이며, 마도와 녹림이 일으킨 혈겁으로부터 정파를 지켰다는 점이 감안된 평가였다.

세상은 난세.

사람들은 영웅을 원했고, 거기에 가장 어울리는 사람이 바로 진자운이었다. 후일 흥미를 잃고서 절벽으로 가차없이 떨어뜨릴지언정 지금 한창 띄워주는 것도 무리는 아니었다.

모용세가의 천검각.

진자운에 의해 일사천리로 강남대전이 종식된 직후 모용세가의 천검각에는 남궁세가가 중심이 된 팔대세가 고수들이 하나둘 모여들었다.

강남대전의 승리에도 불구하고 심각한 분위기.

그중 가장 먼저 주인인 모용중천에게 목소리를 높인 건 의형제 윤서를 장사산 혈전에서 잃은 남궁세가의 은협 구환이었다.

"모용 이가주, 고작 오 년 봉림이라니! 이게 말이 되는 일이오!"

"그뿐 아니라 남녹림은 앞으로 팔대세가에 관계된 모든 사업장을 건들지 못하게 되었소이다."

"그걸 어찌 믿을 수 있겠소! 게다가 그 역시 그 쥐새끼 같은 산적 녀석들의 목숨줄을 완전히 끊어버릴 수 있는 상황을 포기한 대가가 아니오!"

"……."

모용중천이 침묵했다. 그 역시 구환의 의견이 꽤나 타당하다는 걸 인정한 것이다.

그러자 구환과 마찬가지로 슬픔에 차 있던 쾌도협 웅패와 삼절쾌속검 남궁차경이 역시 목소리를 높였다.

"대형의 말이 옳습니다! 어찌 이대로 저 간악한 녹림의 무리들을 용서할 수 있단 말입니까?"

"만약 모용세가에서 빠지겠다면, 우리 남궁세가만으로라도 독자적인 행보를 해야 할 것입니다!"

남궁세가의 강경한 반응.

그중에서도 꽤나 심기를 건드는 남궁차경의 말을 들은 모용중천의 검미가 슬쩍 치켜 올라갔다. 이번 강남대전에 가장 큰 힘을 실어준 남궁세가라 하나 모용세가의 존엄을 건드는 일은 용서할 수 없다.

"남궁 총관, 남궁세가 독자적으로 행보를 한다는 뜻이 무엇이오?"

"당연히 남녹림에 대한 공격이 아니겠소이까. 모용세가에서는 이쯤에서 발을 빼고자 하시는 것 같은데, 남궁세가는 절대로 그럴 수 없소이다."

"그건 남궁 가주님의 뜻이오?"

"형님께서는 지금 윤 봉공의 죽음으로 인해 비탄에 잠겨 계십니다. 그러니 총관인 저와 구 봉공님이 뜻을 함께한다면, 이만한 결정은 충분히 내릴 수 있다고 봅니다."

'만약의 사태에 대비해 남궁 가주의 명성만은 보존시키겠다는 뜻이군.'

모용중천의 눈에 일시 차가운 기운이 스쳐 갔다.

가깝고도 먼 사이.

항시 암중으로 강남무림의 패권을 다퉈왔던 모용세가와 남궁세가의 관계가 바로 그렇다.

　그렇다면 눈앞에서 진자운이 보인 무위를 보고서도 이같이 고집을 부리는 까닭은 무엇일까?

　잠시 염두를 굴린 모용중천은 곧 남궁세가의 의도를 눈치 챘다. 그들은 어쩌면 앞으로 혼인을 할지도 모르는 진자운과 모용청려의 사이를 떨어뜨리기 위해 오늘 이 같은 압박을 가하게 된 것이다.

　'그렇다면 이들의 뜻대로 끌려갈 수는 없을 터.'

　내심 차게 중얼거린 모용중천이 남궁차경을 비롯한 남궁세가 고수들을 지그시 바라본 후 말했다.

　"남궁세가에서 윤 봉공을 잃은 것이나 타 세가의 피해에 본인 역시 매우 가슴이 아프오. 천하가 어지러운 와중에도 본 가를 위해 달려와 주었으니, 그야말로 어려울 때가 되어야만 진짜 친구를 알 수 있다는 말이 이와 같은 것 같소이다. 하지만 이번 강남대전에서 실제 가장 많은 피해를 본 건 우리 모용세가라고 할 수 있소이다. 삼검대 중 하나인 철혈검무대의 반수 이상을 잃었고, 나머지 진천풍검대와 신룡철검대 역시 상당한 피해를 입었소. 이는 세가의 힘 중 삼 할가량을 잃었다는 뜻이니, 내 어찌 앞으로 형님의 얼굴을 뵐 수 있을지 모르겠소이다."

　"……."

　모용중천의 담담한 설명에 천검각 안이 갑자기 숙연하게 변했다. 이곳에 모인 사람들 중 이번 강남대전에서 모용세가가 당한 극심한 피해를 모르는 이는 아무도 없었기 때문이다.

　잠시 말을 멈췄던 모용중천이 설명을 이었다.

　"그럼에도 불구하고 본인은 남녹림과의 대전을 이쯤에서 종결시키기로 결정을 내렸소이다. 이는 이번 대전의 으뜸가는 공헌자인 진 소협의 의중을 존중한 것이기도 하지만, 사실 엄밀히 말해 본 가를 비롯한 팔대세가 연합 전체를 위한 결정이었소이다."

"그 무슨 말도 안 되는!"

목소리를 높여 모용중천의 말을 중간에서 끊은 건 구환이었다. 그는 노안을 부들부들 떨면서 모용중천을 노려봤다. 완전히 적을 대하는 듯한 모습이다.

모용중천이 그에게 시선을 던졌다.

"며칠 전까지 호남성으로 남녹림의 수천 대군이 몰려오고 있었소이다. 남녹림 삼십육채의 정예가 몽땅 모인 것이지요. 한데 그들을 완전하지 못한 팔대세가 연합이 쉽사리 제압할 수 있었겠소이까?"

"그거야 싸워보지 않고는 모르는 일이 아니오! 맹주 임대성이 죽은 만큼 그 산적 떨거지들의 사기는 땅에 떨어졌을 테고, 지리멸렬했을 것이오!"

"임대성이 죽었다는 소식만 전해졌다면 그랬겠지요."

"그건 또 무슨 소리요?"

"임대성이 죽은 건 분명 남녹림의 사기를 크게 떨어뜨리는 요소일 것이오. 하지만 달리 보면, 그들은 그때부터 죽음의 공포에 직면하게 됐을 것이오. 자신들을 보호해 주던 든든한 울타리가 없어졌으니, 이젠 자신들 차례라고 생각하지 않겠소이까?"

"그야 그럴 테지요. 그러니 그렇게 사기가 떨어진 오합지졸이라면 쉽사리……."

"그래서 어려워지는 것이오!"

이번엔 모용중천이 목소리를 높여 구환의 말을 끊었다. 그리고 마치 큰 비밀이라도 밝히는 것처럼 말을 이었다.

"쥐를 몰 때도 막다른 곳은 피하라고 했소이다. 그건 막다른 곳에

몰린 쥐가 고양이를 물 수도 있기 때문이오. 그와 마찬가지로 그날 장사산채에 모여 있던 남녹림의 녹림도들을 일거에 주살했다면, 어떤 사태가 벌어졌을 것 같소이까? 본인의 생각으로는 필시 공포에 질린 남녹림의 대군이 죽기를 각오하고 남궁세가와 모용세가로 몰려왔을 것이오."

"모용 이가주의 뜻은……?"

"그렇소. 본인의 생각에 진 소협이 당시 남녹림 녹림도들에게 살길을 하나 내준 것은 쥐를 막다른 곳으로 모는 우를 범하지 않기 위해서였을 거라 사료되오. 따라서 우리는 한동안 진 소협이 한 말을 지키면서 남녹림의 무리들을 주시할 필요가 있을 것이오. 그래서 만약 그들 중 누구라도 약속을 어기는 때가 온다면… 진 소협이 분명 자신이 공언한 말을 지킬 것이오."

말을 마친 모용중천이 손칼로 공중에 하나의 선을 그려냈다. 누구라도 그의 의중을 짐작할 수 있는 모습.

구환을 비롯한 남궁세가 고수들이 서로의 얼굴을 살피며 입을 굳게 다물었다. 끝에 진자운을 들먹인 모용중천의 의중을 충분히 읽을 수 있었기 때문이다.

'이렇게 되면 어렵다!'

'모용중천이 이렇게까지 말했는데, 남궁세가가 반대를 하고 나선다면 본뜻을 의심받게 될 것이다!'

재빠른 눈빛 교환.

남궁세가 무사들을 대표하고 있는 남궁차경이 결단을 내렸다. 진자운이라는 절대고수를 다시 한 명 얻게 된 모용세가와 척을 지는 일은 있을 수 없다는 판단을 내린 것이다.

착!

모용중천을 향해 양손을 모아 포권을 해 보인 남궁차경이 말했다.

"모용 이가주와 진 소협이 보증을 하시겠다면 어찌 남궁세가가 이를 믿지 못하겠습니까? 저희는 이만 남궁세가로 돌아가 하회를 기다리겠소이다."

"벌써 가시려고요? 격전으로 지친 심신을 본 가에서 조금 풀고 가시는 것도 나쁘진 않을 것 같습니다만?"

"모용 이가주의 말씀은 가슴으로만 받겠소이다. 윤 봉공의 장례가 시급하니, 어찌 지체할 수 있겠습니까?"

"그렇군요. 그러면 더 이상 만류하진 않겠소이다."

모용중천이 천천히 고개를 끄덕여 보였다. 남궁차경이 댄 이유를 완전히 믿는 건 아니나, 빈틈없다는 판단을 내린 것이다.

그러자 남궁차경을 선두로 한 남궁세가 고수들이 일제히 천검각을 빠져나갔다. 처음의 기세가 꺾인 터에 계속 타 팔대세가 고수들 앞에서 낯이 팔리고 싶진 않았으리라.

'저럴 걸 뭐 하러 노기등등했었누?'

'남궁세가가 아직은 모용세가에 안 되지.'

천검각을 떠나는 남궁세가의 쓸쓸한 뒷모습을 바라보며 억지로 천검각을 따라왔던 나머지 팔대세가 고수들의 얼굴에 반색의 기색이 떠올랐다.

사실 엄밀히 말해 이곳에서 앞으로 남녹림과의 관계에 관심을 갖는 건 강남에 터를 잡은 모용세가와 남궁세가뿐이었다. 아직도 북방에서 마교가 호시탐탐 강북무림을 노리고 있는 판에 다 끝난 싸움의 뒤치다꺼리에 관심을 둔 세가는 어디에도 없었다.

게다가 현 모용세가는 사천대전에서 독조 갈홍경을 죽인 창파검제 모용진천이 있었고, 또 태극무검 진자운이란 걸출한 고수와 깊은 관계를 맺었다. 남궁세가 때문에 모용세가의 심사를 거슬리고 싶지 않은 마음이 드는 것도 무리는 아니었다. 그게 세상의 인심이었다.

한눈에 타 팔대세가 고수들의 분위기를 파악한 모용중천의 입가로 흐릿한 미소가 스쳐 갔다. 이번 기회에 확실하게 남궁세가에게 모용세가의 우위를 확인시켜 줬다는 생각이 들자 기분이 썩 좋아졌다.

'빨리 형님한테 서신을 보내서 아려와 진 소협의 혼례를 서둘러야겠구나!'

내심 고개를 끄덕인 모용중천이 주인다운 표정을 한 채 목소리를 높였다.

"오늘밤에는 강남대전의 전승을 축하하기 위해서 조촐한 연회를 벌일까 합니다. 방금 전 윤 봉공의 장례를 위해 떠난 남궁세가 외의 영웅들께서는 부디 연회에 참석하여 함께 술잔을 나누었으면 합니다."

"그런 연회라면 열일을 제쳐 놓고 참석해야지요!"

"아무렴! 그게 마땅한 일이지요!"

언제 무거운 기운이 감돌았냐는 듯 천검각에 화기애애한 분위기가 만발했다. 승전 후의 연회라니, 누군들 빠지고 싶어할 것인가.

문득 팽가의 중견 고수인 광풍도 팽주호가 목소리를 높였다.

"그런데 모용 이가주, 혹시 이번 연회 중에 다른 뜻이 있는 것은 아닙니까?"

"다른 뜻이라니요?"

"하하, 거 아는 사람들은 다 아는 얘기니 돌리지 않고 말하겠소이다. 태극무검 진 소협과 모용세가의 철봉황 모용 소저 간에 혼담이 있다고

들었는데, 이번 기회에 그걸 발표하시려는 게 아니냔 겁니다."

"오호, 그거 정말 그럴 수도 있겠구나!"

"정말 그렇다면 경사에 경사가 겹친 것이 되는 게 아닌가!"

팽주호의 돌발적인 발언에 뭇 고수들이 연달아 탄성 어린 호응을 보였다. 전혀 그럴 뜻이 없었던 모용중천마저 반드시 그래야만 하겠다는 생각이 들 정도로 좋은 분위기가 된 것이다.

'그것도 좋은 생각이긴 하군. 확실히……'

내심 혹하는 마음이 이는 걸 힘겹게 억누른 모용중천이 입가에 부드러운 미소를 매달았다.

"진 소협과 우리 아려가 사이가 좋은 건 사실입니다만, 아직 혼인 얘기가 나오기엔 이른 것 같소이다. 아무래도 혼사란 것이 인륜지대사인 만큼 사천에서 고생하고 계신 형님께도 허락을 맡아야겠고."

"허허, 그렇게 느긋하시다니요. 그러다가 진 소협을 딴 가문에 빼앗기는 것이 아닙니까? 천하에 미녀가 철봉황 하나만 있는 것이 아닐 텐데요."

"……."

모용중천의 입가에 머물러 있던 미소가 빠르게 사라졌다. 문득 남궁성경의 아리따운 옥용이 뇌리를 스치고 지나갔기 때문이다.

'역시 일단 저질러 놓고 봐야 하는가?'

모용중천은 심각하게 고민하기 시작했다.

수월각 앞.

남궁성경과 모용청려는 서로의 손을 잡고 석별의 정을 나누고 있었다. 본래 친숙한 사이였으나 이번 강남대전을 계기로 더욱 친해진 두 사람이었다. 갑작스레 헤어지게 되었으니, 아쉬움이 없을 수 없다.

"네가 동방화촉을 밝히는 모습을 보지 않게 돼서 정말 다행이다."

"동방화촉?"

"너와 진 소협, 이젠 혼인만 남은 거 아니냐? 내 배 아파서 그 꼴은 보지 못할 것 같다는 뜻이다."

"……."

모용청려가 살짝 낯을 붉혔다. 어쩌다 보니 진자운과의 혼인이 기정 사실처럼 되어버렸다. 그에 대한 마음을 굳힌 이상 후회는 없으나 이렇게 대놓고 얘기를 들으니 꽤나 부끄럽다.

그 모습을 본 남궁성경이 나직이 코웃음 쳤다.

"흥, 이미 정혼자였던 석 소공자 따윈 까맣게 잊어버린 게로군. 그만한 신랑감도 사실 얻기 쉽지 않을 터인데."

"그렇게 아까우면 네가 가져라!"

"뭐?"

"석가장이라면 남궁세가와도 꽤나 잘 어울리는 가문이잖아. 게다가 석 소공자는 제법 인물이 괜찮다구."

"망할 년, 못하는 소리가 없다!"

남궁성경이 모용청려를 꼬집으려 들었다. 자신의 진자운에 대한 묘한 관심을 알면서도 이런 말을 하는 그녀가 얄미워서 견딜 수 없는 것이다.

모용청려가 남궁성경의 손가락을 피하며 살짝 뒤로 물러서더니, 하얀 치열을 드러내며 웃었다.

"후후, 그냥 해본 말인데 발끈하긴. 너처럼 도도한 아이가 내가 버린 사내를 가질 리가 없긴 하지."

"진 소협을 버린다면 혹 모르지. 뭐, 그럴 일은 없을 것 같다만……."

"세상일이란 모르는 법이지."

언제 웃었냐는 듯 새침한 대답을 한 모용청려가 수월각 한 켠에 마련된 돌 의자로 걸어갔다. 남궁성경으로선 묘한 대답을 들은 만큼 따라가지 않을 도리가 없다.

"그건 또 웬 뚱딴지 같은 말이냐?"

"글쎄."

모용청려가 돌 의자에 살짝 엉덩이를 걸치고 손으로 턱을 괴었다. 뭔가 고심할 때 보이곤 하는 모습이다.

남궁성경이 그 앞에 바짝 다가섰다.

"어서 말해봐!"

"뭘?"

"네 마음속의 비밀! 이 언니가 이곳을 떠나는 기념으로 다 들어줄 테니까."

"흐흥, 언니라……. 하긴 네가 나보다 두 달 먼저 태어났으니 더 늙은 셈이긴 하구나."

"이년이!"

남궁성경이 다시 양손을 세웠다. 이번에는 장난이 아니었다. 양손 끝에 살기가 감돈다.

모용청려가 얼른 양손을 들어올렸다.

"투항! 투항!"

"뭔 투항? 여기가 전쟁터라도 되는 줄 착각하고 있는 거냐? 남궁세가의 전법에는 결코 적의 투항을 받아들이지 말라는 말이 있어!"

"그럼 항복!"

"그건 조금 낫군."

남궁성경이 그제야 모용청려를 놔줬다. 강남대전을 함께 임하면서 본 모용청려의 무위란 남궁성경이 상대할 수 있는 범주를 훨씬 넘어선 것이었다. 대충 항복을 받아낸 만큼 계속 힘으로 다룰 생각이 있을 리 없다.

자신에게서 떨어져 나간 남궁성경에게 모용청려가 작게 중얼거렸다.

"난 아직 그 사람의 진심을 모르겠어."

"내 보는 앞에서 그렇게 닭살을 떨었으면서?"

"그거야 놀이였지."

"놀이?"

"그래, 그 사람과 난 함께하는 동안 항상 그런 식으로 놀았거든. 그러니 지금도 사실 그 사람이 내 사람이란 생각은 들지가 않아."

"……."

남궁성경이 잠시 모용청려를 바라보다 꾹 다물린 입술을 부풀어 올렸다.

"이 멍청한 기집애야! 내가 누구 때문에 진 소협을 포기했는데, 이제 와서 그런 마음 약한 소리를 지껄이는 거야! 네가 그러면 너 같은 년한테 밀린 내가 너무 분하잖아!"

"뭐……."

"잘 있어라!"

독특한 방식으로 작별 인사를 한 남궁성경이 모용청려를 확 밀어버리고 신형을 돌렸다. 더 이상 화가 나서 모용청려를 볼 수가 없었기 때문이다.

한데 마침 그때 진자운이 수월각 안으로 모습을 드러냈다. 아주 절묘하게 난감한 상황을 맞았다고 해야 할까?

"이거……."

진자운이 손가락으로 자신의 볼살을 긁적였다. 그러자 잠시 숨을 가쁘게 내쉬며 그의 얼굴을 뚫어져라 바라본 남궁성경이 빠른 걸음으로 수월각을 빠져나갔다. 지금 진자운은 모용청려만큼 그녀가 보고 싶지 않은 사람이었다.

"허!"

진자운이 찬바람을 쌩쌩 일으키며 떠나가는 남궁성경의 뒷모습을 바라보며 나직이 혀를 찼다. 마치 모든 건 우연이며 사고였다고 주장하는 것 같은 모습.

모용청려가 돌 의자에서 일어서서 진자운에게 다가들었다.

퍽!

엉덩이로 파고드는 발의 느낌에 진자운이 눈살을 가볍게 찌푸려 보였다. 아프진 않았다. 다만 그런 척해 보일 뿐이었다.

"아픈데……."

"더 아프게 차드릴까요?"

"아니."

"그럼 그냥 조용히 계세요."

"……."

진자운이 진짜 입을 꾹 다물었다. 참 말은 잘 듣는다고 모용청려는 생각했다.

하지만 이걸로 그냥 끝낼 생각은 없다.

"도대체 그동안 어딜 그렇게 돌아다닌 거죠? 한동안 이쪽에는 얼굴 한 번 내비치지 않고."

"외로웠던 거야?"

"능글맞은 표정 따윈 사절이에요. 제가 사형을 많은 이유에서 좋아 하긴 하지만, 그런 표정은 거기에 포함되지 않았어요."

"그렇군."

진자운이 이번 역시 말을 잘 들었다. 얼굴에 떠올라 있던 느끼한 웃음기를 바로 지워 버렸다.

"……."

모용청려는 불끈 주먹에 힘이 들어가는 걸 억지로 참았다. 평소 전혀 하지 않던 짓을 해대는 눈앞의 괴물 같은 사내가 꽤나 알미웠기 때문이다.

그 모습을 본 진자운이 고개를 옆으로 살짝 뉘어 보였다.

"근데 남궁 소저가 떠났으니, 앞으로 사매가 꽤나 외롭겠구만?"

"소꿉친구 하나 떠나갔다고 외로울 게 뭐 있겠어요? 사형도 제 옆에 있는데……."

"그런가? 친구하고 정인은 좀 의미가 다르다고 생각하는데, 여자들은 그게 아닌 모양이구만."

"정인이라? 참 쉽게도 말하시네요. 우리, 이렇게 계속 가다가는 혼인하게 생겼다구요. 그래도 사형은 상관없는 거예요?"

"그건……."

진자운이 잠시 말끝을 흐리다가 삐딱하게 뉘었던 머리를 바로 했다.

"두 사람의 남녀가 만나서 마음이 맞았으니 혼인하는 건 당연한 일이야. 나는 전혀 상관하지 않으니까, 사매는 염려할 필요가 없어."

"정말요?"

"물론."

진자운이 자신만만하게 고개를 끄덕여 보였다. 그러자 모용청려는 세상에 이렇게 믿음이 가지 않는 모습이 있을까, 신중하게 고민했다.

'세상에 절대로 끊어지지 않는 밧줄이 있다면 묶어놓고 싶구나!'

내심 중얼거린 모용청려가 말했다.

"그래도 결국 사형은 천마신교의 성녀를 찾기 위해서 떠날 테지요?"

"물론."

역시 바로 흘러나온 진자운의 대답에 결국 모용청려가 주먹을 휘둘렀다.

퍽! 퍼퍼퍼퍼퍽!

모용청려는 비단 주먹을 휘둘렀을 뿐 아니라 연타를 날렸다. 모두 진자운의 가슴의 요혈을 향해 있었고, 담긴 힘 역시 적지 않은 주먹질이었다.

그러나 진자운은 평소와 달리 전혀 모용청려의 주먹질을 피하지 않았을뿐더러, 우두커니 서 있기까지 했다. 자신이 한 말이 무슨 의미인지는 알고 있는 것 같다.

결국 진자운의 가슴보다 모용청려의 주먹이 더 빨리 아파져 왔다.

바늘로 찌르는 듯한 욱신거림.

주먹에서 통증이 느껴지고서야 주먹질을 멈춘 모용청려가 어느새 발갛게 변한 눈으로 진자운을 노려봤다.

"몸 한번 더럽게 강하네! 아프지도 않죠?"

"아프다."

“또 마음이 아프다고요?”

“응.”

진자운이 고개를 끄덕이자 모용청려의 입에서 한탄에 가까운 한숨이 흘러나왔다. 자신의 예상과 똑같이 행동하는 진자운이 죽이고 싶을 정도로 미우면서도 견딜 수 없으리만치 사랑스러웠기 때문이다.

“후우, 제가 만약 사형보다 무공이 강했다면 이 자리에서 당장 죽여 버리거나 죽을 때까지 제 곁에 가둬뒀을 거예요. 하지만 제 무공이 너무 미약해서 사형을 마음대로 할 수가 없네요. 사형은 여태까지 해왔던 대로 그냥 살도록 하세요.”

“살던 대로 살라고?”

“예.”

모용청려가 천천히 고개를 끄덕이자 진자운이 진지하게 자신이 살아온 인생을 반추했다. 그래도 자신이 어찌 살아왔는지 잘 생각나지 않는다.

모용청려가 그 모습을 보고 기가 찬 듯 말했다.

“설마 그걸 또 생각하고 있는 건가요?”

“응.”

“집어치우고 저랑 술이나 마시러 가요. 여기 계속 있다가는 대숙께서 여는 지루한 연회에 붙잡혀 갈 수도 있으니까요.”

“그래도 될까?”

“그러려고 절 찾아오신 거 아닌가요? 사형 성격에 연회 같은 걸 참아내기란 여간 고역이 아닐 테니까요.”

“역시!”

진자운이 모용청려에게 엄지손가락 치켜세웠다. 최고란 뜻이었다.

퍽!

아직도 분이 덜 풀렸는지 모용청려가 다시 진자운의 가슴을 주먹으로 때렸다. 아픔에 눈살을 찌푸린 건 진자운이 아닌 그녀였음은 물론이다.

*   *   *

"모용세가라……."

장진구는 기가 막힌 심정으로 눈앞으로 보이는 모용세가의 웅장한 모습을 바라봤다.

어디까지나 포로의 신세.

분명 그게 정확한 그의 현 위치였다.

한데, 그는 지금 파미륵 등을 대신해서 모용세가를 망보고 있었다. 주객이 전도된 상황이란 바로 이럴 때 하는 말임에 분명했다.

'그냥 도망이나 갈까?'

하루에도 몇 번씩 들지만 결코 실행에 옮길 수 없는 가련한 욕망이 다시 불끈 고개를 들었다. 자연스레 고개가 좌우 운동을 하지 않을 수 없다.

두리번두리번…….

빠르면서도 확실하게 주변의 동정을 살핀 장진구의 입에서 푹 하고 한숨이 흘러나왔다. 백 장쯤 떨어진 반대편 산등성이에 자리잡은 나무 위에 여유있게 걸터앉아 있는 남희명의 모습을 확인했기 때문이다.

"그럼 그렇지, 그럴 리가 없었던……."

한탄 섞인 말을 내뱉던 장진구의 눈에 이채가 떠올랐다. 갑자기 천하에서 가장 보기 싫은 사람의 웃는 얼굴이 그의 시야 속으로 뛰어들어 왔던 것이다. 충격이 없을 수 없다.

"…읍!"

장진구는 재빨리 자신의 입을 양손으로 막았다. 폐부 깊숙한 곳에서 터져 나오려는 절규를 막아야만 했다. 그리고 나머지는 하늘에 맡길 따름이었다.

"응?"

진자운은 모용청려와 사이좋게 모용세가의 대문을 나서던 중 눈에 이채를 띠었다. 갑자기 뭔가 뇌리를 스치는 느낌이 있었다. 꽤 익숙한 목소리를 들은 이후에 벌어진 일이다.

궁금증이 일지 않을 수 없다.

"잠시만……."

"예?"

"…다녀올게."

"……."

모용청려에게 친절하게 양해를 구한 진자운이 바로 신형을 날렸다. 궁금증이 일었으니 풀지 않을 도리가 없는 것이다.

쉬악!

진자운의 제운종은 그야말로 섬전, 그 자체였다. 신법이 지닌 변화를 배제하고 속도에만 중점을 뒀으니 당연한 결과.

단숨에 삼십여 장의 거리를 가로지른 진자운이 입을 양손으로 막은 장진구 앞에 떨어져 내렸다. 바람에 옷자락을 휘날리는 모습이 가히 천신천장이나 다름없다.

물론 겁에 질린 장진구의 눈에는 지옥 유부에서 지금 막 뛰쳐나온 악귀에 다름 아니다.

"컥!"

자신도 모르게 혀를 깨문 장진구의 입에서 작은 신음이 흘러나왔다. 겁에 질려도 보통 질린 것이 아니다.

그러나 진자운은 잠시 눈살을 찌푸려 보이곤 고개를 갸웃거릴 뿐이었다. 전혀 눈앞의 장진구를 기억하지 못하는 듯한 모습이다.

'혹시, 잊… 어버린 건가?'

장진구의 눈앞에 희망이란 두 글자가 또렷하게 나타났다. 진자운이 자신을 기억하지 못한다면 그것 이상 좋은 일은 없었다. 기뻐서 춤이라도 추고 싶은 심정이랄까?

한데 다시 고개를 갸웃거리곤 신형을 돌리려던 진자운이 갑자기 동작을 멈췄다. 뭔가 생각이 난 것처럼. 아니, 뭔가 생각이 났다는 것처럼.

꿀꺽!

애타는 심정으로 장진구는 침을 삼켰다. 속이 타다 못해 불이 붙은 듯하다.

그때 진자운이 뒤통수를 긁적이며 한마디 던졌다.

"형장, 우리… 혹시 어디서 만난 적이 있지 않습니까?"

"어, 없는데요."

"없다?"

"예."

장진구가 공손하게 허리까지 숙여 보였다. 제발 진자운이 모른 채 지나쳐 주면 좋겠다.

하지만 세상은 그렇게 호락호락치 않았다. 오히려 냉정하고 냉엄한 편이었다.

히죽!

진자운의 입가에 장진구가 기억하는 가장 사악한 미소가 떠올랐다.

기억을 되살리는 데 성공한 것인가?

그렇진 않았다.

그는 처음부터 똑똑하게 장진구를 기억하고 있었다. 단지 처음엔 모른 척해 보였을 뿐이었다.

"흠, 그렇군요. 우리는 전혀 만난 적이 없던 사이였는데, 내가 그냥 사람을 잘못 보고 착각했을 뿐이었던 것이오. 그렇지 않소?"

"……."

"…라고 말할 줄 알았나?"

'역시!'

장진구의 얼굴에 절망의 그림자가 빠르게 떠올랐다가 곧 사라졌다.

사람이 극한에 몰리면 오히려 담담해진다고 했다.

그의 눈앞에 있는 진자운은 언제나 악몽 속에 등장해서 죽도록 괴롭혀 대던 악마, 그 자체였다. 더 이상 나빠질 일이란 게 있을 리 만무하다.

푹!

될 대로 되라는 심정으로 장진구는 고개를 바닥에 떨궜다. 묵묵히 진자운이 자신에게 할 모든 악행을 받아들이기로 마음먹은 것이다.

한데 어찌 된 일인가?

한참을 기다려도 진자운의 구타나 폭언, 괴롭힘은 없었다. 그냥 산중을 휘감고 도는 바람만이 시원스런 풀 내음을 전달해 줄 따름이었다.

‘이럴 리가 없는데……’

여전히 희망을 품지 않고서 장진구가 고개를 들었다. 진자운이 어떤 사악한 의도를 품고 있을지 궁금했기 때문이다.

그러나 이미 그의 앞에 진자운의 모습은 없었다. 어느새 백 장 밖 나무 위에 걸터앉아 있던 남희명을 쫓고 있었다. 남희명이 장진구보다 백 배쯤 더 중요하다는 판단을 내렸음에 분명하다.

휘이잉!

다시 불어온 바람이 장진구의 머리를 흩날리게 했다. 헝클어 버렸다. 진자운과 재회를 하고도 무사할 수 있었기에 느낄 수 있는 느낌.

그런데 이 가슴속 한 켠을 시리게 하는 공허함은 무언가?

‘완… 전히 무시당했다!’

장진구의 눈에서 한줄기 쓰디쓴 눈물이 흘러내렸다. 인생의 인고를 겪어본 사내만이 흘릴 수 있는 눈물이었다.

◆ 第八十二章 ◆ 잇고 있었다!

'윽!'

남희명은 자칫 걸터앉아 있던 나무에서 떨어질 뻔했다. 순식간에 지척까지 이른 진자운의 모습에 놀란 것이다.

뿌득!

위기의 순간, 손을 뻗어 나뭇가지를 거머쥐는 걸로 신형을 안정시킨 남희명의 눈살이 가볍게 찌푸려졌다. 단지 진자운과 얼굴을 맞닥뜨린 것만으로 평정심을 잃은 자신에 대한 실망이었다.

그때 진자운이 남희명의 바로 코앞에 떨어져 내렸다.

고작해야 중지손가락 굵기의 나뭇가지.

그 위에 내려선 진자운의 모습은 신기, 그 자체였다. 아예 무게 자체가 느껴지지 않는 모습이다.

'그새 진 소협의 무공이 더욱 늘었구나!'

남희명은 내심 깊숙한 곳에서 이는 찬탄을 억지로 짓누른 채 자리에서 일어섰다. 역시 진자운이 내려선 곳과 그다지 굵기의 차이가 보이지 않는 나뭇가지에서.

스윽.

남희명의 발끝으로부터 시작된 가벼운 진동이 진자운에게까지 전달되어졌다. 그의 무공이 이미 절대지경에 이른 진자운을 따를 수 없는 게 현실이니, 지극히 당연한 결과.

히죽!

진자운이 입가에 미소를 담은 채 고개를 끄덕여 보였다.

"살아 있었구만!"

"……."

남희명은 순간적으로 울컥하는 기분이 되었다. 진자운이 던진 한마디에 과거의 아픈 기억이 새록새록 떠올랐기 때문이다.

"진 소협이야말로 무사하셨군요? 헤어진 후 다시 만날 수 없어서 혹시 무슨 큰일이라도 만났는 줄 알았는데……."

"걱정했나?"

"걱정?"

남희명은 반문과 함께 내심을 그대로 얼굴에 드러냈다. 노골적으로 진자운에 대한 반항심을 표출해 낸 것이다.

"진 소협은 그야말로 천하를 오고 가며 전혀 거리낌이 없는 제천대성과 같은 분이 아니십니까? 어찌 저 같은 사람이 진 소협을 걱정할 주제가 되겠습니까?"

'어쭈, 소심하던 놈이 좀 변한 건가?'

진자운의 얼굴에 재밌다는 표정이 떠오른다.

"그러면 내가 걱정돼서 찾아온 건 아닐 테고. 어쩐 일인 거야? 설향 누님은 어디에 있고?"

"설향은……."

"설햐앙?"

"…아, 아니, 그건… 그러니까 소 사저는……."

남희명의 말꼬리를 잡은 진자운의 얼굴이 음흉하게 변했다. 소심남 남희명이 갑자기 조금쯤 대담해진 까닭을 짐작할 수 있었기 때문이다.

"흐흥, 일이 그렇게 된 거였군. 그렇게 된 거였어."

진자운이 천천히 고개를 끄덕이자 남희명의 얼굴이 더할 수 없을 정도로 붉게 변했다. 방금 전까지 심중을 가득 채우고 있던 분노 따윈 이미 남아 있지 않았다. 당황감과 난감함만이 그의 얼굴을 가득 메우고 있었다.

픽!

진자운이 서슴없이 주먹을 휘둘렀다. 남희명의 배에 강력한 일격을 먹인 것이다.

"컥!"

느닷없는 일격에 남희명의 허리가 크게 휘어졌다.

그 순간 다시 날아든 진자운의 일각.

어깨를 발로 짓밟힌 남희명이 더 이상 견디지 못하고 나무 아래로 떨어져 내렸다.

그는 진자운이 순간적으로 발산한 무형지기의 그물에 휘감긴 터라 어떠한 대응도 할 수 없었다. 그냥 무방비 상태의 추락을 경험해야만 했다.

쿵!

머리로부터 바닥에 꼬라박힌 남희명이 대자로 뻗었다.

거의 의식을 잃은 것이다.

그러나 그조차 그에겐 과분하다고 생각한 것인가. 힐끔 남희명 쪽을 내려다본 진자운이 뒤따라 나무에서 뛰어내렸다. 대자로 뻗어 있는 남희명의 배를 목표로 하고서 말이다.

콰득!

뭔가 부서지는 듯한 소리가 들렸다. 진자운이 착지를 할 당시 파미륵의 만근추 수법을 사용했기 때문이다.

당연히 암흑 저편으로 현실 도피했던 남희명은 강제로 의식을 회복할 수밖에 없게 됐다. 진자운이 그렇게 만들었다.

"으……."

남희명은 당장이라도 숨이 끊길 듯한 격통에 나직이 신음을 토해냈다. 진짜 아팠다.

히죽!

진자운이 다시 입가에 미소를 담았다. 그의 성은 아직 절반도 풀리지 않은 상황이었다.

"그런 표정 지어봤자 봐줄 생각이 없으니 포기하는 게 좋아."

"어, 어째서……."

"본래 도둑놈들은 몽둥이로 다스리라고 했잖아. 난 옛 어르신들이 한 말을 그냥 따를 뿐이야."

'내, 내가 뭘? 뭘!'

남희명은 내심의 절규를 입 밖으로 내지 못했다. 진자운이 아예 그의 가슴을 타고 앉아서 구타를 시작했기 때문이다.

퍼퍼퍼퍼퍼퍽!

'헉! 허어억!'

장진구는 멀찍이 떨어져서 진자운이 남희명에게 가하고 있는 만행을 겁에 질린 채 바라보고 있었다.

흡사 자신이 구타당하고 있는 남희명이 된 듯한 기분.

현재 장진구가 느끼는 공포감의 정도는 상상을 초월할 지경이었다. 그의 기억 속에서 윤색을 거듭하고 있던 진자운에 대한 악몽과 같은 추억들이 폭발적이고, 현실적이며, 직접적인 모습으로 구체화되고 있는 것이다.

그럼에도 불구하고 장진구는 도망을 치거나 목청 높여 비명을 지르는 일 따윈 엄두조차 낼 수 없었다. 진자운의 성격과 현재 자신이 처한 상황을 누구보다 잘 알고 있었기 때문이다.

때문에 그는 그저 겁에 질려 오돌오돌 떨 수밖에 없었다. 지금 그가 할 수 있는 전부였다.

퍽!

마지막으로 남희명의 아랫배를 걷어찬 진자운이 땀 한 방울 나지 않는 이마를 소매로 천천히 문댔다. 마치 여태까지 중노동이라도 한 듯한 모습이다.

그러자 비로소 여태까지 진자운의 구타를 고스란히 온몸으로 받아내고 있던 남희명이 벌떡 자리에서 일어섰다. 진자운이 은연중에 발산하고 있던 무형지기의 사슬에서 비로소 풀려난 것이다.

흔들!

일어선 것과 동시에 진자운에게 필살의 일격을 먹이려던 남희명의 신형이 휘청거렸다. 비록 내공이 담긴 구타는 아니었다곤 하나 하도 지독하게 얻어맞은 탓에 다리가 풀려 버렸다. 지금 당장 진자운에게 보복을 한다는 건 있을 수 없는 일이었다.

그런 것까지 이미 계산하고 있던 진자운이 고개를 슬쩍 옆으로 뉘어 보였다.

"내 누님을 훔쳐 갔는데도 이 정도에서 끝내는 걸 고맙게 생각하라 구. 자네가 꽤 괜찮은 사내가 아니었으면 조용히 절벽으로 끌고 가서 발로 걷어차 버릴 작정이었으니까 말야."

"서, 설마 그런 것 때문에……."

"그런 것 때문이라니! 설향 누님 정도의 미인을 얻으려면 이 정도 고 난쯤은 넘기는 게 당연한 거지! 설마 설향 누님이 그 정도 가치도 안 된다고 생각하는 건 아닐 테지?"

"……."

남희명은 진자운의 미소 어린 얼굴을 바라보며 그가 말장난을 한다 고 생각했다. 사람을 갑자기 보자마자 두들겨 패놓고 내놓는 변명치고 는 지나칠 정도로 치졸하다.

'하지만 만약 여기서 내가 어떤 식으로든 반박을 한다면 필시 저 사 악한 자식은 설향에게 고자질을 할 것이다. 그럼 설향은 분명히…….'

소설향은 이제 남희명에겐 목숨, 그 이상이었다.

분하고 억울한 마음이 한량없음에도 남희명은 꾹 참을 수밖에 없었 다.

"물론 그렇게는 생각하지 않소. 하지만……."

"하지만? 또 뭔가 있다는 건가?"

"진 소협이 그렇게 소 사저를 중히 여겼다면, 어째서 지금까지 이런 곳에서 날뛰고 있었던 것이오?”

“과연!”

나직이 탄성을 터뜨린 진자운이 눈에 은은한 안광을 일으켰다.

“이 먼 강남까지 날 찾아온 데는 까닭이 있었던 것이군. 그럼 본론을 말해주실까?”

“본론이라고 할 것까진…….”

“난 말을 빙빙 돌리는 걸 꽤나 싫어하는데 말야.”

뚜뚝!

진자운이 자신의 손을 살짝 풀어 보였다. 그에겐 특별한 의미가 담기지 않은 행동.

그러나 남희명에게까지 그런 건 아니었다.

흠칫!

어깨를 한차례 떨며 뒤로 주춤 물러선 남희명이 안색을 가볍게 일그러뜨렸다. 자신의 신색을 뒤늦게 눈치 챈 것이다.

진자운이 웃는다.

“그럼 말해주실까?”

“그, 그게…….”

*　　　*　　　*

느닷없이 진자운이 떠나간 이후 홀로 남겨진 모용청려는 잠시 바람에 몸을 맡기고 있었다.

한 가닥 바람에 하늘거리는 궁장의.

언젠가부터 면사를 떼어낸 모용청려의 모습은 그대로 한 폭의 선녀도를 방불케 한다.

'쳇, 숙녀를 집 앞에 이렇게 오랫동안 남겨두다니. 나중에 돌아오면 벌주를 세 동이쯤 먹일 테다.'

모용세가의 정문을 지키고 있는 무사들로선 절대 상상조차 하지 못할 말을 중얼거리며 모용청려는 손가락으로 귀밑머리를 쓸어 올렸다. 바람에 흐트러진 머릿결을 정리하기 위함이다.

한데 그때였다.

절대 있을 수 없는 일이 벌어졌다.

한 폭의 미인도를 연출하고 있던 모용청려에 결코 못지않은 또 다른 미인이 모습을 드러냈다. 갑자기 미인도를 장식하고 있던 미인이 두 명으로 늘어난 것이다.

"커컥!"

"케헥!"

모용청려의 절세미모를 열심히 훔쳐보고 있던 무사 두 명이 숨넘어가는 소리를 터뜨렸다. 실제로 숨이 콱 하고 막혀왔기 때문이다.

하긴 그들의 심정을 이해 못할 바도 아니다.

여신과도 같던 모용청려에 필적하는, 아니, 어떤 면에서는 능가할 수도 있는 또 다른 미인이 등장했다. 정신적인 혼란을 느끼는 건 당연하다.

모용청려 역시 놀랐다.

평생 단 한 번밖엔 경험해 본 일이 없었던 감정.

오직 마교 성녀 담화연에게만 느꼈던 감정이 다시 그녀의 뇌리를 채워왔다.

'예… 쁘잖아…….'

그렇다.

모용청려는 평생 두 번째로 자신 외의 여인에게 부러움을 느꼈다. 마치 환상처럼 자신을 향해 걸어오고 있는 여인의 미모를 인정한 것이다.

빙긋.

여인이 모용청려에게 부드럽게 미소 지었다.

같은 여인이 보기에도 현기증을 느낄 정도로 아름다운 미소.

모용청려는 순간적으로 자신이 눈앞의 여인의 기척을 여태까지 전혀 파악하지 못했다는 사실을 잊어버렸다. 하긴 누군들 그렇지 않으랴.

여인은 그 잠시의 틈을 놓치지 않았다.

스읏!

보폭의 변화가 전혀 없이 지축을 찍은 여인의 신형이 갑자기 바람보다 빨라졌다.

'실수?'

모용청려는 그제야 자신의 안이함을 깨달았다. 그러나 이미 때늦은 후회.

팟!

어떠한 반응조차 보이지 못한 채 모용청려는 여인에게 제압당했다. 모용청려의 무위가 이미 초절정 근처에 도달했음을 생각하면 놀라운 결과였다.

"무, 무슨!"

"이런!"

넋을 놓고 있던 두 정문 무사들이 화급하게 자신의 검파에 손을 가

저다 댔다. 평상시 대적이 침범하면 한 명은 반드시 세가 내로 신호를
보내야 함에도 기본 수칙을 무시한 행동을 한 것이다.

결과는 자명했다.

피피핑!

모용청려를 제압한 여인이 슬쩍 모용세가 쪽으로 신형을 돌렸고, 곧
바로 날카로운 경기가 무사들의 마혈을 점혈했다. 여인이 신형을 돌리
며 튕긴 약지와 중지에서 발출된 지풍이 일으킨 변화였다.

풀썩! 풀썩!

거의 동시에 두 정문 무사는 바닥에 쓰러졌다. 목청조차 높이지 못
하는 걸로 보아 이미 정신을 잃었음에 분명하다.

피식!

여인이 그 모습에 아름다운 미소를 보이곤, 재빨리 모용청려의 가는
허리에 손을 둘렀다. 그녀를 제압하는 데 성공했으니 이젠 납치할 차
례였다.

디링! 디리리리링!

가느다랗고 하얀 열 개의 손가락이 번갈아 놀려지고 있었다. 그에
따라 현란하게 춤을 추고 있는 칠현금의 음률.

자신의 애병이자 애기인 심마를 탄주하는 데 정신이 팔려 있던 상유
연의 입가에 빙긋 미소가 떠올랐다.

'생각보다 일찍 깼구나. 역시 모용세가와 각원이 자랑하는 철봉황이
란 것이겠지.'

순간 열 개의 손가락이 현 위에서 떨어져 나왔다.

마음 편히 휴식할 시간은 끝난 것이다.

깜빡!

모용청려는 눈을 뜨자마자 콧잔등에 살짝 주름을 만들어 보였다.

'깨끗해!'

아주 오래전 처음으로 술을 마셨을 때의 일이다. 부친의 처소에 놓여 있던 삼십 년 묵은 매화주를 마시고 얼결에 정신을 잃었는데, 다음 날 깨어보니 자신의 침실이었다.

물론 어떻게 부친의 처소에서 자신의 침실로 옮겨졌는지에 대한 기억은 없었다. 깨끗하게 중간의 기억이 사라지고 만 것이다. 바로 지금과 같이.

모용청려는 다시 눈을 깜빡였다.

다 큰 처녀가 술도 마시지 않았는데 중간에 기억이 사라졌으니 마음이 당황스럽지 않을 수 없었다. 어떻게든 수습해야만 하는 게 옳다.

한데 그때였다. 마치 그녀의 당황스런 내심을 알고라도 있는 것처럼 부드러운 목소리가 흘러들어 왔다.

"모용 소저, 마음을 편히 가지세요. 곧 막혔던 혈도의 나머지가 풀릴 테니까요."

"……."

모용청려의 뇌리 속으로 섬광 하나가 빠르게 스쳐 지나갔다. 진자운과 헤어진 후 느닷없이 모습을 드러낸 신비의 미녀와 그녀의 느닷없는 기습을 기억해 내는 데 성공한 것이다.

'그럼 이 목소리의 주인공은 그 여자겠구나…….'

모용청려는 더 이상 눈을 깜빡이지 않았다. 잃어버렸던 기억을 되찾은 데다 자신을 납치한 사람은 같은 여자였다. 다 큰 처녀가 가져야 할

위기의식이 어느 정도 희석되는 것도 무리는 아니다.

그렇게 잠시간 침묵이 흘렀다.

모용청려와 상유연 모두 입을 다물고 있었다. 전혀 대화 자체가 이루어지지 않았다. 소란스러움이 있을 리 만무하다.

두 여인이 일종의 협약이라도 맺은 것 같은 모습.

다시 일각이 지나갔다.

뚜드드드득!

흡사 뼈마디가 꺾이는 듯한 소음과 함께 모용청려의 전신이 움찔, 떨림을 보였다.

해혈.

체내의 정체되어 있던 진기가 다시 원활한 움직임을 보인 순간 모용청려가 바람같이 자리를 박차고 일어섰다.

슉!

모용청려는 바로 예의 목소리가 들려온 방향을 향해 신형을 움직였다. 혈도가 막혀 있는 동안 생각했던 바가 사실인지 확인해야만 했기 때문이다.

그러자 어느새 무릎 위에 올려놓고 있던 심마를 옆으로 미뤄놓은 상유연이 하얀 치열을 드러냈다.

“내력을 움직여서 자신을 지키고는 있지만, 섣불리 공격하진 않는다?”

“이미 한차례 제압을 당했는데 또다시 창피를 무릅쓸 까닭은 없지 않겠어요?”

“그렇군요.”

상유연이 천천히 고개를 끄덕여 보였다.

모용청려의 눈에 맑은 이채가 떠올랐다.

"그래서 앞으론 어찌할 셈인가요? 얼마나 내가 정신을 잃었는진 모르겠지만, 적어도 모용세가의 영역을 벗어나진 않았을 것 같은데."

"맞아요. 이곳은 모용세가에서 십 리도 떨어지지 않은 곳이에요."

"흠, 그렇다면 돌아갈 길을 못 찾아 고생할 일은 없겠군요."

"쉽사리 돌아갈 수 있다고 생각하는 건가요?"

"쉽사리는 아니겠지만, 적어도 돌아갈 순 있다는 걸 믿고 있지요."

"모용 소저는 모용세가를 믿고 있는 게 아니라 다른 누군가에게 기대를 걸고 있는 거군요?"

"……."

모용청려는 자신의 내심을 귀신같이 파악한 상유연에게 눈살을 가볍게 찌푸려 보였다. 평소 남의 마음을 쉽게 파악한다고 자신했는데, 눈앞의 상유연은 더욱 대단해 보였다. 보기 드문 강적을 만난 셈이다.

그때 상유연이 심마의 옆에 마련해 놓은 짚단 쪽을 손가락으로 가리켰다.

"이곳에 온 지 얼마 되지 않아서 자리가 꽤나 누추해요. 좋은 자리는 아니지만, 깨끗하단 건 자신하고 있으니 잠시 앉아주세요."

"꽤나 많이 누워 있었던 것 같군요."

"그리 오래는 아니에요."

"얼마쯤?"

"반 시진이 조금 더 지났을 뿐이에요. 곧 진 소협이 찾아올 테니, 그때까지 저랑 여자들끼리의 수다를 늘어놓는 게 어때요?"

'반 시진이라…….'

내심 염두를 굴린 모용청려가 상유연이 가리킨 짚단 쪽으로 걸음을 옮기며 확인하듯 물었다.

"여자들의 수다 속에 남자 얘기 역시 포함되는 것이겠죠?"

"물론이죠."

상유연이 다시 미소를 짓자 모용청려 역시 화답하듯 치열을 드러냈다. 겉으로만 보아서는 한 폭의 수려한 쌍미인도가 만들어진 것이다.

*   *   *

진자운은 남희명에 대한 취조를 끝낸 후 느긋한 표정으로 잠시 생각에 잠겼다.

성녀 담화연에 대한 얘기는 뜻밖이긴 하나 전혀 예상치 못했던 일은 아니었다. 어차피 그녀를 상유하에게 빼앗길 때부터 어느 정도 예상했던 바였고, 상유연의 말을 들은 후엔 확실하게 심증을 굳히고 있었다.

마군자 상유하.

진자운의 그에 대한 평가는 구주 이십오성에 속했던 화룡대수 임대성보다 오히려 높았다. 그 자신이 절대지경에 오른 후 상유하의 지닌 바 능력에 대한 보다 객관적인 시선을 가질 수 있게 된 것이다.

그러니 그런 자가 마교에서 가장 존엄한 존재인 성녀를 그런 강압적인 방법으로 잡아갔다면 다른 야망이 없다곤 결코 볼 수 없는 일이었다.

상유연이 말한 것처럼 상유하가 마도에 빠지지 않았다 해도 시기적인 차이가 있을 뿐, 결국 그렇게 되었을 게 분명하다. 사람이란 건 그 자신이 처한 위치와 능력에 의해 평가받고 움직이는 존재이기 때문이다.

'하지만 꽤나 공교롭구만. 내가 그 기괴하게 예쁜 상 소저의 도움으로 절대지경에 오르자마자 이런 일이 벌어지다니. 마치 누군가가 절묘하게 짜놓은 각본에 따라 모든 일이 흘러가고 있다는 더러운 기분이 들어.'

진자운은 눈살을 찌푸리며 손가락으로 목 주변을 몇 차례 긁적였다.

어떤 일이고 남이 정한 규칙이나 규율에 따라 움직이는 걸 결코 참지 못하는 성질.

그 더러운 본능이 슬그머니 고개를 내밀고 있었다.

그때 진자운의 눈치를 살피고 있던 남희명이 몇 번이나 입술을 움찔거리더니, 결국 입을 열었다.

"진 소협, 근데……."

"뭐?"

"…아닙니다."

히죽!

진자운의 입가에 얄궂은 웃음이 떠올랐다. 그는 대충 남희명의 마음을 알고 있다는 듯 말했다.

"내가 다시 그곳으로 돌아가지 않은 이유가 알고 싶은 것이겠지?"

"그, 그렇습니다. 그때 나는 큰 부상을 입고 거의 의식을 잃은 상태였는데, 어찌 그렇게 버려둘 수 있었던 겁니까!"

남희명의 목소리가 끝에 이르러 슬쩍 올라갔다. 심중의 분노가 만든 변화였다.

진자운이 어깨를 가볍게 으쓱해 보였다.

"그건 나도 어쩔 수 없는 일이었다구."

"뭐가 어쩔 수 없는 일이었다는 겁니까? 그 후로 진 소협은 사천대전에 참가해서 혁혁한 전과를 올렸다고 들었거늘."

"응, 그건 맞아."

"그런데도 그런 말을……."

"잊어버렸으니까."

"예?"

"말 그대로야. 자네를 숨겨둔 장소를 까맣게 잊어버려서 어찌해 볼 도리가 없었어."

"……!"

남희명은 순간적으로 이마가 띵해져 오는 걸 느꼈다. 그런 일을 저질러 놓고 미안하단 말조차 입에 담지 않는 진자운의 뻔뻔스러움에 기가 막혔기 때문이다.

그때 진자운이 갑자기 손을 쑥 내밀었다.

툭툭!

남희명의 어깨를 한차례 두드려 보인 진자운이 활기찬 표정으로 말했다.

"뭐, 어차피 지난 일이니 잊어버리자구. 자네는 덕분에 설향 누님과 좋은 관계가 됐으니, 오히려 화가 복이 된 경우잖아."

"그, 그거야 그렇지만……."

"또 자네가 잊지 않으면 어찌할 건가? 내가 심술이 나면 자네와 설향 누님을 완전히 갈라서게 만들 건데 말야."

"그건 너무 심하지 않습니까!"

남희명이 얼른 진자운의 손을 피해 뒤로 한 걸음 물러섰다. 진자운의 천연덕스런 협박에 반감이 일었기 때문이다. 물론 진자운이 눈 하나 깜빡할 리 없다.

"어차피 내가 자네와 그리 큰 친분이 있는 것도 아닌데, 심한 짓 좀 하면 어때? 솔직히 말해서 설향 누님은 자네 같은 소심한 사내한테는 아깝다는 게 내 본 생각이라구."

"크윽!"

결국 남희명은 분기를 속으로 삭였다. 그러자 그 모습을 웃음 띤 얼굴로 바라보고 있던 진자운이 모용세가 쪽으로 신형을 돌려세웠다.

"어?"

놀라 입을 벌린 남희명에게 진자운이 고개조차 돌리지 않고 말했다.

"미인을 놔두고 와서 말야. 투박한 사내들과 달리 미인은 존중받을 가치가 있거든."

"그럼 진 소협은 언제 우리를 보러 오실 겁니까?"

"상황 봐서."

"그런 무책임한 말이……."

남희명은 항변을 끝내지 못했다. 어느새 신형을 공중으로 띄운 진자운이 모용세가 쪽으로 날아올랐기 때문이다.

'어, 저 악마가 그냥 가네?'

남희명이 심한 짓을 당하는 내내 바닥에 찰싹 달라붙어 있던 장진구의 입이 크게 벌어졌다. 진자운이 자신에게 다시 돌아오지 않고 모용세가 쪽으로 돌아간 것에 크게 놀란 것이다.

하긴 그가 놀란 것도 무리는 아니다.

파미륵을 중심으로 한 천마신교의 일행이 모용세가가 있는 호남성까지 달려온 건 어디까지나 성녀 담화연의 밀명을 받았기 때문이었다.

그 밀명의 중심인 진자운을 만나자마자 남희명이 그냥 보내 버렸으니, 이건 비상사태라고 볼 수 있었다. 가장 위험한 진자운은 피했다손 치더라도 역시 무시무시한 파미륵이나 육노당에게 당할 걸 생각하니 정신이 아득해 온다.

"적어도 내 잘못이 아니라는 물증만은 잡아놔야 한다!"

자신도 모르게 굳은 결의에 차 중얼거린 장진구가 바닥을 엉금거리며 기기 시작했다.

스사사사삭!

후일 전쟁의 집단 전술에서 당연스레 사용하게 된 낮은 포복을 처음으로 선보이며 장진구는 모용세가 쪽으로 움직였다. 놀랍게도 이름만 들어도 학을 떼던 진자운의 뒤를 쫓기 시작한 것이다.

멀찍이 떨어져 있던 남희명은 이를 아는지 모르는지 그냥 찬바람만을 맞고 있을 따름이었다. 정신이 혼미하여 장진구의 이탈을 두 눈 뜨고 방기(放棄)한 게 분명하다.

파미륵은 남희명의 가히 좋지 못한 얼굴을 보고 일이 잘못됐음을 직감적으로 깨달았다.

그가 본 남희명은 좀 소심하지만 그리 낮지 않은 무공을 지니고 있었고, 행동 역시 신중하여 말도 안 되는 실수 따윈 저지르지 않을 사람이었다. 꽤나 사람을 보는 눈이 짠 파미륵으로선 그리 나쁘지 않은 평가다.

그런데 그런 남희명이 장진구 같은 소인배의 감시역조차 수행하지 못했다는 건 꽤나 믿을 수 없는 결과였다. 솔직히 장진구의 꽤나 비굴

한 성격을 참작하면, 거의 일어날 수 없는 사태가 발생한 것이다.

"혹시 간밤에 너무 무리해서 졸았는가?"

"……."

침묵하는 남희명 대신 한 켠에 앉아 애병인 혈우마도를 손질하고 있던 소설향이 발끈 화난 시선을 던져 왔다.

"대사, 그게 무슨 의미죠?"

파미륵의 실눈이 안광을 번뜩 일으켰다. 그의 입에서 나직한 한탄이 터져 나온다.

"오호통재라! 그냥 던져 본 말에 불과하거늘, 어찌 소 소저가 이리 발끈한단 말인가!"

"아!"

소설향이 나직이 입을 벌린 채 항상 당당하던 안색을 가볍게 붉혔다. 파미륵이 한탄을 터뜨린 까닭 역시 그녀는 짐작할 수 있었던 것이다.

물론 얼른 못 알아듣는 가엾은 인간도 있다.

갑자기 얼굴을 붉힌 채 고개를 떨군 남희명과 소설향을 연달아 둘러보던 육노당이 갑자기 고리눈을 확 치켜떴다. 비로소 정확한 사태 파악이 이뤄진다.

"이런 빌어먹을!"

파미륵이 육노당의 쓰린 가슴에 재빨리 소금을 뿌렸다.

"어허, 어찌 도가의 제자가 그런 못된 말을 입에 담는고. 이미 죄를 지었으니, 본불이 입의 죄를 씻는 경문을 일러줄 테니 얼른 외도록 하게나. 수리수리 마하수리 수수리 사바하……."

"난 도사가 아니우! 도사가 아니란 말이우!"

크게 소리 지른 육노당이 상처받은 표정을 한 채 은신처로 삼고 있던 모옥을 뛰쳐나갔다. 아마도 뒷산에 올라 크게 괴성이라도 한차례 질러대야 가슴의 열불이 조금 가라앉으리라.

파미륵이 그 모습을 애처로운 표정으로 바라봤다. 자연스레 그의 축 늘어진 턱살이 흔들린다.

"본불도 과거 겪어봤느니. 어차피 남녀 간의 관계란 것이 다 고해라 하지 않았던고. 이겨내야 하느니, 육 도사."

'육 도장이 역시 설향을 마음에 두고 있었던 것인가!'

남희명은 눈앞의 파미륵과 육노당의 대화를 떠올리곤 슬그머니 소설향 쪽을 훔쳐봤다. 그녀가 혹시 자신과 헤어진 사이 육노당과 어떤 모종의 관계를 맺지 않았는가, 의심이 든 것이다.

한데 마침 소설향 역시 남희명 쪽을 훔쳐보고 있었다.

찌릿!

소설향의 눈이 사납게 변하자 남희명이 움찔 놀란 표정이 되었다. 자신이 잠시 떠올린 생각을 그녀가 알게 되면 대단히 큰 사단이 일어날 것임을 깨달았기 때문이다.

'위험하다!'

남희명이 얼른 전혀 속마음을 숨기지 못하는 얼굴을 옆으로 돌렸다. 일단 위기는 넘겨야만 한다.

파미륵이 그 모습을 보고 입가에 비죽 미소를 만들어냈다.

"그래서 진 소협은 언제 방문하겠다고 했던고?"

"대, 대사님, 그걸 어떻게?"

"흠, 역시 그렇군. 진 소협을 이미 만났던 게야."

파미륵이 천천히 고개를 끄덕여 보였다. 그러자 그가 그저 넘겨짚어

본 것임을 깨달은 남희명이 입가에 가벼운 한숨을 매달았다.

"진 소협은 일단 모용세가 쪽으로 돌아갔습니다. 뭔가 아직 처리하지 못한 일이 있어서 바로 방문할 순 없다고 하더군요. 장 노형은 놀랍게도 진 소협의 뒤를 따라갔습니다."

"성녀님에 대한 얘기는 전했고?"

"…예."

콰득!

갑자기 소설향이 애꿎은 바닥에 진각을 일으켰다. 남희명의 말을 듣고 분노가 치밀어오른 것이다.

"빌어먹을 자식! 성녀님이 누구 때문에 순순히 상 대주를 따라갔는데. 역시 여기 오기 전에 들은 소문이 사실이었던 거야!"

"서, 설향……."

"소 소저……."

남희명과 파미륵이 거의 동시에 목소리를 높였다. 소설향의 화끈한 성격을 알기에 재빨리 그녀를 자제시키려 한 것이다.

그러나 그들의 생각보다 소설향은 훨씬 더 화끈한 성격을 지니고 있었고, 성녀 담화연에 대한 충성심은 절대적이었다. 진자운이 바람을 피우고 있다는 심증을 잡은 만큼 결코 이대로 눌러앉아 있을 만큼의 여유는 없었다.

휘익.

재빨리 신형을 돌린 소설향이 단숨에 방금 전까지 손질에 열중하고 있던 혈우마도를 집어 들었다. 당장 모용세가로 달려가서 한차례 혈풍이라도 일으킬 듯한 기세.

그때 믿을 수 없는 일이 벌어졌다.

쉬악!

언제 파미륵 앞에서 얌전을 떨었냐는 듯 검을 빼 든 남희명이 소설
향의 앞을 가로막아 섰다. 특유의 폭류마검을 거의 십성 수준으로 펼
쳐 낸 것이다.

“남 사제!”

소설향의 입에서 찢어지는 듯한 고성이 터져 나왔다. 이미 여행 중
그에게 살짝살짝 교태로운 눈빛을 던지던 나긋나긋한 여인은 간데없었
다.

치켜 올라간 눈꼬리.

소설향이 다시 예전의 관계로의 회귀를 종용하자 남희명이 딱딱하
게 굳은 안색으로 말했다.

“미안하지만, 설향을 이대로 보낼 순 없소.”

“설향이라 하지 말고 사저라 불러!”

“싫소.”

“뭐라고!”

소설향이 수중의 혈우마도를 가볍게 떨어 보였다. 어느새 진기를 주
입하기 시작한 것이다.

그럼에도 남희명은 굳건했다.

그는 전혀 물러서지 않았을뿐더러, 눈에 강한 기운을 담은 채 목소
리를 높였다.

“진 소협은 이미 무공이 과거와 크게 달라져 녹림삼왕 중 한 명인 화
룡대수 임대성을 죽인 게 결코 헛소문이 아닌 듯했소!”

“그게 뭐 어떻다고!”

“하지만 내가 걱정하는 건 진 소협의 강한 무위가 아니오! 나는 설향

이 그에게 가진 마음이 더욱 마음에 걸리는 것이오!"

"무, 무슨 소리를 하는 거야!"

소설향이 목소리를 높이면서도 살짝 낯을 굳혔다. 남희명이 지금 어떤 마음인지 내심 짐작이 갔기 때문이다.

'그가 과거의 나와 같은 마음인 것인가……'

소설향은 자신도 모르게 혈우마도에 주입하던 진기를 거둬들였다. 당장 장대한 폭발을 일으킬 듯하던 발작이 중단된 것이다. 그러자 남희명이 목소리를 차분하게 가라앉혔다.

"어차피 조금만 있으면 진 소협은 제 발로 찾아올 것이오. 아무리 모용세가의 철봉황이 삼봉 중 으뜸이라 하나 어찌 성녀님과 견줄 수 있겠소. 그에겐 진짜 무슨 까닭이 있을지도 모르니, 일단은 기다려 주시오."

"기다리는 건 대수로운 일이 아니야. 이미 총단을 떠나온 지 꽤나 많은 시간이 흘렀으니까. 하지만 희명이 방금 전에 한 말은 결코 묵과할 수가 없어."

"방금 전에 한 말?"

"그 말!"

소설향이 다시 목소리를 높이자 남희명이 입가에 씁쓸한 미소를 만들어냈다.

"그건 차후의 문제일 것이오. 일단 우리는 성녀님의 명령을 수행하는 게 우선이니, 개인적인 일은 뒤로 미루는 게 옳을 것 같소."

"변명조차도 하지 않겠다는 거니?"

"변명 따위가 무슨 필요가 있겠소. 사람의 마음이란 그리 쉽사리 변하는 게 아니란 걸 내가 이미 잘 알고 있는 것을."

"바보!"

소설향이 남희명의 가슴을 주먹으로 강하게 때렸다.

사납지만 내력이 담기지 않은 일권.

남희명은 고스란히 소설향의 주먹을 맞았고, 파미륵은 미미하게 고개를 가로저어 보였다. 남희명에 대한 소설향의 평가에 심히 동의하는 마음이 들었기 때문이다.

'남녀 간의 관계란 것이 본래 그렇긴 하지. 하지만 그걸 입 밖으로 내다니, 참 멍청한 중생이로고.'

그때 남희명에게서 시선을 떼어낸 소설향이 파미륵에게 소리쳤다.

"대사님은 어떻게 할 거예요?"

"본불에게 결정권을 일임하겠다는 건가?"

"여태까지 그래 왔잖아요."

"그랬던가?"

두터운 목을 갸우뚱해 보인 파미륵이 입가에 가는 미소를 만들어냈다.

"그럼 일단 여기서 진 소협을 기다리도록 하지. 그가 찾아올 때까지."

"남 사제의 말에 동의한다는 건가요?"

"진 소협의 성격을 믿는 것일세."

"진 소협의 성격?"

"그는 미녀를 두고 그냥 못 본 체 지나칠 사람이 아니거든."

'그야말로 난봉꾼에 호색꾼이란 뜻이잖아!'

내심 소리 지른 소설향이 입가에 짙은 한숨을 매달았다. 이렇게 된 이상 일단은 지고 들어갈 수밖에 없다는 판단을 내린 것이다.

푹!

방금 전까지 앉아 있던 곳으로 돌아가 남자같이 주저앉은 소설향이
나직이 중얼거렸다.

"남자들이란……."

뒷말을 흩트려 버린 까닭이 무언지 파미륵과 남희명은 대충 짐작할
수 있었으나 모두 고개를 옆으로 돌렸다. 모른 척 넘어가는 것이 지금
현재로선 최선이란 판단을 내린 것이다.

*　　　　*　　　　*

진자운은 모용세가 앞으로 돌아가자마자 이변을 눈치 챘다. 하긴 정
문 앞을 지키고 있던 무사 둘이 얌전히 쓰러져 있는 데다 모용청려가
자취를 감췄다. 이변을 느끼지 못한다는 게 더 이상한 일일 터였다.

잠시 고민한 끝에 진자운은 모용세가로 돌아가 이변을 알리는 걸 포
기했다. 그렇게 소란을 일으킬 시간에 모용청려의 흔적을 추격하는 편
이 더 낫다는 판단을 내린 것이다.

기운을 모아 천하를 본다!

오직 절대지경에 오른 자만이 할 수 있는 공능을 진자운은 마음껏
펼쳐 냈다. 체내에 존재하는 상중하 단전을 몽땅 개방한 채 온몸의 감
각을 극단적일 정도로 예민하게 만들었다는 의미.

당연한 일이겠지만, 극도로 예민해진 진자운의 이목에 포복해 있던
장진구가 대번에 걸려들었다. 목표로 했던 모용청려의 행적 대신이라
고 해야 할까?

진자운은 다소 짜증스런 표정으로 장진구가 포복해 있는 방향에 시

선을 던졌다.

섬뜩!

열심히 온몸을 바닥에 밀착시킨 채 이동하고 있던 장진구의 움직임
이 멈췄다. 등줄기로 흘러내리는 싸늘한 기운에 온몸의 기운이 쪼옥
빠져나가 버린 것이다.

'씨, 씨발, 걸린 건가?'

진자운이 마치 장진구의 내심을 읽기라도 한 것처럼 중얼거렸다.

"세상에 절대지경에 오른 자의 이목을 숨길 수 있는 방법이 있다고
여기는 바보 멍청이가 있으리라곤 생각지 않았는데, 이런 곳에서 만나
게 되는군."

"……."

"내가 지금 좀 바쁘니, 장 형과의 심도 깊은 대화는 조금 후로 미루
도록 하겠어. 내가 장 형과 나누고 싶은 심도 깊은 대화의 주제가 뭔지
는 아마 잘 알고 있을 테지?"

"그……."

순간 진자운의 모습이 장진구의 시야에서 사라졌다. 아니, 사실은
눈 깜빡할 새 너무 크게 확대되어 사라졌다는 착각이 든 것에 불과했
다. 그만큼 빨리 다가왔다는 뜻이다.

퍼퍽!

장진구의 머리 위로 무수히 많은 별들이 쏟아져 내렸다. 진자운의
자오원앙각에 안면을 강타당한 것이다.

픽!

장진구의 고개가 외로 쓰러져 내렸다. 너무 큰 충격에 정신의 끈을
놓아버린 것이다. 그로선 일종의 방어 기재가 작동했다고 볼 수 있다.

“푹 쉬고 있으라구.”

짤막한 한마디를 던진 진자운의 시선이 한쪽 방향을 매와 같은 눈빛으로 바라봤다. 여전히 모용청려의 기척은 찾지 못했으나 그에 버금가는 어떤 것을 찾아냈다.

미묘하게 사람의 가슴을 설레게 만드는 향기.

과거 단 한차례 맡아본 일이 있는 독특한 향취를 진자운은 잊지 않고 있었다. 그만큼 인상적인 사람과의 만남이었기에 가능한 일이다.

‘그랬던 건가?

진자운은 더 이상 고민하지 않았다. 일단 판단을 내렸다면 더 깊이 생각하기보다 먼저 행동으로 옮기는 것이 그의 방식이었다. 인생이란 그리 복잡한 게 아니란 게 지론이었으니까.

슉!

진자운의 신형이 다시 공중으로 솟구쳤다. 끊어질 듯 끊어지지 않는 향기가 남긴 자취를 쫓는 추격이 시작된 것이다.

◆ 第八十三章 ◆
인생이란 선택의 연속이다

진자운의 추격은 생각보다 빨리 끝났다. 처음에 어느 정도나마 긴장했던 자신이 조금 우스울 정도였다.

천목산(天目山).

절강성 항주를 굽어보는 천목산이 아니라 모용세가에서 얼마 떨어지지 않은 뒷산의 이름이다.

그곳으로 이어진 향기의 자취를 쫓아 공중에서 떨어져 내린 진자운의 시선이 한 채의 평범한 모옥을 향했다.

"어쩌면 날 이곳으로 유인해 온 것인지도 모르겠군. 아니, 분명 그렇다고 봐야 하는 건가?"

나직한 뇌까림과 함께 진자운이 모옥을 향해 슬며시 목소리를 높였다.

"상 소저, 진자운이 왔소이다! 당신이 잡아간 여자와 난 술 약속이 되어 있으니, 괜스레 시간 끌지 말고 일을 끝냅시다! 당신이 정 날 만나고 싶다면 다른 때를 골라서 찾아왔어도 될 문제가 아니오!"

진자운의 목소리가 울려 퍼진 순간, 모용청려의 청백한 얼굴에 한 가닥 홍조가 떠올랐다. 복잡미묘한 그녀의 감정 상태를 나타내는 변화.

믿고 있었다.

그가 찾아올 것을.

하지만 지금 그의 등장은 그녀의 예상보다 훨씬 빠른 것이었고, 꽤나 극적이었다. 위기에 빠진 자신을 구하기 위해서 온갖 고난을 뚫고—모용청려는 일단 그렇게 생각하기로 마음먹었다—달려온 협객이라니!

어느 모로 보든 꽤나 낭만적이고 그럴듯한 전개였다.

적어도 그의 입에서 술 약속 운운의 얘기가 나오기 전까진 그랬다.

'망할 인간! 술 약속 때문이라니! 기왕이면 내 목숨보다 소중한 정인을 잡아간 악녀를 결코 용서치 않겠다는 등의 얘기를 좀 해주면 어때서……'

모용청려가 낯을 붉힌 건 그녀의 공상이 바로 이 대목에 이르렀을 때였다. 아무리 마음속의 상상에 불과하다지만 너무 노골적이었다는 생각이 들었기 때문이다.

그때 모용청려의 표정 변화를 무심히 바라보고 있던 상유연이 입가에 예의 뜻 모를 미소를 만들어냈다.

"역시 진 소협은 기대를 배반하지 않는 분이군요. 모용 소저는 정말 행복한 여인이에요."

"행복한 여인은 무슨……."

모용청려는 입가에 차가운 냉소를 담으면서도 말끝을 살짝 흐트러뜨렸다.

그러자 다시 미소를 띠운 상유연이 손가락을 가볍게 문 쪽으로 튕겼다.

삐걱!

모옥의 문이 활짝 열렸다. 상유연의 손가락에서 일어난 한 가닥 지력이 만든 일이다.

슉!

상유연이 앉았던 자리를 털고 홀연히 신형을 날린 건 그 다음이었다. 진자운을 맞으러 나선 것이다.

"허!"

진자운이 눈 깜빡할 새 자신의 앞에 모습을 드러낸 상유연을 보고 입에서 가벼운 탄성을 터뜨렸다.

지난날 달빛 아래에서 봤을 때도 대단한 절색이라 생각했는데, 밝은 대낮에 보는 모습이란 또 다르다. 가히 숨이 막힐 정도의 미모란 눈앞의 여인을 두고 이름이 분명하다.

'헤벌레해 가지고선!'

상유연의 뒤를 따라 모옥에서 빠져나온 모용청려가 눈매를 가늘게 떠 보였다. 어느새 진자운과 자신을 대상으로 한 한 편의 연애 소설은 종막을 고한 지 오래다.

상유연이 슬며시 입가에 미소를 매달았다.

"생각보다 늦은 걸 보니 중간에 뭔가 특별한 일이라도 있었던 것 같군요?"

"특별한 일? 세상에 상 소저가 모르는 일도 있었소이까?"

"예, 제가 모르는 일도 있지요. 특히 진 소협에 관해선 가끔 세상의 신비로움을 느끼며 놀라곤 한답니다.”

“그거야말로 정말 놀라운 일이구려!”

진자운이 굉장한 일이라도 맞은 것처럼 호들갑을 떨었다. 마치 희극을 공연하는 배우 같은 모양새다.

그러나 상유연은 눈빛 하나 흐트려 보이지 않았고, 화난 표정을 지어 보이지도 않았다.

‘역시 그런 건 모용 사매가 잘하는데……’

내심 입맛을 다셔 보인 진자운이 슬쩍 시선을 상유연 뒤에 서 있는 모용청려에게 던졌다. 얼굴빛이 변함없는 걸 보면 특별히 부상 같은 걸 당한 것 같진 않다.

“사매, 나랑 술 약속을 해놓고 이런 곳에서 놀고 있었다니, 너무하잖아!”

모용청려가 입가에 작은 한숨을 매단다.

“그렇게 술을 마시고 싶었으면 그냥 혼자 가시지 그랬어요? 어차피 나야 그리 주량이 센 편도 아닌 것을.”

“사매 같은 좋은 술친구가 없이 어찌 취하도록 마실 수 있겠어. 이태백도 달이란 술친구가 있었기에 좋은 시를 마구 지어낼 수 있었잖아.”

“하여간 말은 잘해요.”

모용청려가 천천히 고개를 가로저어 보였다. 그러자 히죽 웃고는 그녀에게서 시선을 뗀 진자운이 상유연에게 정광 어린 눈을 고정시켰다.

“상 소저, 사매가 무사한 것 같으니, 오늘 일은 그냥 넘어가 주도록 하겠소. 그건 상 소저의 미모에 대한 나의 감탄이니 너무 고마워할 필요는 없소.”

“제 미모에 대한 칭찬은 고맙습니다.”

상유연이 슬쩍 진자운에게 허리를 숙여 보였다. 말이 떨어지자마자 보인 인사였다.

진자운이 두 손을 크게 흔들어 보였다.

“제기랄, 상 소저가 그렇게 정중하게 나오면 내가 틈을 봐서 암습을 할 수 없지 않겠소?”

“저 역시 진 소협이 그러실 줄 알았답니다.”

상유연이 신형을 바로 하자 진자운이 나직이 혀를 찼다.

“정말 지난번에도 생각했던 거지만, 상 소저는 진짜 내 뱃속의 회충이오. 어찌 그런 것까지 알 수 있단 말이오?”

“진 소협은 제게 특별한 사람이니까요.”

“지금 나한테 청혼하는 거요?”

“청혼?”

“방금 전에 내가 상 소저의 특별한 사람이라고 했잖소.”

진자운의 엉뚱한 한마디에 격렬한 반응을 보인 건 눈앞의 상유연이 아니었다. 여태까지 두 사람의 정다운 대화를 꾹꾹 눌러 참고 있던 모용청려였다.

휘익.

단숨에 상유연의 옆을 스쳐 간 모용청려가 진자운에게 달려들었다.

맨손으로 펼쳐진 성광추혼검법!

진자운의 눈앞에서 몇 개나 되는 수영이 현란한 변화를 일으켰다. 모두 절정고수조차 쉽사리 받아내기 힘든 절초.

애석하게도 진자운은 절정고수 따위가 아니었다. 초절정고수조차 뛰어넘는 절대고수였다.

슥!

단 일보를 옆으로 움직이는 것으로 모용청려의 매서운 공격을 무마시킨 진자운의 손이 앞으로 쑥 튀어나왔다. 목표는 모용청려의 목덜미.

투툭!

손가락 끝을 타고 유동한 한 가닥의 진기가 모용청려의 다음 행동에 미묘한 변화를 일으켰다. 혈도를 찍힌 것도 아닌데 얼굴이 발갛게 변하고, 공격 동작을 수세로 바꿔 버린 것이다.

"짐승!"

모용청려가 뒤로 주춤 물러서며 진자운을 힐난했다. 아니, 그렇게 하려 했다. 하지만 그녀는 결국 그리할 수 없었다. 한순간 진자운의 품에 와락 안겨 버렸기 때문이다.

"잡았다!"

진자운이 마치 월척이라도 낚은 낚시꾼마냥 득의만면한 표정으로 소리 질렀다. 애초부터 모용청려를 품 안에 끌어들이는 게 목적이었음을 극명하게 보여주는 모습이다.

그러자 상유연이 미미하게 고개를 가로저었다.

"진 소협도 꽤나 섬세한 성격이군요. 설마 하니 제가 모용 소저를 가지고 진 소협과 거래라도 할 줄 알았던 건가요?"

"거래라기보다는 협박이란 표현이 옳지 않겠소?"

진자운이 품 안의 모용청려를 얼른 자신의 뒤로 밀어놓고서 퉁명스레 상유연을 바라봤다. 여태까지의 능글거리면서도 여유 넘치던 표정과는 상반된 모습이다.

'저게 진짜 저 사내의 속마음이라고 봐야 하는 건가? 그렇다고 믿어

주기엔 웬지 아깝군.'

상유연이 진자운을 빤히 바라봤다. 진자운의 진짜 속마음을 읽어내려는 의도 같다.

히죽!

진자운은 오히려 이런 현 상황을 즐겼다. 누구라도 반하고 말 두 명의 절세미녀를 앞뒤로 두고 서 있는 지금의 모습은 그야말로 남자라면 언제나 꿈꿀 일이었다. 즐기지 않을 까닭이 없는 것이다.

픽!

잠시 진자운에게 감동했던 모용청려가 뒤에서 주먹을 휘둘렀다.

"지금 무슨 상상을 하고 있는 거예요?"

"잠시 즐겼을 뿐이야."

"즐기긴 뭘 즐겨!"

모용청려의 목소리가 슬쩍 올라가자 진자운이 입가에 남아 있던 웃음기를 사그라뜨렸다. 상유연이 여태까지 기다리고 있던 변화였다.

"그럼 본론으로 들어가도록 하죠."

"지금까진 본론이 아니었단 뜻인가?"

여전히 말장난으로 때우려는 진자운의 의도는 상유연에게 깨끗이 거절당했다. 그녀는 여태까지와 마찬가지로 눈빛 하나 흐트러짐없이 말했다.

"축하드려요, 태극무검 진자운 소협. 이젠 당당한 구주 이십삼성에 드는 초강자가 되셨군요."

"태극무검?"

"화룡대수 임 맹주의 목을 자른 분에게 그럴듯한 별호 하나가 없다면 그건 좀 이상한 일이잖아요. 세간에선 과거 무당파에서 나온 천하제일인인 태극검선 허공 진인에 빗대서 진 소협을 태극무검이라 부르기 시작했어요.”

“흠.”

진자운은 자신의 새로운 별호를 마음속으로 되뇌이며 눈을 가늘게 떠 보였다.

이미 태극무검이란 진자운의 새로운 별호는 모용세가의 웬만한 무사들까지 다 알고 있었지만, 정작 본인은 처음 듣는 바였다. 강남대전이 끝난 후 그의 곁을 절대 떠나지 않고 있던 모용청려가 미리 손을 쓴 때문이었다. 그녀는 지금도 광오의 극치를 달리는 진자운을 더욱 득의 양양하게 만들고 싶지 않았던 것이다.

어쨌든 진자운은 자신의 새로운 별호가 썩 마음에 들었다. 특히 무당파에 입문할 당시 목표로 삼았던 허공 진인에 빗대어진 별호라는 점은 그에게 꽤나 각별하게 다가왔다. 드디어 목표로 했던 산의 정상을 바로 눈앞에 둔 것과 같은 기분이랄까?

결국 진자운의 입가에 흐뭇한 웃음이 떠오르자 모용청려는 살짝 눈살을 찡그려 보였고, 상유연은 말을 계속이었다.

“그래서 저는 정식으로 태극무검 진 소협에게 지난번에 드렸던 부탁 외에 다른 한 가지를 더 청하기 위해 이 자리를 마련했어요.”

“내 사매를 납치해서 날 유인해 온 걸 말하는 거요?”

“예, 그래요.”

“허!”

다시 한차례 진자운이 혀를 차자 상유연이 해명이라도 하듯 말했다.

“모용 소저를 통하지 않았다면 진 소협과 이렇게 다시 유쾌한 대화를 나눌 수는 없을 거란 생각이 들어서 어쩔 수 없었어요. 만약 진 소협이 그에 대해 화를 내신다면 달게 받을 밖엔 도리가 없겠지요. 하지만 일단은 제 얘기를 들어보셨으면 좋겠군요.”

“흠, 상 소저가 그렇게까지 나온다면야… 한번 들어보는 것도 나쁘진 않겠지요.”

“역시 진 소협은 화통하시군요. 일단 안으로 드시지요.”

상유연이 방금 전에 나왔던 모옥 쪽을 손으로 가리켰다. 주인이 손님을 청하는 일상적인 모습이었다.

모옥 안에 들어선 진자운은 고개를 슬며시 가로저었다. 여기저기 거미줄이 쳐져 있는 데다 벽에는 금까지 잔뜩 가 있다. 바닥에 먼지가 가득한 것까지 보자니, 어찌 이런 곳에 인세에 보기 드문 절세미인 둘이 있었던가 싶다.

“미인들은 본래 성격이 고괴하다더니, 과연 오늘 내가 그런 소저를 보게 되는 것 같구만.”

“고괴의 뜻이나 알고 하는 말인가요?”

모용청려가 슬쩍 눈을 흘겨 보인다. 그러자 진자운이 그녀에게 시선을 던지곤 눈을 크게 떠 보였다.

“그야 사매 같은 여자를 두고 하는 말이잖아.”

“금세 말을 돌리기는.”

방금 전에 진자운이 말한 미인이 자신을 이름이 아닌 걸 알면서도 모용청려는 그냥 넘어가 주기로 했다. 그녀 역시 눈앞에 있는 상유연이란 여인이 지닌 고괴함에 묘한 매력을 느꼈기 때문이다.

상유연이 자신의 심마를 놔둔 자리 옆에 그림같이 앉았다.

자연스레 내밀어진 손끝.

가리키는 방향은 방금 전까지 모용청려가 누워 있던 짚단 위다.

"누추하지만 두 분, 좌정하도록 하시죠."

"누추하다기보다는 추레한 것 같은데……."

진자운이 기다렸다는 듯 투덜거림을 보이자 모용청려가 살짝 옷자락을 당기곤 먼저 자리를 잡았다. 더 이상 진자운과 말싸움을 하고 싶진 않았기 때문이다.

푹!

진자운이 못 이기는 척 모용청려 옆에 주저앉았다. 시골 출신답게 꽤나 편안해 보이는 자세다. 사실 앞서의 투덜거림은 그저 한 번 해본 것에 불과한 것이다.

상유연이 미미하게 고개를 끄덕이곤 말한다.

"이곳은 본래 산을 오고 가는 약초꾼들이 잠시 머무는 곳인 것 같아서 제가 머물 거처로 삼았습니다. 모용세가 쪽을 관찰해야만 했기에 어쩔 수 없는 선택이었죠."

"모용세가를 비롯한 팔대세가 연합과 남녹림 간의 싸움을 관찰하고 있었다는 게 더 옳은 표현일 것 같소만?"

"맞아요."

"그럼 얘기가 간단하겠구만. 우리가 맺었던 삼 개월 후의 약속은 어떻게 된 것이오?"

"그 약속은 아직 유효합니다. 다만 진 소협의 무위나 명성이 제 생각을 훨씬 뛰어넘었기에 다른 조건이 첨가됐을 뿐이에요."

"예를 들자면?"

상유연의 시선이 모용청려 쪽을 향했다.

"모용 소저는 진 소협이 천마신교 쪽의 일을 행함에 있어서 상당히 강한 원군이 될 수 있어요. 지금 이 근방에 와 있는 파미륵 대사를 비롯한 성녀님의 측근들 역시 마찬가지고요."

"그런 것까지 알고 있었던 거요?"

"처음부터 진 소협이 말했잖아요, 저는 진 소협 뱃속의 회충이라고."

"무섭구만. 하지만 사매는 얌전히 모용세가에 앉아서 내가 돌아올 때를 기다리고 있을 거요. 그녀는 상 소저나 나처럼 마구 돌아다니는 사람이 아니라 양갓댁의 규수로서……."

"나도 따라갈 거예요."

"…규수로서 얌전을 빼며 세가에 앉아서 집을 떠난 정인을 기다리며 바느질을 하고……."

"나도 따라간다고 했어요!"

완전히 자신의 의사를 무시한 채 말을 전개하고 있는 진자운에게 모용청려가 다시 목소리를 높였다. 이때 그녀는 진자운의 옆구리에 강한 압박을 동시에 가하는 걸 잊지 않고 있었다. 그래 봤자 자신의 손가락만 아플 따름이지만, 그렇게라도 하지 않고선 성이 풀리지 않았기 때문이다.

과연 진자운이 시선을 그녀에게 던졌다.

"사매도 봐서 알겠지만, 마군자란 친구는 정말 대단한 강적이야. 솔직히 지금 내 무위로서도 감당할 수 있을지 없을지 장담할 수 없어. 게다가 상 소저가 말하는 천마신교란 곳은 세간에서 마교라 불리는 곳으로 마군자 같은 대마두들이 득시글거리는 곳이라구. 그걸 완벽하게 이해하고서 날 따라나서겠다고 말한 거야?"

"예."

　모용청려의 이마에 진자운이 손가락을 가져다 댔다. 그녀가 혹시 열이라도 있는 게 아닌가 확인해 보기 위함이었다.

　툭!

　모용청려가 진자운의 손가락을 정중하지만 단호하게 밀어냈다.

　"나는 전혀 열이 없어요. 그리고 방금 전에 말한 것처럼 반드시 사형의 뒤를 따라갈 거예요."

　"나 바람 안 핀다."

　"지금도 필 준비가 된 것 같은데요?"

　"날 못 믿는 거야?"

　"예."

　모용청려가 단호하게 고개를 끄덕이자 진자운이 고개를 외로 꼬아 보였다. 모용청려가 이렇게 나오면 더 이상의 설득은 힘들다는 걸 잘 알고 있었기 때문이다.

　모용청려가 한마디 덧붙이길 잊지 않았다.

　"이래 놓고 혼자 몰래 야반도주할 생각은 버리는 편이 나을 거예요. 사형이 그런 짓을 벌이면, 당장 각원 사부님한테 달려가서 몽땅 고자질해 버릴 테니까요. 마음 넓은 각원 사부님은 별문제 삼지 않겠지만, 제갈 총군사님은 절대 그렇지 않을 거란 걸 사형도 잘 아실 테지요?"

　"끄응."

　진자운의 뇌리 속으로 꼬장꼬장하고 내심을 추측키 힘든 정파의 늙은 너구리의 얼굴이 잠시 스치고 지나갔다. 그가 세상에서 가장 상대하기 쉽지 않은 두 사람 중 한 명이 바로 그였다. 마음속에 한 가닥 거리낌이 생겨나지 않을 리 만무하다.

　상유연이 나섰다.

“그럼 두 분 사이의 얘기는 대충 일단락난 것 같으니, 이젠 제가 한 말씀 드리겠어요.”

“또 뭔가 다른 게 있는 거요?”

진자운의 역정에 상유연이 살짝 미소 짓더니 곧 안색을 굳히고 말했다.

“제 오라버니는 천마총을 열려 하고 있습니다.”

“천마총?”

“천마신교 역대 교주들의 존체가 안치되어 있는 금역을 말해요.”

“일종의 조사전이구만.”

진자운이 이해했다는 듯 고개를 끄덕이곤 질문했다.

“그래서, 그 인간은 왜 그런 무덤을 열려고 하는 거요? 특별한 무공비급이라도 얻으려는 건가?”

“대부분의 사람들은 그런 식으로 생각할 테죠. 천마총에는 최후를 맞기 전 역대 교주들이 남긴 광세마학이 넘쳐흐를지도 모르니까요. 하지만 진 소협이라면 오라버니가 그런 비급 따위를 탐낼 까닭이 없다는 걸 아실 테지요?”

“절대지경이란 건 이미 일반적인 무학의 극의에 오른 상태를 말하지. 그런 자에게 아무리 엄청난 절세비급이라 해도 그저 휴지에 불과할 테니 그가 천마총을 여는 이유는 분명 다른 데 있겠군. 그게 뭔지는 아직 잘 모르겠지만 말야.”

“저 역시 그래요. 그래서 저는 진 소협에게 다시 한 가지 부탁을 드려야 할 것 같네요.”

“그가 천마총을 여는 걸 막아달라는 건가?”

“그게 첫 번째. 두 번째는 천마총 안에 뭐가 있는지 알아내 달라는 거예요."

"상 소저 역시 천마총 내부에 들어가고 싶은 건가?"

"천마총에 정파무림을 위협할 만한 요소가 있다면 영원히 어둠 속에 묻히게 하고 싶을 뿐이에요."

"……."

진자운은 비로소 자신의 진의를 드러낸 상유연을 물끄러미 바라봤다.

'천하 무림 전체를 놓고 암중으로 겨루는 남매라… 정말 재수없는 남매가 아닌가.'

진자운은 기분이 좋지 않았다. 다른 사람이 정해놓은 대로 움직이는 건 그가 가장 싫어하는 일이었다.

상유연이 흡사 그의 내심을 읽기라도 한 듯 말했다.

"지난번에도 말씀드렸다시피, 오라버니는 목적을 위해선 수단과 방법을 가리지 않는 분이에요. 그런 분이 진 소협을 주목하고 있는 이상 앞으로 싸움을 피할 방법은 없다고 봐야 할 거예요. 그런데 만약 그분이 천마총을 열고 미증유의 힘을 얻게 된다면 어찌 될까요?"

"내가 그를 이길 가능성이 완전히 사라진다는 뜻인가?"

"솔직히 진 소협의 무공 성취는 정말 놀라울 정도예요. 아마 동시대에 진 소협 이상으로 빨리 무공을 성취한 사람은 없을 거예요. 하지만 지금밖에는 진 소협이 오라버니를 능가할 수 있는 기회가 없는 것도 사실이에요. 진 소협이 그 기회를 놓칠 생각은 없으리라고 믿어요."

"흥."

진자운은 나직이 코웃음 치곤 더 이상 아무런 말도 하지 않았다. 무언중에 상유연의 말에 긍정을 보인 것이다.

‘천하의 고집불통인 사형을 이렇게까지 밀어붙일 수 있다니!’

모용청려는 진심으로 상유연에게 감탄했다. 그녀가 진자운을 만난 후 이같이 말발에서 밀리는 걸 처음 봤기 때문이다.

그때 상유연이 천천히 자리에서 일어섰다. 진자운이 무언이나마 긍정했으니 그녀로선 더 이상 이 자리에 남아 있을 까닭이 없어진 것이다.

“그럼 진 소협이 제 말을 따라주실 걸로 믿고 저는 이만 떠나도록 하겠어요. 너무 오랫동안 한곳에 머물렀군요.”

“상 소저마저 그에게 감시당하고 있는 건가?”

“그렇다고 봅니다.”

“정말 무서운 남매지간이군.”

나직이 중얼거린 진자운이 갑자기 불쑥 한마디 던졌다.

“하지만 나는 상 소저의 말에 대해 아직 응낙하지 않았어. 그러니 너무 믿진 말라구.”

“말은 결코 마음을 따르지 못하는 법이지요.”

“…….”

상유연이 진자운에게 슬쩍 허리를 숙여 보이고 모옥 밖으로 나갔다. 진자운의 침중하게 가라앉은 시선이 그녀의 뒷모습을 끝까지 지키고 있었다.

퍽!

모용청려가 진자운의 어깨를 주먹으로 때리곤 말했다.

“이 심각한 상황에 여자의 뒤태나 감상하고 있어야만 하는 거예요!”

“평생 본 중에 가장 멋진 뒤태인데, 느긋하게 감상 좀 하면 안 될까?”

"안 돼요!"

단호한 모용청려의 말에 진자운이 아쉽다는 듯 입맛을 다셨다. 저번에도 그랬지만, 정말 그냥 이대로 보내기엔 참으로 아까운 처자란 생각이 뇌리를 오락가락하고 있었다.

＊　　　＊　　　＊

그 시각 파미륵 일행.

그야말로 살아 있는 포대화상이라 할 수 있는 파미륵을 제외한 두 남자와 한 여자는 안절부절못하며 주변을 맴돌고 있었다. 한참이나 시간이 지났음에도 찾아오지 않는 진자운과 장진구 때문에 애가 닳 대로 닳아버린 것이다.

그래도 파미륵은 석불이나 다름없었다.

떴는지 감았는지 당최 알 수 없는 눈을 해갔고서 그가 염불을 외듯 중얼거린다.

"기다리면 오리니. 어찌 사람들이 그리 급한 겐가. 진 소협은 어디로 도망가지 않으니 다들 앉아서 하회를 기다리게나."

"하회는 무슨!"

"진 소협은 그래도 정파의 인물인데 과연……."

소설향과 남희명이 각자의 불안감을 말로 해소하며 파미륵 쪽에 우려 깃든 시선을 던졌다. 진자운이 정파인으로 남기 위해 성녀 담화연을 모른 척한다는 가정은 생각만으로도 두려웠다. 어쩌면 지금 그들은 너무 지나친 기대를 진자운에게 하고 있는지도 모르는 것이다.

파미륵이 입가에 가는 미소를 만들어냈다.

"진 소협은 정과 마의 경계에 서 있는 사람일세. 어찌 쉽사리 자신의 본성을 바꿀 수 있겠는가? 게다가 성녀님에 대한 그의 마음을 본불이 이미 사천과 운남에서 본 바 있으니, 전혀 걱정하고 근심할 일이 아니네. 다만 한 가지 우려되는 일이 있다면……."

"우려되는 일이 있다면……."

"만약 진 소협이 성녀님의 생사 여부보다 더욱 우선할 일이 있다면, 그건 아마도 그의 양친이나 사문인 무당파의 존망에 관한 것이 아닐까 하네. 하지만 그런 일이 이렇게 공교롭게 벌어질 수 있겠는가?"

"……."

소설향과 남희명이 거의 동시에 고개를 끄덕여 보였다. 그들이 생각하기로도 그러한 일이 지금 일어난다는 건 너무나 공교로워서 전혀 타당성이 없어 보였기 때문이다.

'흠, 하지만 왕왕 세상일이란 타당성없이 돌아가기에 재밌기도 한 것을.'

자신이 내뱉은 말을 내심 비틀어 보인 파미륵이 눈에 작은 안광을 만들어냈다. 근처에 선 소설향과 남희명 모두 전혀 눈치 채지 못한 작은 변화였다.

*   *   *

장가촌.

무당산 자락에 위치한 평범한 촌락의 하루는 굴뚝에서 피어오르는 뽀오얀 연기에서부터 시작된다. 새벽부터 일 나갈 장정들을 위한 아낙들의 정성이 깃든 구수한 밥 짓는 내음 역시 빠질 수 없다.

꼬르륵!

멀리 바람을 타고 날아든 구수한 내음에 허무 진인은 꼬챙이처럼 마른 아랫배가 우는 소리를 들었다. 대략 보름 넘게 송진 같은 것밖엔 먹지 않다 보면 자연스레 익숙해지게 마련인 생리적 울부짖음이다.

'쯔쯔쯧, 냄새만으로도 이토록 뱃속이 요동을 치다니, 도대체 사형은 어떻게 그렇게 오랫동안 폐관을 하고서 수련할 수 있었단 말인가!'

의식적으로든 무의식적으로든 항상 피해왔던 생각이었다. 사형이자 평생 뛰어넘을 수 없다고 여겼던 허공 진인의 그림자를 머릿속에 떠올리는 것조차 굴욕감을 느꼈던 평생이었다. 마음속으로나마 자신의 못함을 인정하고 싶진 않았다. 그렇게 마음먹고 있었다.

하지만 요즘 들어 진자운이란 맹랑한 제자의 좌충우돌한 삶을 바라보며 허무 진인은 삶의 다른 측면을 볼 수 있게 되었다. 항상 골칫거리였던 제자에 대한 근심과 우려로 세월을 보내던 중 작으나마 마음속의 여유를 가질 수 있게 된 것이다.

작은 돌멩이가 만들어낸 파탄이 커다란 호수 전체를 파문으로 물들인다.

허무 진인은 마음속에 여유를 찾는 것과 동시에 그동안 사형 허공 진인에게 가지고 있던 열패감과 감정적인 찌꺼기를 상당 부분 해소할 수 있었다.

그동안 팽팽하게 당겨져 있던 활의 시위가 조금 느슨해진 셈이다.

놀라운 변화는 그때부터 나타났다.

허무 진인은 사형 허공 진인에 대해 상당히 솔직한 심정이 되었고, 오랫동안의 용맹정진으로도 제자리걸음이던 도학 역시 큰 정진을 보게 되었다. 만물이 일여하며 삶과 죽음의 경계가 그다지 크거나 넓지 않음을 알게 된 것이다.

세속을 완전히 벗어난 자연인의 단계.

허무 진인은 허공 진인조차 오랜 참오 끝에 도달한 경지를 엿보게 되었다. 이젠 더 이상의 미망은 존재하지 않았다.

꼬르륵!

다시 울부짖는 배의 소란스러움에 허무 진인이 어쩔 수 없이 품 안을 뒤졌다. 사흘 전에 허기를 잊기 위해 먹고 남긴 송진 가루를 꺼내기 위함이었다.

한데 그때였다.

한가롭기만 하던 장가촌의 외곽 쪽으로 난 소로에서 한 명의 잘생긴 미청년이 모습을 드러냈다. 천하를 뒤지며 수없이 많은 기재들을 만나고 다녔던 허무 진인으로서도 처음 보는 천품.

허무 진인은 자신도 모르게 반쯤 감겨 있던 눈을 크게 떴다. 그만큼 미청년의 천품이 놀라웠기 때문인가?

그렇진 않았다.

정작 허무 진인을 놀라게 한 건 미청년의 뒤를 졸래졸래 따르고 있는 한 명의 소년이었다.

"어찌……."

자신도 모르게 입술을 떼어내던 허무 진인의 안색이 가볍게 흐려지고 있었다.

"저, 저기 안내하는 건 전데요……."

장자경이 주저주저하다 목소리를 조금 높였다. 새벽같이 나무를 하러 나섰다가 만난 미청년은 정말 호감 가는 인상의 사내였다. 몇 년 전에 조우한 일이 있는 친형 진자운—모친 진가영에게 진자운과의 만남을 까불대며 말했던 장자경은 그날 빨리 알리지 않았다는 이유로 엄청나게 치도곤을 치러야만 했다—보다 더 친근한 느낌이 들 정도였다.

그래서 그가 장가촌을 찾는다는 말을 하자 장자경은 냉큼 하고 있던 나무마저 내팽개치고 안내에 나섰다. 단지 사람이 마음에 든다는 것만으로 모친 진가영이 항상 말했던, 낯모르는 사람을 따르지 말고 조심하란 가르침을 저버린 것이다.

그런데 대충 장가촌이 보이는 곳에 이른 미청년은 그때부터 자신 마음대로 행동하기 시작했다. 안내하는 입장이던 장자경의 뒤를 조용히 따르던 게 언제더냐는 듯 오히려 자신이 앞장서서 걷고 있었다. 장자경으로선 모친의 신신당부와 더불어 왈칵 불안한 마음이 들지 않을 수 없었다.

힐끔.

장자경의 항변을 들은 미청년이 비로소 걸음을 멈추고 시선을 던져왔다.

"소형제, 고마웠네. 만약 부근 숲에서 소형제를 만나지 못했다면 장가촌을 찾는 데 꽤나 고생을 할 뻔했어."

"저기, 장가촌은 아직 다 도착한 게 아닌데요……."

"물론 그렇지. 하지만 이젠 장가촌이 한눈에 훤히 보이니 더 이상 소형제의 안내는 필요치 않을 것 같네."

말을 마친 미청년이 품 안에서 비단으로 된 고급 전낭을 꺼내더니, 제법 큼지막한 은자덩이를 꺼내 장자경에게 내밀었다. 족히 은자 두 냥가량은 되어 보이는 크기.

평생 구리 돈 정도밖엔 본 일이 없는 장자경의 눈이 두 배쯤 커졌다.

"이건……."

"이곳까지의 안내비라네. 내 조그만 성의니 사양치 마시게."

장자경이 자신도 모르게 손을 내밀어 은덩이를 받아 들려다 움찔 어깨를 떨어 보였다. 모친 진가영의 모르는 사람에게 돈이나 음식 같은 걸 함부로 받지 말라는 가르침이 떠올랐기 때문이다.

미청년의 눈가에 살짝 주름이 잡힌다.

"왜, 이걸로는 부족한 건가?"

"아니요! 아니요!"

연신 양손을 크게 흔들어 보인 장자경이 뒤통수를 긁적이곤 말했다.

"저기… 울 엄니가 낯모르는 사람한테 뭔가를 도와주고 돈 같은 거 받는 거 아니라고 해서요……."

"소형제는 정말 훌륭한 모친을 두었군."

미청년이 천천히 고개를 끄덕여 보였다. 그러자 장자경이 미청년에게 칭찬을 받은 모친 진가영의 흉포한 모습과 무지막지한 손찌검을 떠올리곤 온몸을 가볍게 떨어 보였다. 아무리 생각해도 훌륭하기보다는 무서운 모친인 것이다.

그때 미청년이 잠시 미간 사이를 좁혀 보이더니, 입가에 부드러운 미소를 만들어냈다.

"사실 자당께서 소형제에게 한 말씀은 무척이나 사리에 맞는 말일세. 하지만 이미 소형제와 나는 안면을 익힌 사이가 아닌가? 함께 깊숙한 숲 속을 헤쳐 나왔는데, 어찌 낯모르는 사이라 할 수 있겠는가?"

"그치만……."

"역시 낯모르는 사이라고 생각하는 거로군?"

장자경이 고개를 끄덕여 보였다.

미청년이 입가의 미소를 더욱 짙게 만들었다.

"그럼 이렇게 하도록 하세."

"어떻게요?"

"소형제와 내가 서로 통성명을 하는 걸세. 그럼 우리 두 사람은 더 이상 낯모르는 사이가 아니게 되지 않겠는가?"

"그야……."

장자경이 얼굴에 수긍의 빛을 보이자 미청년이 슬쩍 소맷자락을 떨어 보이곤 말했다.

"내 이름은 상유하. 멀리 청해에서 왔다네. 소형제의 이름은 어떻게 되는가?"

"저… 저는 장자경이라 합니다."

"장자경… 좋은 이름이구나. 그럼 우리 두 사람이 통성명을 했으니, 이젠 더 이상 사양치 말고 받게나."

상유하가 장자경에게 다시 수중의 은덩이를 내밀었다. 전혀 강압하는 표정이나 말투가 아닌데도 은연중에 풍겨 나오는 기도는 압도적이었다. 일개 소년에 불과한 장자경이 거절할 수 있을 리 만무하다.

툭!

자신도 모르게 손을 내민 장자경의 손에 은덩이가 떨어져 내렸다. 평생 처음 느껴보는 묵직한 감촉이 손바닥 가득 전해져 온다.

"그럼 나는 이만 볼일 좀 보러 가볼까 하네. 장 형제와는 웬지 인연이 있는 듯하니, 또 볼 날이 있을지도 모르겠군."

"……."

처음으로 쥐어본 은덩이의 감촉에 넋이 빠져 있던 장자경의 눈앞에서 상유하가 순식간에 모습을 감췄다.

신기루?

장자경은 자신도 모르게 소매를 들어 눈가를 연신 문댔다. 벌써 날이 밝은 지 한참이 지났는데, 뭔가에 홀리기라도 했는가 하는 의심이 들어서였다.

하지만 여전히 방금 전까지 태양과 같은 미소를 짓고 있던 상유하의 모습은 당최 보이지 않았고, 손에는 묵직한 은덩이가 자리잡고 있었다. 꿈을 꾼 듯한데, 절대 꿈을 꾼 건 아닌 기묘한 상황이 되어버린 것이다.

"어, 엄니야!"

결국 아직 나이 어린 소년답게 크게 소리를 지른 장자경이 자신의 집을 향해 맹렬히 달려가기 시작했다. 그렇게 놀란 외중에도 수중의 은덩이만은 꽉 쥐고 있는 것이 아주 순진하기만 한 산골 소년은 아니지 싶다.

장자경을 뒤로하고 신형을 공중으로 띄워 올린 상유하는 단숨에 장가촌의 외곽에 펼쳐진 수백 년 된 노송림 위로 떨어져 내렸다.

어풍비행술.

전설에서나 볼 법한 절대의 경신법이다. 그러나 기상막측한 괴변은 거기에서 그치지 않았다.

스읏!

상유하가 노송림 바로 위까지 떨어져 내렸을 때였다. 나직한 기음과 함께 노송림 속에서 한 명의 노도가 모습을 드러냈다. 상유하가 장자경과 함께 장가촌에 들어섰을 때부터 계속 주목하고 있던 허무 진인이 육지비행술을 펼치며 모습을 드러낸 것이다.

지잉!

누가 먼저라 할 것이 없었다.

가을, 파아란 하늘처럼 선명한 푸른색 섬광과 황혼이 지기 전에 잠시 천지를 붉게 물들이는 노을빛 광채가 동시에 격돌을 일으켰다.

폭발하는 광휘!

허무 진인이 펼친 건 단천뢰심강이었고, 상유하의 손을 떠나간 건 지존성마검이었다.

정과 마를 대표하는 양대 절학의 격돌!

순간적으로 일어난 수백 가닥의 전광이 노송림을 삽시간에 불바다로 만들었다. 절대적인 두 개의 힘이 맞부딪쳤으니 당연한 결과이다.

그러자 허무 진인의 노안에 가벼운 균열이 일었다. 노송림이 불타는 것과 동시에 불어온 남서풍 때문이었다.

'이대로라면 장가촌으로 불길이 번진다…….'

의형수형.

마음이 일자 자연스럽게 몸이 따른다.

허무 진인의 소맷자락이 가벼운 원운동을 보이자 흡사 용권풍과 같은 광풍이 일어났다. 노송림을 덮친 화마를 일거에 수그러뜨릴 정도로 강력한 바람을 일으킨 것이다.

그 짧은 틈을 상유하는 놓치지 않았다.

지이이!

최초의 일격보다 조금 더 귀를 거슬리게 하는 기음과 함께 상유하의 손끝에서 백색 전광이 튀어나왔다. 목표는 잠시 심력을 흐트러뜨린 허무 진인의 오른팔.

퍼억!

허무 진인의 오른팔이 단숨에 양단되었다. 눈앞에 이르러 수백 가닥으로 분광을 일으킨 지존성마검의 검강의 한 가닥이 오른팔을 스치고 지나간 것이다.

"으음."

허무 진인의 입에서 가벼운 신음이 흘러나왔다. 그러나 그는 다시 남은 왼팔 쪽에 기력을 쏟아내어 완전히 노송림에 붙은 불길을 잡았다. 그에겐 장가촌 촌민들의 안위가 자신의 한 팔보다 더욱 중요했기 때문이다.

불길은 서서히 소화되어 갔다.

그 모습을 본 상유하는 더 이상 허무 진인을 공격하지 않았다. 한 팔을 잃은 허무 진인 따윈 더 이상 그의 상대가 아니었다. 더 이상 힘을 써서 괴롭힐 까닭이 없다.

슥!

허무 진인이 화마로부터 벗어난 노송림 아래로 떨어져 내리자 상유하가 곧 그 뒤를 따랐다. 아무리 독비도사가 되었다곤 하나 허무 진인을 이대로 놓칠 순 없었다.

자욱한 연기로 뒤덮인 노송림.

그 속은 이미 평소의 청록을 잃고 있었다. 한 치 앞도 보이지 않는 자연의 미로로 돌변한 것이다.

그러나 상유하는 아주 손쉽게 허무 진인의 자취를 발견했다. 잘린 어깨에서 흘러나온 혈향은 매캐한 송진 타는 냄새로도 지워 버릴 수 없었던 것 같다.

'저기군.'

상유하는 느긋한 걸음으로 연기 속을 헤쳐 나갔다. 장가촌의 수많은 촌민들을 놔둔 채 허무 진인이 도망치리란 생각은 들지 않았다. 마음이 급할 까닭이 없다.

과연 그의 예상대로였다. 매캐한 연기가 조금 가시고 시야가 확보되자 노송림 가운데 만들어진 작은 공터에 주저앉은 허무 진인의 모습이 보였다.

부상이 생각보다 컸던 것인가?

독비의 허무 진인이 무심하게 가라앉은 시선을 상유하에게 던졌다.

"무당의 무학이 아니구려?"

"소생이 허무 진인 앞에서 무당의 무학을 사용할 만큼 멍청하진 않은 거지요."

"허허, 멍청하지 않다라……."

허무 진인이 미미하게 고개를 가로저어 보였다. 씁쓸한 기색이 그의 노안을 어둡게 물들인다.

"아연이의 부탁을 받은 게지요?"

"상 소저가 한 말과 같은 것이오?"

"그 아이는 나의 분신이니, 다른 생각을 했을 리가 없지 않겠습니까?"

질문을 질문으로 받은 형국.

허무 진인은 자신의 예상이 옳다는 걸 깨닫고 고개를 미미하게 흔들어 보였다.

"무당의 힘은 상당하외다. 만약 혼자의 힘으로 제압할 수 있다고 생각한다면 큰 오산."

"무당을 치기 위해 이곳에 온 것이 아닙니다. 진인께서도 알고 계셨으리라 봅니다만?"

허무 진인의 이마에 깊은 고랑이 패었다.

"진짜 상 소저와 똑같은 생각을 하고 계셨구려. 내 믿지 않았거늘."

"대부분 그리들 생각하더군요."

"으음."

침음하는 허무 진인을 바라보는 상유하의 입가에 한 점 미소가 떠올랐다.

"진인은 최선을 다하셨습니다. 아연 역시 만족했을 테니, 이젠 그만 무당으로 돌아가시는 게 어떻겠습니까?"

"그럴 수는 없는 일이지요."

"진인의 내공은 이미 절반이나 흐트러졌습니다. 그 상태로 무리를 하신다면 원정지기에 손상을 입어 염원하던 등선지로에 오르지 못하게 될지도 모릅니다. 죽음을 무릅쓰는 건 어려운 일이 아니나 뜻을 이루지 못하는 것까지 개의치 않는 건 쉽지 않은 선택일 겁니다."

자신의 내심을 몽땅 꿰뚫어 보는 듯한 말.

허무 진인은 세상을 혼세로 빠뜨릴 마왕의 탄생을 목전에서 바라보고 있음을 직감적으로 깨달을 수 있었다. 평생 단 한 번도 느껴본 적 없는 두려움에 목젖이 떨려 나온다.

'허허, 인생은 선택의 연속이라던 사형의 말이 어째서 지금 이 순간 떠오른단 말인가! 그 당시에도 나는 이런 기분을 느끼곤 크게 좌절했거늘. 하지만 그때에 비해 조금이나마 수양을 쌓기도 하였고……'

내심 쓰게 웃은 허무 진인이 주저앉았던 자리에서 스륵 일어섰다.

"애석하게도 빈도에게 부탁을 한 건 상 소저가 아니었구려. 그러니 비록 빈도가 이 자리에서 죽는다 해도 전력으로 상 대주의 앞을 막으려 하오."

슉!

단호한 일갈과 함께 하나 남은 손을 하늘로 들어 보인 허무 진인의 전신에서 푸른색 강기가 넘실거리며 일어났다. 처음 상유하의 지존성 마검에 맞섰을 때보다 훨씬 맑고 투명한 푸른색.

상유하가 해연히 놀란 얼굴로 일보 뒤로 물러섰다.

"원정지기를 몽땅 개방하다니, 정말 진인께선 등선을 포기하신 것입니까?"

"등선이라……."

슬며시 말꼬리를 흐린 허무 진인의 안색이 더할 나위 없이 편안하게 바뀌었다.

"상 대주, 빈도의 평생 동안 수련한 것보다 근래 들어 깨달은 것이 훨씬 더 많았구려. 어찌 기껏해야 원정지기 정도로 그 깨달음의 깊이를 잴 수 있단 말이오."

"그렇지만……."

"이미 빈도의 마음속 미망은 깨끗이 비워졌으니, 더 이상 개의치 말고 상 대주는 전력을 다하는 게 좋을 것이오!"

허무 진인은 목소리를 높임과 동시에 하늘 끝까지 닿아 있던 단천뢰 심강의 푸른 파랑을 상유하에게 쏟아내었다.

월인천강!

그의 평생 동안 벽으로 존재해 왔던 사형 허공 진인의 태극무한신공(太極無限神功)을 뛰어넘으려 만든 절대의 강기공. 그것의 정화가 처음으로 모습을 드러낸 것이다.

"아름답군……."

상유하는 황홀한 듯 자신을 덮쳐 오는 푸른 강기의 파랑을 바라봤다. 그의 예리한 시선이 파랑 속을 가득 메운 무수히 많은 편월들을 직시한다.

슥!

그리고 찰나지간 만에 벌어진 일이다. 옆으로 일보를 떼어낸 상유하의 그림자 속에서 거대한 손이 튀어나왔다.

악마의 손인가?

허무 진인의 원정지기로 형성된 월인천강의 정화가 그림자에서 튀어나온 검은색 손에 휘감겨 삽시간에 흔적도 없이 소멸했다. 이미 무공의 경계를 뛰어넘어 버린 것 같은 괴사.

휘청!

허무 진인의 노구가 크게 요동쳤다. 그는 자신의 월인천강을 무력화시킨 그림자의 정체를 알고 있었던 것이다.

"어, 어찌 이런 일이……."

"그냥 평범한 천마신교의 마공입니다."

상유하가 슬쩍 입가에 미소를 담더니 허무 진인을 향해 쏘아져 갔다.

번쩍!

한 가닥 백색 섬광이 허무 진인의 뇌리 속에 떠올랐다.

*　　　*　　　*

번쩍!

까만 하늘을 가득 메우고 있던 은하수의 강을 가로지르는 한줄기 섬광이 있었다.

유성!

예로부터 불길한 일의 전조를 나타내거나 사람의 명운을 말할 때 빠지지 않던 별의 추락이 있었다.

거짓말 같게도 그 광경을 우연찮게 바라본 한 명의 외팔이 노승이 있었다. 무림맹주 각원 대사였다.

"끌! 또 한 명의 중생이 서방정토로 떠난 게 아닌가."

"고작 유성 하나를 본 것을 가지고 크게 대오각성한 고승 흉내를 내십니다그려."

각원 대사에게 통박을 준 건 여전히 선풍도골의 모습을 유지하고 있는 총군사 제갈효다.

그는 방금 전까지 영웅탑에서 사천정의련의 군사 옥성 사태에게 강남대전의 결과에 대한 보고를 들었다. 자신의 손을 벗어난 진자운이 대활약을 전해 들은 그의 심사는 그리 편치 않았다.

무당!

머리 하나만으로 유아독존하던 제갈효에겐 가슴속에 박힌 조그만 가시나 다름없었다. 세인들이 항시 허공 진인을 그의 앞에 두고 무당파를 모용세가의 윗길로 여긴다는 걸 알고 있는 까닭이다.

태극검선 허공 진인에 이어 다시 태극무검 진자운이란 신성이 떠올랐다는 말을 듣자 가슴속에서 격한 노화가 치밀어 올랐다. 그로 인해 사천대전에서 만독문을 격멸한 제갈효의 공적은 크게 빛을 잃게 됐다.

어리석은 천하인!

그들은 진정코 누가 마선 담천위를 죽였고, 독효 갈홍경의 목을 벴는지 알지 못한다. 단지 그 순간 그들의 숨통을 끊은 행운아들에게 환호를 보낼 따름이었다. 그게 평범한 자들이 생각할 수 있는 최선이었다.

제갈효는 거기까진 참을 수 있었다.

어차피 천하인들이 어떤 식으로 생각하든 정파무림을 지키는 최후의 방벽은 자신임을 자부하고 있었기 때문이다. 다른 자들은 그저 그가 움직이는 꼭두각시나 장기판의 말이었다.

하지만 진자운이란 애송이는 무언가?

그 애송이는 처음부터 제갈효의 시야을 벗어났고, 온갖 짓을 다 벌이고 다니며 성장했다. 그리고 결국 강남대전에서 녹림삼왕의 으뜸인 임대성을 죽였다. 스스로의 힘만으로 새로운 무림의 별로 떠오른 것이다.

그게 제갈효를 화나게 만들었다. 그의 조화로운 세상이 다시 크게 헝클어지는 게 싫었다. 늙으면 어린애와 같아진다는 말처럼 가슴속에 남은 노여움의 불꽃은 쉽사리 꺼지지 않는다.

그러나 제갈효의 언짢은 기색이 완연한 말에도 각원 대사는 별다른 반응을 보이지 않았다. 대수롭지 않다는 듯 내뱉은 말과 달리 이번에 떨어져 내린 유성이 지닌 기운이 범상치 않다는 생각이 들었기 때문이다.

제갈효의 노안에 가벼운 이채가 떠올랐다.

"맹주, 진정 천기를 읽은 것이외까?"

"천기? 그게 뭔데?"

"방금 전에 한 말이 천기를 읽고 내뱉은 게 아니란 것이오?"

"당최 무슨 말을 하는 건지……."

그제야 각원 대사가 퉁명스런 시선을 제갈효에게 던졌다. 그러자 훅 하고 지독한 술 내음이 쏟아진다. 제갈효가 조금이나마 기대했던 천기를 읽은 노승의 심유로운 눈빛 따윈 전혀 보이지 않는 것이다.

'허허, 또 초저녁부터 술을 퍼마시고 헛소리를 한 것인가? 느닷없이 맹주에게 쓸데없는 기대를 하게 된 걸 보니 나 역시 이제 많이 늙었음이야.'

내심 쓰게 웃은 제갈효가 천천히 고개를 흔들어 보였다.

"요즘 들어 약주가 좀 과하신 것 같소이다. 아무리 모용 가주가 빈틈없는 사람이긴 하나 지나치게 마음을 놓고 있는 게 아니시오?"

"내 마음 따윈 놓지 않고 있다네."

"그런 분이 이리 술을 마시고 헛소리를 지껄여 총군사의 심기나 어지럽힌단 말씀이십니까?"

조금쯤 꾸지람의 기색이 담긴 제갈효의 말이다.

그러나 각원 대사는 전혀 개의치 않는다. 오히려 말 안 듣는 악동처럼 가사 자락 깊숙이 박아놨던 술병을 꺼내 입가로 가져가는 것이다.

꿀꺽! 꿀꺽!

보고 있는 제갈효마저 목이 탈 정도로 시원스런 모습이다.

결국 술병 하나를 거덜낸 각원 대사가 제갈효에게 질문을 던졌다.

"현인, 만약 말일세. 우리가 여태까지 정파를 위해 해온 일이 잘못된 것이라면 어찌할 셈인가?"

"어찌 우리가 잘못을 했단 말이외까? 자잘한 실수는 있었을망정 여태까지 공도를 잃지는 않았지 않소이까!"

제갈효의 얼굴에 떠오른 건 단호함이었다. 부러질지언정 휘어지진 않겠다는 고집이었다.

평생을 함께한 친우의 얼굴을 묵묵히 지켜본 각원 대사가 입가에 흐릿한 미소를 만들어냈다.

“그야 모를 일이지. 하지만 현인, 자네는 끝까지 흔들리지 말게나.”

“그럴 일은 없소이다.”

“그래, 그래야 할 테지. 하지만 말일세. 마도 쪽의 입장에서 보면 그동안 우리가 정파를 위한답시고 저지른 일들은 천인공노하다 해도 과언이 아닌 것들이었다네. 마선 담천위를 죽인 후 허공 진인이 무당파 깊숙이 숨어 세상을 등진 것 역시 그 같은 사정을 알았기에 벌어진 일이 아니던가.”

“어쩔 수 없는 일이었소이다. 담천위 같은 인간 같지 않은 자가 마도를 일통했는데 어찌 그냥 두고 볼 수 있었겠소이까? 맹주는 설마 마도천하라도 바랐다는 말이오?”

“마도천하… 마도천하라…….”

슬그머니 말끝을 흐린 각원 대사가 다시 하늘을 올려다봤다. 유성 하나가 떨어져 내렸음에도 밤하늘은 아직도 수없이 많은 별들이 그 빛을 다투고 있었다.

그 모습을 묘한 표정이 된 제갈효가 묵묵히 지켜보고 있었다. 여태까지 잔뜩 신경 썼던 진자운과 무당파에 대한 건마저 까맣게 잊어버리고서.

‘각원… 약해졌는가…….’

지금 제갈효의 뇌리 속을 다시 메운 건 자신이 억지로 부맹주로 앉힌 정파의 새로운 영웅 모용진천이었다. 어느새 오래된 친우를 배신하고 후대를 준비하기 시작한 것이다.

◆ 第八十四章 ◆ 누구나 가슴속에 짐승을 키운다

슉!

담을 뛰어넘는 진자운의 뒷모습을 물끄러미 바라보고 있던 모용청려가 얼른 그 뒤를 따랐다. 강남대전의 종식자이자 구주에 새롭게 떠오른 별인 주제에 야반도주하려는 그를 결코 용납할 수 없었기 때문이다.

'비록 이럴 줄 알고 기다리곤 있었지만, 진짜 사형이 예상대로 움직일 줄이야……'

모용청려는 최대한 기척을 죽인 채 진자운의 뒤를 쫓으며 내심 한숨을 내쉬었다. 어쩌다가 천하 삼봉 중 으뜸이라 불리는 자신이 야반도주하는 사내의 뒤꽁무니나 따르게 되었는지, 한심한 생각이 들 뿐이었다.

그렇게 한참 진자운의 뒤를 쫓았을 때였다.

뒤따르는 모용청려를 전혀 고려치 않는 발걸음으로 모용세가의 영역을 벗어나던 진자운이 갑자기 휙 하고 신형을 돌려세웠다.

‘헉!’

모용청려는 그야말로 애가 떨어질 정도로 놀랐다. 진짜 크게 놀란 것이다.

주춤!

모용청려가 움직임을 멈추자 진자운이 입가에 얄궂은 미소를 활짝 지어 보였다.

“달밤에 산책을 하다가 미인을 보게 되다니! 역시 하늘은 스스로 돕는 자를 돕는다고 하더니, 내 인생에도 드디어 꽃이 피려나 보구만.”

“무슨 헛소리예요?”

“헛소리?”

진자운이 갑자기 주변을 이리저리 둘러봤다. 뭔가를 찾는 것 같은 모습이다.

모용청려의 입가에 한숨이 맺힌다. 잠시 놀랐던 기분 따윈 이미 까맣게 먼 저편 하늘로 날아간 지 오래다.

“사형한테 한 소리예요.”

모용청려의 한마디를 다시 듣고서야 진자운은 주변을 살피던 행동을 멈췄다. 그녀에게 억지 항복을 받아내는 데 성공했다는 판단을 내린 것이다.

“그래서 이젠 설명해 줘야 하지 않을까?”

“먼저 설명하시는 편이 옳다고 보는데요?”

“뭘?”

“이 밤에 모용세가의 담을 몰래 넘어 야반도주한 것에 대한.”

“흠. 야반도주라……．”

“설마 그냥 밤이슬을 맞으며 산책하는 게 새로 생긴 버릇이라고 말하고 싶은 건 아닐 테지요?”

일순 진자운의 얼굴에 움찔한 기색이 스쳐 갔다.

‘정말 그렇게 말하려고 했군.’

모용청려는 다시 속에서 한숨이 터져 나오는 걸 느꼈다. 진자운의 이런 엉뚱한 일면이 기분 나쁜 건 아니나 좀 상황에 따라 가려줬으면 하는 바람이 있는 것이다.

진자운이 그녀의 속마음을 읽은 듯 갑자기 진지해졌다.

“앞서도 말했지만, 내가 가는 곳은 마교의 대마두들이 우글거리는 총단이야. 그런 불유쾌한 곳에 사매는 꼭 가야만 하겠어?”

“예.”

“나 바람 안 핀다니까!”

“사형의 바람 따윈 겁나지 않아요. 단지 나는……．”

잠시 말끝을 흐린 모용청려의 맑은 볼 위로 한줄기 수정 구슬이 흘러내렸다.

“…나는 사형이 날 버려두고 죽는 걸 원치 않을 뿐이에요.”

“이런 바보 같으니……．”

진자운은 처음으로 본 모용청려의 눈물에 난처한 표정이 되어버렸다. 여자의 눈물을 보는 게 처음이 아닌데도 가슴 깊숙한 곳에 가벼운 파랑이 이는 걸 주체할 수 없었기 때문이다.

휘이!

진자운의 입에서 한줄기 청량하고 맑은 휘파람이 흘러나왔다.

모용청려의 눈물에 대한 보답?

야천을 향해 멀리멀리 퍼져 나간 진자운의 휘파람 소리에 맞춰 몇 개의 도깨비불이 빠른 이동을 보이기 시작했다.

파미륵과 육노당을 위시한 다섯 명의 천마신교 패거리는 바람처럼 모습을 드러냈다.

손에 손에 들려 있는 횃불들!

느닷없이 모습을 드러낸 도깨비불의 정체를 모용청려는 한눈에 알 수 있었다.

'어느새 사형은 저렇게 많은 절정고수들을 방수로 두고 있었단 말인가!'

모용청려는 한 명 한 명이 결코 자신에 못지않은 다섯 명의 고수를 경이에 찬 시선으로 바라봤다. 그들의 무위라면 팔대세가의 수위를 차지하고 있는 모용세가에서도 당적할 자가 몇 없으리란 판단을 쉬이 내릴 수 있었기 때문이다.

놀란 건 모용청려뿐이 아니었다.

파미륵과 육노당은 천하제일의 미녀라 확신하고 있던 성녀 담화연에 버금가는 모용청려의 미모에 놀랐고, 그 뒤를 따르던 소설향과 남희명, 장진구는 진자운이 약속과 달리 혼자 나오지 않은 것에 뜨악한 표정이 되었다.

그들은 모용청려와 이미 안면이 있던 처지라 그녀의 미모에 크게 놀라진 않았다. 다만 그녀를 데리고 나온 진자운의 의중에 의혹을 품을 따름이었다.

'어떻게 이런 일이……'

'성녀님이 진 소협과 모용 소저가 함께 있는 광경을 본다면……'

‘역시 악마다! 어찌 존귀하신 성녀님에 이어서 삼봉 중 최고라는 철봉황마저 꼬셨단 말인가!’

각자의 복잡한 상념들이 실타래처럼 엉키는 동안 일행의 좌장 격인 파미륵이 실눈에 한 가닥 신광을 담았다.

“진 소협, 이건 지난밤 우리를 만나 약속했던 것과는 좀 다른 상황인 것 같소만?”

“포대화상, 그렇게 됐시다.”

진자운의 뻔뻔스런 반응에 소설향이 울컥한 표정으로 소리쳤다.

“이 자식! 그렇게 되긴 뭐가 그렇게 돼! 감히 네 녀석이 성녀님의 마음을 알면서 이런 짓을 저질러!”

진자운이 소설향 쪽을 슬쩍 바라보곤 퉁명스레 답했다.

“바람이야 설향 누님이 먼저 피우지 않았수. 어차피 이렇게 된 거 서로 간에 행복을 빌어주도록 합시다.”

“뭐, 뭐라고 하는 거야……”

소설향이 언제 언성을 높였냐는 듯 안색을 붉게 물들였다. 누구라도 진자운이 한 말의 진의를 의심케 할 만큼 노골적인 표정 변화였다.

치잉!

남희명이 참지 못하고 바로 검을 빼 들었다.

창백한 달빛을 가르는 검광이 향한 방향은 바로 진자운.

두 눈 가득 노호와 같은 기운을 담은 채 남희명이 목소리를 높였다.

“진 소협, 설향에 대한 농은 내가 결코 용납할 수 없소이다!”

“그건 미안하게 됐군.”

“뭐?”

뜻밖의 말에 오히려 검을 빼 든 남희명이 멍청해진 사이, 진자운이 슬쩍 고개를 숙여 보였다. 놀랍게도 자신의 잘못을 인정한 것이다.

"뭐, 내 농이 지나쳤으니 두 분은 너그럽게 용서해 주기 바라오."

"……."

"……."

남희명은 물론이거니와 맨 처음 화를 냈다가 얼굴을 붉힌 소설향 역시 입을 가볍게 벌린 채 넋을 잃었다. 진자운이 이렇게 솔직한 모습으로 자신의 잘못을 사과할 줄은 몰랐기 때문이다.

정막!

느닷없이 멈춰 버린 세상의 시간을 다시 움직이게 한 건 파미륵의 너털웃음이었다.

"푸헐헐헐, 설마 이런 날이 오리라곤 상상조차 못했거늘. 진 소협이 철이 들었지 않은가!"

"진짜 대사님 말씀이 옳습니다!"

다른 사람들과 마찬가지로 넋을 잃고 있던 육노당이 감탄한 표정으로 연신 고개를 끄덕였다. 그만큼 지금 진자운의 모습은 대단히 그답지 못했다.

모용청려가 슬그머니 고개를 가로저었다. 대수롭지도 않은 진자운의 행동 하나에 이리 심각한 반응을 보이는 사람들의 모습에 어이가 없었기 때문이다.

'도대체 사형은 어떤 인생을 살았기에 친인들이 저런 모습을 보인단 말인가!'

모용청려가 새삼스런 시선을 진자운에게 던졌다.

그때 정중한 사과 한 번으로 주변을 충격의 도가니 속으로 몰아넣은 진자운이 어깨를 한차례 으쓱해 보였다.

"뭐, 그건 그렇고 여기 모용 소저는 다 아시다시피 모용세가의 장중보옥이고, 무림맹주인 각원 대사님의 숨겨진 제자이며, 개인적으로는 내 사매가 되는 신분입니다. 한마디로 말해 정파 쪽의 성녀나 다름없으니 앞으로의 여행에 있어서 각별히 유념들 해주시면 좋겠습니다."

"……."

모용청려의 합류를 기정사실화시키는 진자운의 선언에 파미륵을 제외한 일행들은 더욱 입을 크게 벌렸다. 다가올 대폭풍의 전조를 느끼고 온몸에 오한이 이는 걸 어찌할 수 없었다. 분명 그러했다.

히죽!

진자운은 연달은 자신의 발언에 차갑게 굳은 사람들을 바라보며 흡족한 표정을 지어 보였다. 모용청려 때문에 꽤나 시끄러워질 뻔했던 일을 단번에 봉쇄했기 때문이다.

"그럼 누가 앞장을 설 테요? 나는 청해성 쪽을 한 번도 가본 적이 없어서……."

파미륵이 나섰다.

"본불이 앞장서겠네. 어차피 여태까지처럼 가는 편이 나을 테지."

"부탁합니다."

진자운이 고개를 끄덕여 보이자 파미륵이 한창때 날렸던 풍류남아답게 모용청려에게 눈웃음을 던지곤 방향을 잡았다. 어차피 진자운이 결정을 내린 이상 더 이상 잡음이 이는 건 모두를 위해 좋지 않다는 판단이었다.

휘익.

파미륵이 육중한 신형을 날리자 진자운이 모용청려와 함께 그 뒤를 따랐고, 다른 일행들 역시 머뭇거릴 순 없었다. 체념이란 건 빠를수록 낫기 때문이다.

＊　　　＊　　　＊

다음날.

밤새 흥청망청한 강남대전의 전승연이 벌어졌던 모용세가는 발칵 뒤집혔다.

강남대전의 영웅.

구주에 새롭게 떠오른 별.

태극무검 진자운이 감쪽같이 사라졌다. 간밤에 잠자리에 드는 모습을 세가의 무사들이 지켜본 걸 감안하면 누가 생각하더라도 야반도주였다.

게다가 사라진 사람은 그뿐이 아니었다.

모용세가의 장중보옥이자 진자운과 염문을 뿌리고 있던 모용청려가 역시 같은 식으로 모습을 감췄다. 한날한시에 같은 방법으로 두 남녀가 모용세가를 떠난 것이다.

사랑의 도피!

대충 두 사람의 사이를 그렇고 그런 식으로 생각하고 있던 사람들의 뇌리를 때린 생각은 하나로 모아졌다. 그 밖에는 달리 생각할 만한 일이 없었기 때문이다.

"어찌 이런 일이……."

간밤 각 세가의 고수들이 따라주는 축하주를 한 번도 사양치 않고 받느라 모용중천은 실로 몇 년 만에 대취했다.

즐거운 마음으로 마시는 술은 꿀맛보다 더욱 달았다. 한데 지금 그는 연신 고개를 가로젓고 있었다. 하룻밤 새 벌어진 일 치고는 너무 큰 사건을 접하고 일시 어찌해야 할 바를 모르게 되어버렸음이다.

비록 그가 진자운을 내심 조카사위를 생각하곤 있었지만, 세상에는 엄연히 법도란 게 존재한다. 어찌 모용세가 같은 무림명문의 여식이 정당한 혼인 절차나 부모의 허락도 없이 외간 사내와 야반도주를 한단 말인가.

도저히 있을 수 없는 일!

모용중천에게 있어 진자운과 모용청려가 벌인 일은 그러했다. 당연히 갑작스레 좋은 생각이 날 턱이 없다. 그나마 재빨리 그 같은 일을 알고 타 세가 측 사람들에게 소문이 들어가는 걸 막을 수 있었던 건 다행스런 일이었다. 운이 좋다면 좋았던 거라 할 수 있었다.

하지만 그 다음은 어찌하는가?

아무리 모용중천이 모용세가 내의 입단속을 시킨다 해도 추문에 가까운 이번 사건이 소문나는 건 시간문제라 할 수 있었다. 발 없는 말이 천 리를 가듯 이런 종류의 소문이란 인력으로 쉽사리 제어할 수 없는 것이다.

탁탁!

모용중천은 답답한 마음에 이마를 소리나게 손바닥으로 때렸다. 뭔가 좋은 방도를 강구해야 할 때 명민하던 머리는 주인을 배신하고 있었다. 숙취가 가장 큰 원인이었다.

탁!

모용중천의 손바닥에 힘이 더욱 들어갔고, 일시 얼얼한 통증에 숙취로 인한 편두통이 가라앉았다. 두 눈에서 불똥이 튀어 오른다. 그리고 떠오른 한 가지 생각.

'그래, 아직 무림맹과 사천정의련이 주축이 된 정파연합군은 마교와 사천에서 대치 중이다!'

모용중천은 어느새 벌겋게 부어오르기 시작한 이마를 손바닥으로 문지르며 생각을 정리했다. 기막힌 생각이 떠올랐으니, 이를 잊어버리기 전에 세부 계획을 짜고서 실행에 옮겨야만 한다는 판단을 내린 것이다.

그리고 며칠 후 진자운과 모용청려가 사천의 정파연합군으로 급히 돌아갔다는 소문이 모용세가 내부에 은밀히 떠돌기 시작했다.

그보다 앞서 더욱 은밀하게 돌고 있던 사랑의 도피설을 일축시키기에 충분한 소문이었다. 두 사람의 신분과 관계로 볼 때 일견 사랑의 도피설보다 타당하고 이해가 간다는 세간의 평가가 이에 커다란 영향을 끼쳤음은 물론이었다.

*　　　*　　　*

석 달 후.

진자운 일행은 감숙과 청해성의 경계를 넘어 예로부터 중원인들에게 고신(古神)들의 거처라 알려진 곤륜산맥을 눈앞에 두게 되었다. 일행 모두가 초절정 이상을 바라보는 고수들이기에 가능했던 초고속의 이동이었다.

물론 언제나 예외는 있게 마련이다.

일행 중 유일하게 간신히 절정의 언저리를 넘보고 있던 장진구의 고생은 이루 말할 수 없었다. 그가 특별히 다른 비슷한 수준의 고수들보다 경공을 특기로 삼는 자가 아닌 터라 매일매일은 지옥이나 다름없었다.

지금도 마찬가지였다.

새벽부터 이어진 강행군에 혀를 거의 절반이나 입 밖으로 내민 그는 당장이라도 죽을 것 같은 표정을 짓고 있었다. 기진맥진한 것이다.

'이러다간 진짜 제명에 못 살고 죽겠다! 뭔가 꽁수를 생각해 봐야 해!'

장진구는 공포를 느꼈다. 진자운에게 두들겨 맞을 때나 총단의 천마뇌옥에 갇혀 있을 때도 이만큼 두렵진 않았던 것 같다.

툭!

장진구는 경공을 펼치던 발끝에 슬며시 힘을 실었다. 그러자 바닥에 박혀 있던 뾰족한 돌멩이 하나가 기다렸다는 듯 강하게 튀어 올랐다.

"크악!"

장진구는 뾰족한 돌멩이가 허벅지 안쪽을 때린 순간, 처절한 비명을 터뜨리며 바닥을 굴렀다. 진자운이나 육노당 등에게 단련된 그의 구르기 솜씨는 가히 경지에 올라 있었다. 삽시간에 아주 현실감 넘치면서도 제대로 된 구르기와 고통에 찬 비명이 산천을 울렸다.

스스스슥!

번개가 무색한 속도로 달리던 파미륵을 위시한 일행 전체가 갑자기 멈춰 섰다. 그만큼 장진구의 비명과 움직임의 동작은 크고 요란스러웠다.

"암습?"

일행의 후미를 맡고 있던 남희명이 재빨리 검을 빼 들고서 주변에 대한 경계에 들어갔다. 장진구가 암습을 당했다고 착각한 것이다.

진자운이 입가에 픽 웃음을 매달았다.

"암습이 아니라 달리던 중에 발을 헛디뎌서 부상을 당한 것처럼 꾸미고 있는 것 같은걸?"

"어째서 장 형이 부상을 당한 것처럼 꾸민단 말입니까?"

"글쎄."

짐짓 모르겠다는 표정을 지어 보인 진자운이 턱에 손가락 하나를 가져다 대곤 히죽 웃었다.

"어쩌면 우리의 보조를 맞춰 뛰느라 너무 힘이 들어서 숨돌릴 시간을 얻고 싶었을지도 모르겠군."

'귀, 귀신 같은 놈!'

연신 비명을 질러대고 있던 장진구가 움찔 몸을 떨더니 입을 굳건히 닫았다. 악마 진자운이 나섰다. 이 이상의 서툰 행동은 매를 벌 뿐이었다.

슥!

진자운이 한 걸음 만에 장진구 앞에 다가섰다. 그의 시선이 향한 곳은 피 범벅이 된 허벅지였다.

"아파?"

장진구가 대답 대신 벌떡 자리에서 일어섰다. 여전히 그의 허벅지에선 핏물이 흘러내리고 있었으나 그의 얼굴은 이미 활짝 웃고 있었다. 언제 비명을 질렀느냐는 듯.

"헤헤, 괜찮습니다. 아무 이상 없습니다. 전력을 다해 경공을 펼치던 중 갑자기 괘씸한 돌멩이가 튀어 올라서 허벅지를 조금 긁혔을 뿐입니다요."

어느새 양손을 지문이 없어질 정도로 비벼대고 있는 장진구의 모습에 남희명이 얼른 고개를 옆으로 돌렸다. 당당한 천마신교의 무사가 이런 비굴한 태도를 견지하는 것을 보고 있기가 괴로웠기 때문이다.

그러나 진자운은 아직 부족한 듯했다. 고개를 옆으로 한차례 까닥여 보인 그가 말했다.

"허벅지를 조금 긁힌 것 가지고 마치 죽을 것처럼 비명을 질러대던 데… 내가 잘못 들은 것이오?"

"그, 그것이……."

"대답을 제대로 못하는 걸 보니, 역시 내 예상이 맞았던 것 같구만."

"진 소협, 그렇게 쉽사리 단정하지 마시고……."

"단정하고 싶은데?"

"……."

어느새 장진구는 진자운 앞에 거의 무릎을 꿇고 있었다. 조금이나마 남기고 있던 무사로서의 존엄성과 자존심마저 몽땅 내동댕이친 것이다.

'쿡!'

진자운은 내심 웃음을 흘리곤 파미륵에게 슬쩍 시선을 던졌다.

"대사, 저 앞에 보이는 끔찍하게 높아 보이는 산맥이 곤륜산맥이 아닙니까?"

"맞네. 저곳이 바로 중원의 지붕이라 불리는 곤륜산맥이지. 따로 십만대산(十萬大山)이라 불리기도 하는데, 그만큼 하늘을 찌를 듯한 산봉이 많다는 의미라네."

"그럼 이곳부터는 천마신교의 영역이 되는 셈이 아닙니까?"

"사실은 며칠 전부터 그러했네. 그래서 본불이 며칠간 좀 더 이동의 속도를 높였던 것이지."

“그렇군요.”

천천히 고개를 끄덕여 보인 진자운이 장진구에게 온화한 표정으로 말했다.

“그렇다는군.”

“예?”

“천마신교의 영역 안에서 이렇게 시간을 지체하고 있을 순 없다는 거야. 그래서 나는 지금부터 부상자는 과감하게 버리고 가기로 결정했는데… 그게 생각해 보니 몇 가지 문제가 있더군.”

“무, 문제라니, 무슨…….”

“버리고 간 부상자가 마군자에게 붙어서 우리 측의 이동 경로와 목적을 모조리 까발려 버리면 곤란해지잖아.”

“……”

장진구는 마도의 하늘이라 불리는 천마신교에서 잔뼈가 굵은 사람이었다. 당연히 진자운이 한 말의 의미를 누구보다 빨리 알아들었다.

‘살인멸구(殺人滅口)!’

장진구 자신이라 해도 이 같은 경우를 만나면 첫 번째로 고려할 일이었다. 사실은 고려하기 전에 먼저 실행에 옮길 게 분명했다.

사삭!

붕! 붕! 붕!

장진구는 재빨리 신형을 일으키더니, 발바닥 중심에 있는 용천혈에 진기를 잔뜩 담고서 거의 이 장이 넘게 뛰어오르기 시작했다. 자신의 건재를 눈으로 확인시키고자 함이었다.

물론 이는 진자운이 계산한 바였다.

쿡!

이번엔 노골적으로 입가에 미소를 담은 진자운이 신형을 파미륵 쪽으로 돌렸다. 그리고 자연스레 흘러나온 말.

"다시 갑시다. 시간이 지체된 만큼 늦은 이동 속도는 지금까지의 두 배로 해야 할 것이오."

"두 배!"

놀란 목소리를 낸 건 장진구가 아니었다. 그보다 무공이 조금 높을 뿐인 소설향과 남희명이었다.

그 둘의 무공은 절정의 중간쯤으로 지금까지가 가장 적당한 이동 속도라 할 수 있었다. 여기서 더 속도를 높이자면 무리를 할 수밖에 없었다.

불만 섞인 두 사람의 눈빛을 그윽하게 받아주며 진자운이 단호하게 말했다.

"이건 모두 성녀를 위한 것이오!"

"……."

남희명과 소설향은 서로를 바라볼 뿐 어떤 말도 할 수 없었다. 그들이 가진 최대의 약점을 찔렀기 때문이다.

"그럼 더 이상의 이의는 없는 걸로 알겠소. 대사, 앞장서시지요."

"푸헐, 진 소협의 위엄이 이젠 하늘을 찌르는구만?"

"모두 대사의 뒷받침이 있기 때문이지요."

"그런가?"

진자운에게 묘한 눈웃음을 던진 파미륵이 슬쩍 험난한 눈앞의 길을 살피곤 바로 신형을 날렸다. 여태까지보다 정확히 두 배 빨라진 속도였다.

부랴부랴 남희명과 소설향 등이 파미륵의 뒤를 좇았다. 이제 그들 역시 장진구와 똑같은 처지가 된 것이다.

'역시 포대화상의 무공이 그동안 많이 발전했구만.'

지그시 파미륵의 뒷모습을 지켜보던 진자운이 눈에 이채를 띠곤 신형을 날리려다 고개를 옆으로 돌렸다. 슬그머니 다가와 그의 후각을 자극하는 익숙한 향기 때문이었다.

"사매, 나와 보조를 맞추려다간 힘들 텐데, 괜찮겠어?"

다른 사람들과 달리 진자운과 뒤에 남은 모용청려가 살그머니 고개를 가로저어 보였다.

"생각보다 제 무공이 그동안 꽤나 발전한 것 같군요. 저 정도 속도라면 별로 어렵지 않게 따라잡을 수 있을 것 같네요."

"사매의 무공은 본래 훌륭했지. 그런데 강남대전을 벌이던 중 그 무도한 산적들이 사매의 몸속에 잠들어 있던 짐승을 밖으로 끌어낸 것 같구만."

"짐승?"

"무공을 연마하는 사람들이라면 모두 한 마리씩 키우는 놈들이지. 아무리 사매같이 예쁜 사람이라도 말야."

"흥!"

멀리서 들려온 코웃음 소리는 파미륵을 좇아 신형을 날리다가 멈춰 선 소설향이 내뱉은 것이었다. 그러나 지금의 그녀로선 그게 할 수 있는 전부였다.

휘익!

역시 몇 걸음 떨어진 곳에 멈춰 선 남희명 쪽을 바라본 소설향이 그와 함께 다시 신형을 날렸다. 그만큼 파미륵이 지금 보이고 있는 경공의 속도는 놀라운 바가 있었다.

그렇게 진자운과 모용청려는 둘만 남게 되었다.

모용세가를 떠난 후 처음 있는 일.

느닷없는 변화에 잠시 어색한 기분에 발끝으로 흙바닥을 툭툭 건드려 보인 모용청려가 말했다.

"그래서 그 짐승하고 제 무공이 상승한 것이 무슨 관계가 있는 거죠?"

"짐승은 살의(殺意)야."

"살의?"

"살의란 본능이야. 태어날 때부터 가지고 있는 거지. 하지만 보통 사람들은 세속적인 예의나 인간적인 감정 때문에 그런 마음속의 짐승을 억누르곤 해. 서로 간에 협력하고 공생하지 않으면 살 수 없는 나약한 자들이 만든 일종의 규범이지."

"그러나 무공을 익힌 사람들은 다르다는 건가요?"

"당연하지. 무공이란 게 본래 다른 자들을 무력으로 제압하고 이기기 위해 만들어진 거니까."

모용청려가 눈살을 가볍게 찌푸려 보였다.

"사형의 그 말은 마치 마도사파의 인물들과 같군요. 제가 처음으로 무공을 익힐 때 들었던 말과도 차이가 나고요."

"정파인으로서 지켜야 할 도리를 말하는 거야?"

"예. 우리 정파인들은 남을 억압하기 위해 무공을 익힌 것이 아니잖아요."

"호오!"

진자운이 뭔가 특이한 걸 본 사람처럼 모용청려에게 얼굴을 디밀어 보였다.

"웃!"

모용청려가 놀란 표정으로 얼굴을 뒤로 당겼다. 여인만의 본능이었다.

진자운이 히죽거리며 말했다.

"사매, 정말 그런 말을 믿고 있었던 거야? 그렇다면 정말 실망인걸."

"그야… 저도 완전히 믿은 건 아니에요. 하지만 그런 마음가짐을 어느 정도는 가지고 있는 건 정파인으로서 당연한 일이잖아요!"

"남들 앞에선 그리 말하는 게 옳겠지. 하지만 말야, 진짜로 그렇게 믿고 있다면 그야말로 몸 안의 사나운 짐승을 잠재우려는 것이나 진배없어."

"그런 살의 따윈 제겐 필요없어요. 그러니……."

"도로 잠재우시겠다? 하지만 이미 사매 몸속의 짐승은 강남대전에서 처음으로 맛본 피 냄새에 이끌려 깨어난 지 오래니 어찌한다……."

슬며시 말끝을 흐린 진자운이 얼굴을 바로 했다. 그리고 바로 그 순간이었다.

파파팟!

느닷없이 진자운에게서 폭발하듯 터져 나온 강력한 기파에 휘말린 모용청려의 가녀린 신형이 뒤로 날아갔다. 거의 무방비 상태로 진자운이 뿜어낸 무형지기에 휘말린 것이다.

그러나 모용청려는 전혀 부상을 당하지 않았다. 단지 뒤로 몇 장이나 날아갔을 따름이다.

진자운이 손속에 사정을 둔 것인가?

그렇진 않았다.

진자운이 무형지기를 발출한 순간, 모용청려는 발끝으로 신형을 퉁겨내며 내력을 움직여서 자신을 방어했다. 거의 찰나와 다름없는 순간에 해낸 방어치곤 극상이라 할 만한 반응이었다.

물론 육체적인 부상을 당하지 않았다 하여 정신적인 상처까지 없을 리 만무하다. 일순 안색이 딱딱하게 굳은 모용청려의 입에서 새된 목소리가 터져 나왔다.

"사형, 도대체 이게 무슨 짓이에요!"

진자운이 모용청려의 얼굴과 몸 상태를 눈으로 살피곤 다시 히죽 웃어 보였다.

"축하해. 역시 사매는 진짜 짐승을 끌어내는 데 성공했구만."

"그게 무슨……."

"이런 둔탱이 같으니! 절대지경에 오른 내 무형지기를 받고도 무사할 수 있었다는 건 사매가 이미 절정의 벽을 깨고 초절정에 올랐다는 뜻이잖아. 이거야말로 진짜 축하할 일이 아니고 뭐겠어?"

"초… 절정?"

"모용휘 형도 아직 깨지 못한 경지이니, 아무래도 앞으로 모용세가는 사매가 이끌어가겠구만. 뭐, 그것도 각원 대사님이 사매를 놔줘야 할 일이겠지만 말야."

그 말을 끝으로 진자운이 살짝 한쪽 눈을 감아 보였다.

그로 인해 혼란에 빠진 모용청려.

그녀는 잠시 동안 멍청해져 있다가 흡사 진자운이 말한 몸 안의 짐승을 끄집어내기라도 하려는 듯 자신의 가슴을 손으로 지그시 눌러보았다. 총명하기로 이름 높은 그녀지만 일시 큰 혼란에 빠지고 만 것이다.

‘사매도 생각보단 순진하단 말야.’

진자운이 모용청려의 그 같은 모습을 보고 내심 히히덕거렸다.

사실 모용청려가 느닷없이 초절정의 경지에 오르게 된 이유는 몸 안의 짐승이나 살의 따위완 전혀 상관이 없었다.

강남대전에서 실전을 치러본 게 어느 정도 영향을 끼치긴 했으나 단지 그뿐이었다. 느닷없이 무공의 경지가 한 단계나 진보한다는 건 쉽게 찾아오는 결과는 아니었다.

그렇다면 어떻게 이런 일이 벌어진 것일까?

결과가 있으면 원인이 있듯 모용청려의 무공이 단시일 내에 초절정의 경지에 오른 이면에는 진자운의 절대적인 간여가 작용하고 있었다. 자신의 임의적으로 그녀의 무공 수준을 끌어올렸다는 뜻이다.

그가 그렇게 한 데는 이유가 있었다.

천마신교에서 성녀 담화연을 구출해 내는 일은 보통 어려운 일이 아니었다. 아무리 진자운을 비롯한 일행들의 무공이 하나같이 상당하다 하나 모자람을 느낄 수밖에 없었다.

솔직히 말해 일행들 중 천마신교의 진짜 고수들과 싸워서 우위를 보일 수 있는 사람은 진자운과 파미륵을 제외하곤 없다고 할 수 있었다.

진자운 일행이 약한 게 아니라 그만큼 천마신교에는 고수가 구름처럼 많았다. 그렇게 봐야만 했다. 천하의 절반을 차지하고 있는 정파무림 전체와 싸울 정도의 전력이란 그만큼 상상을 초월한 것임에 분명했다.

당연히 진자운으로선 단기간 내에 나머지 일행들의 무공을 끌어올릴 필요가 있었고, 그렇게 했다. 극한까지 일행들의 잠력을 발산시킨 후 잠시간 갖게 되는 운기행공과 휴식 시간에 자신의 기파를 나눠주는 방법을 꾸준하게 사용한 것이다.

그 결과 모용청려가 가장 빨리 무공의 발전을 이뤘는데, 이는 그녀가 본래 가지고 있던 훌륭한 기초와 해박한 무공에 대한 조예가 큰 몫을 차지한 것이라 볼 수 있었다.

당연히 다른 일행들 역시 모용청려보다는 못하지만 무공 중진에 적지 않은 도움을 받게 되었다. 만약 진자운의 이 같은 도움이 없었다면 이런 엄청난 속도의 이동 중에도 전혀 낙오자가 나오지 않는 일 따윈 결코 있을 수 없었을 터였다.

'하지만 사매의 무공 성취는 정말 상상을 초월할 정도다. 모용세가를 떠나기 전까지만 해도 기껏해야 절정의 중간 단계였는데, 느닷없이 초절정의 벽을 뛰어넘다니…….'

진자운은 어째서 일대의 종사나 다름없는 각원 대사나 허무 진인이 모용청려를 제자로 삼았는지 알 것 같은 기분이 되었다. 자신이라 해도 이 같은 기재를 본다면 절로 탐심이 날 것 같았기 때문이다.

어쨌든 모용청려의 무공 경지를 올바르게 파악했으니, 오늘 갑자기 허튼소리를 지껄인 보람은 충분했다. 더 이상 일행들로부터 뒤처져서 시간을 보낼 까닭도 없어졌고 말이다.

"사매, 이미 몸속의 짐승은 깨어난 지 오래니 이젠 어찌할 수 없다구. 그렇게 예쁜 얼굴을 찡그려 봤자 소용없다는 뜻이야."

"……."

유쾌하게 소리친 진자운이 느닷없이 모용청려에게 다시 얼굴을 가까이했다. 아까와 달라진 게 있다면 얼굴 가득 떠오른 징그러운 표정 정도랄까?

쪽!

모용청려가 어떤 방비를 하기도 전에 그녀의 입술을 훔친 진자운이 재빨리 신형을 돌리더니, 발끝으로 지축을 찍고 하늘로 뛰어올랐다.

슈웃!

순식간에 자신의 날린 손찌검을 피해 하늘로 날아오른 진자운을 모용청려는 잠시 동안 멍청하게 바라봤다.

혼란스런 기분.

느닷없이 입술을 빼앗겼음에도 전혀 분하거나 화나지 않는 기분이 그녀를 당황스럽게 만들었다. 자신의 무공이 초절정에 올랐다는 것조차 지금은 크게 중요하지 않았다. 그렇게 생각되었다.

하지만 진자운 역시 그런 마음인 것일까?

그 점을 확신할 수 없다는 게 모용청려로선 분했다. 가슴 깊숙한 곳에서 화가 치밀어 올랐다.

그리고 그 점을 확인하기 위해서 그녀는 지금 진자운을 놓칠 수 없었다. 놓아주고 싶지 않았다.

'확인해 봐야만 한다. 그가 마교의 성녀를 구한 후 나와 그녀 중 누굴 선택할는지를.'

모용청려 역시 발끝으로 지축을 찍었다.

하늘로 날아오르는 한 송이의 꽃잎.

누군가 봤다면 입을 크게 벌리고 선녀의 승천이라 소리쳤을 광경을 연출하며 모용청려는 진자운의 뒤를 좇았다. 초절정에 오른 자만이 보일 수 있는 경공의 극치를 발휘하기 시작한 것이다.

◆ 第八十五章 ◆

신농전(神農殿)의 깊은 밤

천마신교 총단.

흡사 병풍처럼 주변을 둘러싸고 있는 설봉의 자태는 늠름함을 넘어 공포스럽기까지 하다. 그곳에 만년설이 머물 정도의 혹한과 기괴하기까지 한 풍파가 존재함을 알 수 있기 때문이다.

자연이 만들어놓은 천험의 요지.

혹시 누군가 찾아들려면 자신의 하나밖에 없는 목숨을 담보로 잡아야 할 듯한 이곳에, 앞서 수백만 번이나 찾아왔던 어둠이 점차 깃들기 시작할 무렵이었다.

석양빛으로 붉게 물든 만년설의 현란한 색조 속을 뚫고 모습을 드러낸 한 명의 여인이 있었다.

바람에 휘날리는 한쪽 소맷자락.

입가에 머물러 있는 묘한 색감의 미소.

천하에 이 같은 모습을 한 여인은 단 한 명밖엔 없으니, 수개월 전 모용세가를 떠나온 소괴 감처연이 바로 그 당사자였다.

'마교! 마교의 총단이 과연 이런 험지에 있었구나! 과연 그 계집이나 후리던 기생오라비 녀석이 한 말이 완전히 틀린 것이 아니었어!'

감처연은 자신에게 천마신교의 총단 위치를 가르쳐 준 소리산을 떠올리며 눈매를 가늘게 만들어 보였다. 석양빛에 반사된 만년설이 지나칠 정도로 눈부시게 느껴졌기 때문이다.

절대지경에 오른 무위!

그것으로도 수없이 많은 곤륜의 고봉을 넘나드는 동안 감처연의 시력이 떨어지는 걸 막아줄 순 없었다.

만년설로 떨어져 내린 햇빛은 수십 배나 증폭되어 그녀의 눈을 괴롭혔고, 조금씩 시력을 떨어지게 만들었다. 어쩔 수 없는 일이었다.

덕분에 지금 감처연은 예전과 같은 초인적인 시력을 발휘할 수 없었다. 천마신교 총단의 무수히 많은 고루거각들의 요소요소를 확인할 수 없어졌다는 뜻이다.

꿈틀!

감처연의 미간 사이로 실핏줄 하나가 도드라졌다. 시력을 어떻게든 끌어올리려고 정신을 집중하다 보니 자연스레 그렇게 되었다.

하지만 그 순간 주변의 산하를 그야말로 불타오르게 만들고 있던 석양이 순식간에 자취를 감춰 버렸다. 산속에 밤이 찾아든 것이다.

절대의 어둠!

흡사 자신의 앞길을 가로막으려 작정을 한 듯한 하늘의 심술에 감처연은 곧바로 맞대응을 보였다.

불끈!

하늘을 향해 신형을 돌린 감처연의 손이 불쑥 치켜 올려졌다. 속된 말로 감자였다. 하늘에 감자라도 먹이지 않고선 도저히 참고 넘어갈 수 없는 기분을 그렇게라도 풀어야만 했다.

그 순간 절대적인 어둠에 휩싸여 있던 천마신교 총단 곳곳으로 수십 개가 넘는 불길이 한꺼번에 모습을 드러냈다. 마도의 성역이라 불리는 이곳 역시 사람이 사는 곳임을 확인시켜 주는 변화였다.

'좋아!'

내심 쾌재를 부른 감처연이 재빨리 하늘에게 먹였던 감자를 거둬들였다.

움직일 시간.

낮과 밤이 바뀐 지 얼마 안 된 이때야말로 자신이 움직일 때라 판단 내린 감처연이 바로 움직임을 보였다.

슉!

어둠이 깃든 곤륜의 산봉 위에서 감처연이 야조처럼 신형을 날렸다. 이제야말로 그녀의 반생을 눈물로 보내게 만든 무정한 낭군을 만날 때가 왔음이다.

*　　　　*　　　　*

신농전.

전설의 삼황오제 중 염제라 불리는 신농은 언제나 얼굴이 시커멓는데, 이는 매일같이 의술을 연마하기 위해 약초를 먹고 다니다 가끔 독초를 먹었기 때문이라 한다.

그런 신농의 이름을 앞에 단 신농전의 목적이 무엇인지는 자명하다.

이곳이야말로 마도의 무수히 많은 명의와 독의들이 연구에 전념하고 있는 마도 의학의 성지이자 요람이라 할 수 있는 것이다.

그래서인지 지난 수백여 년간 신농전에서는 수없이 많은 의학적인 성취가 이뤄졌는데, 대부분 기괴한 마공과 독공에 관한 것들이었다.

정파보다 역사가 짧은 마도의 특성상 의학에 대한 연구로 무학의 발전을 급신장시키려는 의도가 역대 천마신교에 암류처럼 흘렀음을 말해 주는 대목이다.

그로 인해 무림에는 몇 번이나 피바람이 불었다.

신농전을 통해 배출된 몇 가지 마공과 독공의 위력을 시험하기 위해 천마신교에서 정기적으로 마인들을 강호로 내보내 혈사를 일으켰기 때문이다.

앉아서 당해야 하는 정파로선 그야말로 기가 막힐 일!

결국 항상 자신의 구역을 정해놓고 고고히 지내던 몇몇 문파가 손을 잡기 시작했고, 곧 커다란 정파연합이 결성되기에 이르렀다. 무림맹의 탄생이고, 그 결과는 모순되게도 역대 최강의 성세를 이룩한 천마신교의 패퇴였다.

기껏해야 천마신교의 일개 부서인 신농전을 배후로 하는 혈사 때문에 벌어진 일 치고는 꽤나 황당한 결과!

하지만 고래로부터 역사를 살펴보면 이러한 일은 꽤나 자주 벌어지곤 한다. 맨 처음 아주 작은 것에서 시작된 일이 후일 기하급수적으로 커져서 수습할 수 없는 지경에 이르고, 역사 자체를 바꾸곤 한다.

어쨌든 덕분에 당금에 이르러 한때 천마신교의 십전 중 중심으로까지 불렸던 신농전은 꽤나 한직으로 밀려 있었다. 마정대전 패퇴의 책임론이 대두된 까닭이다.

스스스스슥!

마의(魔醫) 유원은 의원들이 잘 쓰는 세필을 빠르게 놀려 몇 가지 처방전을 적어 내려가다 세모꼴의 눈살을 가볍게 찌푸려 보였다.

몇 개의 장 파열과 팔다리가 절단되거나 박살난 외상.

가끔가다 보이는 시답지 않은 독상.

눈알이 통째로 도려내진 뒤에도 계속 싸우다 얼굴 한쪽 면이 몽땅 뭉그러진 중상 등등…….

그냥 놔두면 얼마 못 가서 죽을 만한 중상이 대부분이다.

분명 그러했다.

하지만 천마신교 제일의 의원이라 불리는 유원의 입장에서 보면 하나같이 하잘것없는 것들이었다.

그저 몇 가지 약재를 처방해 주고, 가끔가다 썩어 들어가는 환부나 불에 달군 칼로 도려내 주는 게 치료의 전부라 할 수 있었다.

단순 노동.

명의를 넘어 신의의 자리까지 넘보고 있는 유원에겐 지금 하고 있는 일이 그 정도 의미밖엔 안 되었다. 그가 아니라도 엉터리가 아닌 의원이라면 누구라도 할 수 있는 일이기 때문이다.

당연히 본래 이 같은 중상에 대한 처방전 같은 건, 명색이 신농전의 부전주이자 실질적인 책임자라 할 수 있는 유원이 처리하진 않았다. 그는 조금 더 어렵고 희귀한 질병이나 학술적인 일을 맡아 연구를 하곤 했다.

하지만 말만 전주이지 의술에 대한 사항은 쥐뿔도 모르는 귀곡상인

이임생이 천마신교로 복귀한 후 모든 건 바뀌었다. 한직이라곤 하나 신농전 내에선 거의 절대적이던 유원의 위치가 흔들리기 시작했고, 곧 엄청난 현실이 닥쳐왔다.

사천 근방으로 이동한 외성의 오 개 부대로의 신농전 소속 의원들의 대거 차출이 있었고, 유원이 그동안 가지고 있던 권위와 특권들이 하루 아침에 사라져 버렸다. 신농전 전주 이임생의 전시라는 단 한마디로 인해 벌어진 일들이었다.

결국 유원은 신농전에 남는 대신 다른 의원들과 함께 일반 환자들을 진맥하고 치료해야만 했다. 총단에 남는 의원들이 해야만 할 당연한 역할이었고, 유원에게도 이는 비켜갈 수 없는 올가미였다.

탁!

오늘은 무려 서른 장이나 되는 처방전을 썼다. 간신히 작업을 마치고 손에 든 세필을 팽개치듯 내려놓은 유원의 빼삭 마른 얼굴로 피로감이 스쳐 간다.

“불학무도한 인간들 같으니. 신농전의 혈왕(血王)은 본래 내가 지난 십수 년간 온갖 고생을 한 끝에 아직까지 인간으로서의 본성을 유지하고 있는 것이건만… 이런 식으로 압박을 가해오다니…….”

혈왕.

신농전에 소속된 삼십여 명의 의원들 중에서도 그 존재를 아는 자는 극히 드물었다. 유원이 그동안 그의 존재를 꼭꼭 숨겨놓은 채 혼자 독식하고 있었기 때문이다.

혈류역전흡혈증(血流逆轉吸血症)!

다른 말로는 혈왕증이라 불리는 이 병증에 걸린 자는 온몸이 강철 같아지고 수화불침이 되는데, 반드시 사흘에 한 번씩 신선한 피를 빨아 마셔야만 생존할 수 있게 된다. 전설에서 이르는 흡혈귀가 되는 것이다.

혈왕은 바로 이 역사상 몇 명의 예가 없는 보기 드물고 희귀한 병에 걸린 사람이었다.

그는 자신이 걸린 병이 거의 저주에 가까운 것임을 알고 천하의 유명한 의원이란 의원은 몽땅 찾아다녔는데, 최후로 천마신교의 신농전에 이르렀다. 절망 끝에 마는 마로써 제압할 수 있을 거란 기대를 마지막으로 품었음에 분명하다.

그러나 스스로를 마도제일의 의원이라 자부하던 유원조차도 혈왕증에 대한 기록은 단지 오래된 고의서에서나 봤을 정도였다. 확실한 치료법을 알 턱이 없었다. 사실 치료가 가능할지조차 의문이라 할 수 있었다.

그럼에도 유원은 혈왕을 받아들였다.

의원으로서의 자존심과 미지의 질병에 대한 도전 정신이었다. 그때까지 그에겐 전혀 사심이 없었다.

하지만 조심에 조심을 기했음에도 유원이 신농전 지하에 숨겨놓은 혈왕의 존재는 일 년쯤 전에 천마신교 상층부에 발각되고 말았다. 십대마군의 우두머리인 소리산이 뿌려놓은 간자들이 신농전에도 존재하고 있었기 때문이다.

혈전.

야밤을 틈타 신농전의 지하로 몇몇 십전의 고수들이 잠입했고, 다시 돌아오지 못했다. 그리고 몇 번이나 같은 일이 반복되었다. 혈왕은 자신의 처소에 침입한 자들에게 관용을 베풀 만큼 자비로운 성격이 아니었음에 분명하다.

결국 근래 들어 신농전의 지하는 지옥 유부로 향하는 문이란 소문이 돌기 시작했고, 더 이상의 침입은 없었다. 소란이 커지면 오마 쪽에도 소문이 들어갈 것을 우려한 소리산이 별도의 명령을 내렸을 터였다. 그렇게 생각되었다.

한데 지금 신농전의 내부는 텅 비어 있었고, 본래 주변을 호위하던 무사들조차 모습을 감춘 상황이었다. 내성의 십전 중 한 군데란 사실이 무색하다. 뭔가 큰일이 벌어질 것 같은 분위기가 내외로 팽배해 있었다.

이를 유원은 소리산과 전주 이임생의 합작품으로 생각하고 있었다. 자신을 압박해서 겁을 주고, 혈왕에 관해 스스로 모조리 토설케 하려는 의도가 너무나 빤히 보이는 것이다.

'흥, 혈왕은 본래 엄청난 고수였지만 지금은 거의 건드릴 자가 없을 정도가 되었다. 불사지체나 다름없는 괴물이야. 설혹 오마 천좌가 나선다 해도 확실히 이긴다고 장담키 어려울 터인데 내 어찌 두려워하리.'

유원은 내심 코웃음을 치며 눈에 힘을 줬다.

연일 이어진 격무로 인해 눈의 실핏줄이 터졌는지 꽤나 침침했다.

이순(耳順:육십 세)의 나이.

그도 더 이상 밤새워 의서를 미친 듯이 탐독하던 젊은 의생이 아니었다. 무공에 크게 신경을 쓰지 않은 만큼 육체적인 피로가 쌓이는 것에 대책 따윈 있을 리 만무했다.

한데 그때였다.

열심히 작성해 놓은 처방전과 약방문 등을 한 켠으로 밀어놓고 자리에서 일어서려던 유원의 노구가 뒤로 발라당 넘어졌다. 뭔가 이해할 수 없는 힘이 그를 그리 만들었다.

쿵!

뒤로 넘어지며 머리를 바닥에 찧은 유원의 노안이 크게 일그러졌다. 머리가 크게 울리는 것이 고통이 뼛속까지 파고든다.

"도, 도대체가……."

뒤통수를 손으로 짚은 채 신형을 일으키려던 유원이 다시 바닥에 고꾸라졌다. 또다시 예의 괴상한 기운에 떠밀렸다. 어느 정도 내공을 운기해 방비하고 있었음에도 불구하고.

휘익.

집무실 문이 그제야 열렸고, 흐릿한 그림자 하나가 유원의 코앞에 떨어져 내렸다.

침입자!

그가 집무실의 문을 격하고서 자신을 밀어버렸다는 사실을 인지한 유원의 안색이 딱딱하게 굳었다.

이 같은 종류의 무공을 격산타우(隔山打牛)라 하는데, 외가기공의 명가인 소림파에서 발원한 상승 내공 수법이다. 말 그대로 산을 격하고 소를 때릴 수 있으니, 방금과 같이 벽을 사이에 두고도 내력을 쏟아내어 유원을 제압하는 것도 가능하다.

하지만 보통의 격산타우는 벽에 바짝 붙어 있는 상대를 때리는 수법으로, 이렇게 먼 거리를 격하고서 펼치려면 무공이 신화경에 도달해야만 가능했다. 무공이 약한 일개 의원인 유원이 놀라는 것도 무리는 아니다.

"호호, 네가 이곳의 책임자인 게로구나?"

묘한 웃음소리가 실린 질문에 유원이 몸을 흠칫 떨어 보였다. 잔뜩 끌어올렸던 내력이 순식간에 흩어져 버리고 있었기 때문이다.

'섭혼공인가……?'

유원은 애써 내력을 모으려 노력하지 않고 눈에 힘을 잔뜩 줬다. 상대가 섭혼공을 쓴다면 내력을 운기하기보다는 정신을 공고히 하는 편이 낫다는 판단이었다.

번뜩!

유원의 눈에 맑은 정광이 일었다. 그러자 흔들리는 불빛 사이로 짙은 음영을 만들어내고 있던 그림자가 슬그머니 유원 쪽으로 얼굴을 들이밀었다.

팔 하나가 없는 중년의 미부.

그림자의 정체는 저녁 무렵 숨어든 소괴 감처연이었다.

"여, 여인……?"

유원이 다소 어이없다는 표정을 짓자 다시 입가에 예의 기묘한 미소를 담은 감처연이 대뜸 손을 사용했다.

철썩! 철썩!

유원의 얼굴에 선명한 손자국이 찍혔다. 내력을 사용하지 않았음에도 꽤나 매운 손맛이다.

"……."

유원이 다시 입을 굳게 다물었다.

의원의 자존심.

곧 죽어도 결코 남에게 업신여김을 당하지 않겠다는 옹고집이 머리를 들었다. 이젠 그의 입을 다시 열게 만들 수 있는 건 세상에 없었다.

없다고 생각되었다.

한데 놀랍게도 감처연은 곧바로 그런 유원의 결심을 허물어뜨려 버렸다.

사사삭!

영활한 영사와 같이 움직인 감처연의 손길 앞에 유원은 단숨에 반라가 되었다. 상의와 하의가 단숨에 몸에서 이탈해 버린 것이다.

결국 남은 건 하체의 중요한 부위를 가린 고의 하나.

다시 감처연의 손이 움직인 순간, 유원이 더 참지 못하고 입을 열고 말았다.

"내 항복하겠소! 항복하겠소!"

유원은 노안을 물기로 가득 물들인 채 소리쳤다. 도저히 눈앞의 괴물 같은 여인 앞에서 어떤 종류의 고집도 부릴 수 없음을 깨달은 것이다.

감처연이 그제야 유원의 고의 쪽으로 향하던 손길을 떼어냈다. 유원의 나체를 구경하는 재미를 포기하고 대화를 시작하기로 마음먹었음이다.

"호호, 그래서 대답은?"

"대답이라니, 무슨……."

다시 감처연의 손이 고의 쪽으로 향하자 질겁한 유원이 얼른 목소리를 높였다.

"대답하겠소! 대답하겠소!"

까닥!

감처연은 다시 입을 여는 대신 고개를 까닥여 보였다. 그러자 유원이 얼른 정신을 집중하더니 곧 답을 내었다.

"노부는 신농전의 부전주올시다."

"부전주? 그럼 전주는 어딨지?"

"전주는 지금 외성의 오 개 부대와 함께 사천 쪽으로 떠났소이다."

"그럼 어린 아해 네가 이곳의 실질적인 책임자겠구나?"

'어린 아해……'

유원은 감처연의 호칭에 잠시 기가 막힌 표정이 되었다. 나이 육순에 아해란 말을 듣게 되리라곤 한 번도 상상해 본 적이 없었기 때문이다.

감처연이 입가에 다시 미소를 만들어냈다.

"어린 아해야, 내 비록 겉으로는 아직 이팔청춘이나 다름없지만, 무림을 횡행할 당시 네 녀석은 아직 어미젖도 떼지 못한 어린 아해였을 따름이니라. 네가 이제 조금 나이를 먹었다곤 하나 결코 슬퍼하거나 노여워해서는 안 되느니라."

"그, 그렇군요."

유원의 안색이 그제야 풀어졌다. 감처연이 전대 무림의 선배 고수라면 자신이 당한 황당한 꼴도 전혀 말이 안 되는 건 아니란 생각이 들었기 때문이다.

감처연이 다시 질문했다.

"어린 아해, 네 녀석이 이곳의 책임자라니 내 한 가지만 묻겠다."

"하명하십시오."

"어째서 마교의 십전쯤 되는 곳이 이리 텅텅 비어 있는 거냐? 내 아무리 무공이 출신입화(出神入火)의 경지에 올랐다 하나 이곳을 찾을 때는 죽음을 각오했거늘, 이리 쉽사리 침투하고 보니 맥이 다 빠져 버렸다. 이 책임을 어찌 지려느냐?"

"그건… 그러니까……."

"확 벗겨 버린다!"

감처연이 전가의 보도를 빼 들자 유원이 무거운 한숨과 함께 바로 항복했다.

"후우, 현재 신농전의 의원들은 대부분 전주님을 따라 사천으로 떠났습니다."

"그 외의 무사들은?"

"그건 후배도 잘 모르겠습니다. 본래 신농전 주변은 다른 십전보다 경계가 느슨하긴 하나 삼 교대로 호위 무사들이 번을 서곤 했는데, 요즘은 도통……."

"요즘 들어 신농전 주변의 호위 무사들이 번을 서지 않게 되었다는 뜻이더냐?"

"그렇습니다."

유원이 천천히 고개를 끄덕이자 감처연은 이맛살을 살짝 찡그려 보였다. 염두를 굴리기 시작한 것이다.

'소리산이란 머리 잘 굴리는 녀석이 진짜로 당시 했던 약속을 지켰단 말인가…….'

분명 전날 소리산은 자신의 생명을 구해주는 대가로 몇 가지 정보를 감처연에게 전해줬다. 그리고 한 가지 덧붙이기를, 또 다른 선물을 준비해 둘 테니 기대하라고 했다.

여태까지 소리산의 그 말을 흰소리라 여기고 있던 감처연이었다. 하지만 오늘날 공교롭게도 텅텅 빈 신농전에 이르고 보니 내심 고개를 끄덕이지 않을 도리가 없었다.

머리만 잘 쓸 뿐 무인다운 기개가 없다고 여겼던 소리산이 기실은 진짜 자신이 한 말에 책임을 지는 대장부였다는 생각이 들었다.

어쨌든 그런 건 어차피 부산물에 불과했다.

현재 감처연이 관심있는 건 생이별을 한 지 수십 년이나 된 낭군 악구과 단지경뿐이었다.

슥!

감처연이 유원을 짓누르고 있던 무형지기를 거둬들였다. 주변에 호위 무사조차 없다면 일개 의원에 불과한 유원을 강박할 까닭이 없었다.

콜록!

유원이 갑자기 숨이 트인 충격을 기침으로 풀어냈다. 몸 안의 정체된 기운은 될 수 있으면 빨리 밖으로 배출하는 편이 나은 것이다.

유원이 자리에서 일어서는 걸 기다려 감처연이 질문했다.

"어린 아해야, 오늘 내가 이곳을 찾은 건 한 사람의 생사를 확인하기 위함이니라. 너는 십여 년 전 이곳에 찾아든 무림고수를 숨겨놓지 않았느냐?"

'설마…….'

유원의 얼굴에 슬쩍 놀란 기색이 스쳐 갔다. 아주 짧은 순간의 변화이나 감처연이 이를 간파하지 못할 리 만무하다.

"호호, 역시 어린 아해, 네 녀석이 알고 있었구나!"

"그, 그런 것이 아니라……."

"됐다! 네 녀석의 헛소리 따윈 듣고 싶지 않으니, 당장 그 망할 영감탱이를 숨겨놓은 장소나 토설하거라!"

감처연이 처음으로 자신의 감정을 드러내며 유원의 선기혈을 제압했다. 일반적으로 멱살을 거머쥔다고 할 때의 부위를 눌러서 온몸의 힘을 쑥 빠지게 만든 것이다.

"커… 커컥……!"

유원의 안색이 크게 일그러졌다. 감처연이 말한 무림고수가 혈왕을 말하는 것임은 쉽게 짐작할 수 있었다. 모를 턱이 없는 일이었다.

하지만 혈왕은 그에게 매우 소중한 존재였다. 평생 다시 볼 수 없는 귀한 인체 실험 재료이자 그가 여태까지 쌓아온 의학의 집대성이라 할 만했다.

소리산이나 직속상관인 이임생에게조차 수많은 압박을 받아가며 지켜냈던 비밀!

그것을 정체불명의 전대 고수에게 털어놓을 순 없었다.

그렇게 생각했다.

한데 느닷없이 선기혈을 떠난 감처연의 손이 다시 아랫도리 쪽을 가리킨 순간, 그는 자신도 모르게 입을 열고 있었다. 혈왕에 대한 모든 사실을 털어놓기 시작한 것이다.

"서, 선배님, 혈왕은 신농전의 지하 밀실에 있습니다! 제 집무실을 나가서 길게 이어진 복도를 따라 쭉 걸어가시면 밑으로 내려가는 계단이 나오는데……."

"잠깐만!"

목소리를 높여 유원의 설명을 멈추게 한 감처연이 눈살을 가볍게 찌푸려 보았다.

"혈왕?"

"아, 그 명칭은 환자의 병증을 보고 후배가 임의적으로 만든 것입니다. 병증이 깊어진 후 꽤나 많은 전날의 기억을 잃어버렸기 때문에 어쩔 수 없이 취한 조치였지요."

"…그렇군."

감처연의 얼굴에 어두운 기색이 스쳐 지나갔다. 입가에 계속 걸려 있던 미소조차 지금은 사라지고 보이지 않는다.

'단랑은 당시 그렇게 좋아하던 욕설마저 입에 담지 않고서 며칠간이나 침울해했다. 느닷없이 사라진 것도 이해할 수 있는 일이었어. 한데 이렇게 오랫동안 생존해 있으면서도 내게 소식을 전하지 않은 건 나름대로의 까닭이 있었구나.'

원인 모를 괴질이었다.

자신의 변해가는 모습을 사랑하는 부인에게 보이기 싫어 모습을 감춘 단지경의 마음을 떠올린 감처연의 가슴에 애잔함이 감돌았다. 이곳에 오기 전까지 가지고 있던 마음속의 울화가 크게 감소된 것이다.

그때 감처연의 안색을 힐끔거리며 살피던 유원이 조심스런 기색으로 말을 이었다.

"저기, 그럼 다시 혈왕이 있는 장소에 대한 설명을 계속해도 되겠습니까?"

"어? 그래!"

감처연의 말이 떨어지자마자 유원이 재빨리 입을 놀리기 시작했다. 한시라도 빨리 저승사자보다 무서운 눈앞의 전대 고수에게서 자유를 찾고 싶었기 때문이다.

감처연이 모습을 감추자 집무실은 여느 때와 다름없는 고요에 휩싸였다.

그 가운데 벌거벗은 채 대자로 몸을 뉘인 유원.

그는 최후로 몸을 가리고 있던 고의를 무릎 아래까지 까 내린 채 허탈한 표정으로 천장을 올려다보고 있었다. 유원이 그토록 싫어하는 일을 그냥 놔둔 채 떠날 감처연이 아니었음이다.

"허! 허허허허!"

자신도 모르게 터져 나온 웃음.

그 웃음을 비집고 유원의 원독 어린 시선이 번뜩인다.

'참으로 대단한 무공 고수였다. 적어도 십대마군에 결코 떨어지지 않을 정도야. 하지만 지금 이 시간쯤이면 혈왕은 피에 굶주려서 난폭할 대로 난폭해져 있을 것이다. 과연 이성을 상실한 혈왕의 불사지체에도 그 대단한 무공이 통할지 궁금하구나.'

일부러 말하지 않았다.

혈왕의 병증에 관해서.

유원은 그 결과가 어떤 식으로 전개될지에 관해선 조금 기대를 할 뿐 생각하지 않기로 마음먹었다.

마도에 속했어도 의원은 의원!

사람의 목숨을 구하는 자로서 죽이는 일에 간접적으로나마 간여하는 것은 결코 바람직하지 못했다. 설혹 그것이 자신의 육십 평생에 남을 수치스런 모습을 보이게 만든 여인에 대한 복수라 할지라도 말이다.

스으.

감처연은 유원이 설명한 것과 한 치의 오차도 없는 신농전의 지하 암도를 향해 바람같이 신형을 날렸다.

마음속 깊은 곳에 깃든 우려와 기대감.

사랑하는 낭군이 늙은 자신을 기억하지 못하리란 걱정과 재회에 대한 숨길 수 없는 격정이다.

기나긴 헤어짐의 기간.

아직도 가슴속에는 뜨거운 열정이 남아 있었다. 세월은 사람을 늙게 만들었지만, 사랑하는 이에 대한 염원마저 낡고 흐려지게 하진 못한다.

'영감탱이! 항상 욕설에 있어선 자신이 천하제일이라 떠들어대곤 했지만, 이번만큼은 어디 나한테 봉변 좀 당해보라구! 내 다시는 욕설을 자랑하지 못하도록 혼쭐을 내줄 터인즉!'

감처연은 속으로 끊임없이 중얼거렸고, 곧 바람처럼 달리던 신형을 멈춰 세웠다.

지하 암도로 들어가는 문.

거대한 화강암으로 된 석문의 곳곳을 세심하게 살피던 감처연의 눈에 이채가 떠올랐다.

봉황문(鳳凰紋).

여태까지와 마찬가지로 유원이 설명한 것과 정확히 일치하는 모양이었다. 거길 누르면 석문이 열린다고 유원은 몇 번에 걸쳐 강조했었다.

'역시 그 어린 아해 녀석의 고의까지 벗긴 건 좀 너무한 일이었나……'

지나칠 정도로 친절한 유원의 설명을 조금 의심했던 감처연은 자신의 속 좁음을 반성했다. 아무리 상대가 마도인이라 하나 이 정도로 정직한 인사에게 지나친 장난을 친 것이 마음 한 켠에 걸렸다.

어쨌든 지나간 일이었다.

평소와 마찬가지로 지나간 일에 연연치 않은 감처연이 재빨리 손가락에 진기를 모아 봉황문을 찍었다.

파곽!

봉황문이 스륵 뒤로 밀려난 순간, 석문이 굉음과 함께 움직이기 시작했다.

쿠르르르!

부부 재회의 시간은 이미 코앞이라 할 수 있었다.

*   *   *

디링! 디리리링!

가늘게 떨리는 고운 손가락에 의해 퉁겨지고 자지러지던 현들의 떨림이 일순 잦아들었다.

어째서?

그 이유는 곧 명확해진다.

"하학!"

흔들리는 촛불의 그림자에 비추어지던 아름다운 소부의 얼굴이 홍조로 물들어졌다.

홍염마녀 유옥려.

칠현금을 연주하고 있는 그녀의 옷깃은 크게 흐트러져 있었다. 느닷없이 터져 나온 다급한 신음의 주인이 누군지는 쉽사리 짐작할 수 있는 일이다.

유옥려의 신음 소리를 들은 듯 그녀의 치마 사이로 드러난 매끈한 종아리에 머리를 뉘이고 있던 중년 문사가 이를 살짝 드러냈다.

나이를 잊게 만들 정도로 매력적인 미소.

십대마군의 좌장인 소리산이다.

"나는 참 복이 많은 사람이야. 려매 같은 미인과 늦게나마 부부의 연을 맺게 되었으니 말야."

"늦기는 꽤나 늦은 편이었지요."

유옥려가 언제 숨이 넘어갈 듯한 신음을 토했냐는 듯 얼굴에 새침한 기색을 떠올렸다.

교태.

새침해진 얼굴로 눈을 흘기는 것조차 보는 이의 가슴을 설레게 만든다. 이는 적어도 여인에 관해선 능수능란의 경지를 예전에 뛰어넘었다고 자부하고 있던 소리산에게도 마찬가지였다. 얼마 전에 한차례 방사를 치렀는데도 다시 음심이 치솟고 있는 것이다.

'허허, 못 당하겠군! 못 당하겠어! 려매한테 옥녀소심공을 연마케 해서 내게 족쇄를 채워놓다니…….'

소리산은 얼마 전 주군으로 모시게 된 상유하를 생각하며 내심 고개를 절레절레 흔들었다. 느닷없이 유옥려가 예뻐 보이는 바람에 사고를 치고는 발목에 족쇄를 차게 된 자신의 처지를 생각하자니 절로 한숨이 흘러나온다.

하지만 유옥려의 옥녀소심공은 날이 갈수록 절정의 위력을 발휘하고 있었다. 본래 무위가 초절정의 극치에 올라 있던 그녀이고 보면, 하루가 다르게 일취월장하는 게 당연하기도 하겠다.

찰싹!

또다시 고개를 드는 욕념을 자제하기 위해 유옥려의 허벅지를 소리나게 때린 소리산이 혼잣말하듯 중얼거렸다.

"근래 들어 얼굴이 홀쭉해지고 배에 끼어 있던 기름기도 상당수 빠져 버렸으니… 이젠 이 몸도 슬슬 흙으로 돌아갈 때가 다 된 건가……."

"소 대가, 어찌 그런 말씀을……."

유옥려가 재빨리 얼굴에 감돌던 교태를 사그라뜨렸다. 소리산의 체중이 근래 들어 꽤나 줄었음을 그녀 역시 잘 알고 있는 터였다. 무리는 시킬 수 없는 게 당연하다.

그러자 그때를 노려 소리산이 혼몽하던 머리를 번개가 무색할 속도로 굴리기 시작했다.

'그래도 내게는 아직 혈왕이란 비밀 병기가 남아 있는 셈이다. 어쩌면 지금으로선 천하제일인일지도 모를 최강의 병기가. 과연 젊은 주인은 그것까지도 알고 있을 것인가?'

소리산의 입가로 음험한 미소가 스쳐 갔다.

비장의 한 수.

그것을 가지고 있는 자만이 지어 보일 수 있는 미소였다. 아무나 지어 보일 수 있는 게 아니었다.

불끈!

갑자기 기분이 좋아진 소리산이 다시금 손을 방금 전까지 희롱하고 있던 쪽으로 뻗어갔다.

"소 대가, 어찌 또……."

유옥려가 다시금 낯을 붉히며 말끝을 흐렸다. 말과는 달리 가히 싫지 않은 표정이다.

"한번 불이 붙은 장작을 그냥 놔둬선 안 되지 않겠나? 기왕지사 불이 붙은 것, 다시 뼈와 살을 태워보세!"

"아앙!"

유옥려가 아예 자지러지는 소리를 내며 몸을 옆으로 뉘었다. 어느새 칠현금은 한 켠으로 치워졌고 얼굴에는 교태가 다시 흐르기 시작했다.

화경의 단계!

유옥려의 옥녀소심공이 자연스레 몸동작에서 묻어 나오는 단계에 이르렀음을 시사하는 모습을 목도한 소리산이 단숨에 야수처럼 변했다. 흡사 첫날밤을 치를 때와 같이.

화륵!

굵은 눈물을 뚝뚝 떨궈내고 있던 황초의 불빛이 바람도 없는데 크게 흔들렸다. 다시 다 늦어 결합한 늙은 신혼 부부의 방에 광풍이 일기 시작했음이다.

◆ 第八十六章 ◆　고류의 밤은 깊어……

사흘 만에 수십 개가 넘는 고봉을 뛰어넘어 상유연과 약속했던 장소로 이동한 진자운 일행은 그녀를 만나는 데 실패했다. 그곳에서 그들을 기다리고 있었던 건 상유연의 서신을 든 부근의 장족 젊은이였다.

약속을 지키지 못함을 사과하는 짧은 내용. 그녀는 일방적으로 정했던 약속을 역시 일방적으로 어긴 것이다.

진자운은 별로 개의치 않았다.

어차피 상유연의 도움을 받을 생각 따윈 처음부터 없었을뿐더러, 그녀를 믿지도 않았다. 어찌 은연중에 자신을 협박한 여인의 말을 곧이곧대로 믿고 받아들일 수 있겠는가. 만약 그런 일이 벌어진다면, 전혀 진자운답지 않은 일이 될 터였다.

게다가 지금 진자운의 곁에는 천마신교 총단의 지리를 손바닥 보듯 잘 알고 있는 마교도들이 몇 명이나 있었다. 사실 상유연의 도움이 없더라도 크게 문제될 건 없었다. 딱히 그녀의 도움이 절실하진 않았다.

이 대목에서 진자운은 문득 그 같은 사실을 상유연 역시 이미 짐작했으리란 생각이 들었다. 그가 본 상유연이란 여인은 매우 이지적이고 냉정한 성격이었다. 이렇게 무책임하게 약속을 어기는 건 그녀답지 않은 일이었다.

서신을 전달한 장족 젊은이가 떠나자 진자운 일행은 향후의 계획에 대한 토의를 벌였다.

사실 토의라기보다는 서로가 의견을 개진한 후에 각자 반대편에 선 사람들을 비난하면서 얼굴을 붉힌 것이 한 일의 전부라 할 수 있었다.

애초에 서로의 의견을 진지하게 듣고 각자의 의견을 조정하는 일 따윈 할 수 없는 사람들의 모임이었다. 이 같은 결과는 어쩌면 당연하다고 할 수 있었다.

결국 서로에 대한 불신과 분노만을 남긴 채 끝난 토의의 승자는 파미륵이었다. 토의 내내 방관자의 입장을 취하고 있던 진자운이 그의 손을 들어준 까닭이다.

그 후 진자운 일행은 다시 천마신교 총단을 향해 이동했고, 어느새 그곳에서 얼마 떨어지지 않은 곳에까지 이르렀다.

대곤륜의 밤.

야영 준비를 끝낸 진자운 일행은 평소처럼 각자 찢어져서 시간을 보내고 있었다.

곧 천마신교의 총단이다.

천하 마도의 총본산이자 정파인들로부터 악의 축으로 불리는 장소를 코앞에 뒀으니, 언제 어느 때 치열한 생사격전이 벌어질지 알 수 없었다. 최후의 최후가 될지도 모를 평화로운 한때를 방해받고 싶지 않은 건 일행들 모두가 가진 공통된 마음일지도 모른다.

하늘을 가득 메운 별들의 물결.

세상에서 가장 편안한 자세 중 하나라 할 수 있는 대자로 눕기를 감행한 진자운의 입가에 얄궂은 미소가 떠오른다. 자신의 능력 중 일부를 발휘해 야영지 주변을 살피던 중 으슥한 숲 속으로 향하는 한 쌍의 남녀를 발견한 것이다.

'며칠 전부터 계속 투닥거리더니만, 결국은 화해를 하기로 했나 보군.'

한 쌍의 남녀란 남희명과 소설향을 말함이다.

자신이 그들이 벌인 사랑 싸움의 중심임을 아는지 모르는지 진자운은 그저 빙글거릴 뿐이었다.

세상에 대한 관조.

절대지경에 오른 후 갖게 된 버릇 중 하나다.

사람과 사람 사이의 복잡한 관계와 다툼이 현재 진자운에겐 그저 단순한 구경거리에 불과했다. 자신이 끼어들어 관여할 수도 있으나 반드시 그리해야 할 필요성을 느끼지 못했다. 그리될 경우 오히려 자연스럽지 못한 결과를 낳게 될 것을 잘 알고 있었기 때문이다.

'응? 그런데 어떻게 내가 그런 걸 알 수 있는 거지? 예전에 내가 그런 걸 경험한 적이 있었던 건가…….'

기시감.

갑자기 지금 하는 일이 예전에 경험해 본 것 같다는 생각이 드는 걸 말함이다.

느닷없이 그 같은 기시감을 느낀 진자운이 고개를 갸웃거려 보았다.

기시감을 처음 느낀 사람들이 대개 그렇듯 묘한 기분에 사로잡혀 버린 것이다.

한데 그때였다.

숲 속으로 숨어들어 간 두 남녀에게 관심을 집중하고 있던 진자운의 시야 속으로 한 사람의 얼굴이 불쑥 파고들었다. 곤륜까지의 이동 내내 입이 통통 부어 있던 육노당이었다.

"오랜만에 별빛 좀 원없이 바라보고 싶었는데……."

진자운의 혼잣말을 가장한 통박에 육노당이 이맛살을 크게 찌푸려 보였다. 자신이 지금 매우 화가 난 상태임을 과시라도 할 작정인 것 같다.

물론 진자운이 절대 그런 것에 주눅 들 위인은 아니다.

까닥!

누운 자세 그대로 고개를 옆으로 기울여 보인 진자운이 시선을 육노당과 마주했다.

"뭐, 내게 할 얘기라도 있는 거요?"

"할 말 많시다."

육노당이 푹 소리를 내며 진자운 머리맡에 앉았다. 아예 자리를 잡고 앉은 것이다.

'쳇!'

진자운이 내심 혀를 차곤 역시 등에 힘을 주고 자리에서 일어나 앉았다. 육노당이 대화를 청해왔으니, 들어주지 않을 도리가 없다.

육노당이 진자운이 일어나길 기다려 그동안 참고 참았던 불만을 쏟아냈다.

"도대체 진 소협은 어찌 사람이 그리 무책임하고 몰인정한 것이오!

운남에서 느닷없이 사라지더니 어느새 사천대전에 참가해 있지를 않
나, 또 강남까지 가서 녹림 도적들과 싸우고 있으니 도대체가……."

"요지만 말해주쇼."

"…한 명만 내게 넘겨주시오."

"한 명만?"

진자운이 짐짓 딴청을 부리자 육노당의 두 눈에서 불꽃같은 분노의
광망이 쏟아져 나왔다. 어렵사리 한 부탁을 일거에 거절당했다는 생각
이 들었기 때문이다.

"사람이 그러는 거 아뇨! 진 소협이나 나나 다 같은 총각의 입장인
데, 어찌 혼자만 모든 미녀들을 독식하려 하는 것이오!"

'다 같은 총각……'

진자운의 시선이 육노당의 우락부락한 데다 인상까지 더러운 사십
대의 얼굴을 천천히 훑어봤다. 백번 에누리해서 생각한다 해도 그와
자신이 동격의 총각이라 일컬어지는 건 꽤나 큰 문제가 있어 보인다.
그런 생각이 들었다.

진자운의 내심이 그대로 투영된 눈빛.

육노당 역시 자신이 한 말이 조금 심하단 생각이 들었는지 슬쩍 기
색을 누그러뜨렸다.

"진 소협에겐 고귀한 성녀님이 계시지 않소. 어찌 그같이 고귀하고
아름답고 현숙하신 성녀님을 놔두고서 딴 여자와 바람을 필 수 있는
거요. 나 같으면 절대 그런 일은 벌이지 않았을 것이오."

"하하, 본래 남녀 간의 문제란 것이 워낙 복잡미묘하니 어쩌겠소?"

"제길, 웃기는."

나직이 투덜거린 육노당이 눈에 다시 힘을 줬다.

"어쨌든 진 소협에겐 성녀님이 계시니 더 이상의 욕심은 부리지 마시오. 그게 모두를 위한 일일 것이오."

"흠, 모두를 위한 일이라… 그말인즉슨 모용 사매를 육 도장한테 양보하라는 것이오?"

"뭐, 꼭 그런 건 아니지만……."

"아니다? 그럼 모용 사매에겐 관심이 없는 것이구만. 뭐, 그렇다면야……."

"아니오! 아니오! 그 말이 맞소! 내 모용 소저에게 관심이 매우 많이 있소이다!"

육노당이 다급히 목소리를 높이자 진자운이 입가에 얄궂은 미소를 만들어냈다. 그는 사실 이 말이 육노당의 입에서 흘러나오게 하기 위해 여태까지 빙 돌리며 유도하고 있었다. 뭔가 바라는 바가 있었기 때문이다.

어째서?

그 이유는 금세 밝혀졌다.

"사매, 그렇다는데?"

진자운은 육노당 쪽이 아니라 자신의 배후를 향해 고개를 돌린 채 목소리를 높였다. 어느새 두 사람의 배후까지 모용청려가 다가서 있었던 것이다.

"억!"

모용청려가 다가오는 걸 까맣게 모르고 있던 육노당이 자신도 모르게 비명을 질렀다. 모용청려를 처음 본 이후 계속 가슴속 깊숙이 품고만 있던 본심이 완전히 탄로나 버리자 당황감에 일시 어찌할 바를 모르게 되었다.

그래도 그냥 그렇게 앉아 있을 순 없었으리라.

벌떡!

튕겨지듯 자리에서 일어선 육노당이 감히 모용청려 쪽은 돌아보지도 못하고 쭈뼛거렸다. 당장 이 자리를 벗어나고 싶은데, 흡사 거미줄에 걸린 나비처럼 몸이 움직이지 않는다. 어느새 진자운이 일으킨 무형지기에 휘감겨 버린 것이다.

'진 소협, 이 빌어먹을 인간 같으니!'

육노당의 고리눈이 진자운을 향한다.

당장이라도 잡아먹어 버리고 싶다는 마음이 뚝뚝 떨어지는 눈빛. 그리고 연이어 떠오른 건 애절하고 불쌍한 표정이다. 속마음이야 어찌됐든 이 자리를 빨리 빠져나가고 싶다는 마음의 발로였다.

획!

진자운은 고개를 돌림으로써 단번에 육노당과의 사이에 선을 그었다. 그에게 도망갈 기회를 주지 않은 것이다.

'큭!'

육노당은 내심 신음했고, 모용청려가 곧 추수와 같은 시선을 던져왔다.

"육 도장의 마음은 잘 전해 들었습니다. 또한 육 도장이 어떤 분이란 것도 충분히 알게 되었고요."

"그……."

"하지만 제가 화가 나는 건 육 도장의 마음이나 경솔한 언행이 아니니 부끄러워하실 필요는 없습니다."

말을 마친 모용청려가 우아한 동작으로 자신의 귀밑머리를 쓸어 넘기곤 앞으로 한 걸음 신형을 이동시켰다.

추수.

무당파 권법 중 근거리에서 상당한 위력을 발휘하는 동작 중 하나를 펼친 것과 동시, 모용청려의 교족이 기묘한 원을 그렸다. 손으로 만들어 보인 동작이 허초임을 암시하는 움직임.

퍼퍽!

모용세가 비전의 소요퇴법(逍遙腿法)의 변화는 모조리 진자운의 얼굴을 앞에 둔 채 멈춰 버렸다. 아니, 사실을 말하자면 모조리 되튕겨졌다 함이 옳다.

그러자 모용청려가 뒤로 가볍게 몇 보 물러섰다. 평소 진자운과 벌이던 투닥거림 때의 움직임과는 상당한 거리가 있는 경쾌한 동작이었다.

실전!

모용청려는 진심으로 진자운에게 싸움을 걸고 있었다. 육노당이 방금 전에 한 항의에 제대로 대답하지 않은 진자운의 불성실함에 꽤나 화가 났음이 분명하다.

'진심이란 말인가……'

내심 중얼거린 진자운이 엉덩이를 털고 자리에서 일어섰다. 모용청려같이 자존심 센 여인이 진심으로 싸움을 걸어온 이상 설렁설렁 받아 줄 순 없다는 판단이었다.

슉!

그 순간 혈도라도 눌린 듯 옴짝달싹 못하고 있던 육노당이 갑자기 후다닥 신형을 날려 야천으로 사라져 갔다.

진자운이 무형지기를 거둬들이자 더 이상 도망치지 못할 까닭이 없었다. 당장 모용청려에게서 한 걸음이라도 더 도망치고 싶은 건 인지

상정이라 할 수 있었다.

"쯔쯧, 당당하게 말할 때는 언제고……."

육노당의 뒷모습을 보며 나직이 혀를 차던 진자운이 말끝을 흐리더니, 재빨리 신형을 옆으로 물렸다. 그가 한눈판 사이를 노려 모용청려가 일음지를 날려왔기 때문이다.

코끝을 스쳐 가는 찬 기운.

모용청려가 날린 일음지에 담긴 힘은 호신강기를 깨고 불괴지신에 타격을 입힐 수 있을 정도였다. 그녀가 명실상부한 초절정고수의 반열에 올랐음을 웅변하는 일격이었다.

그러나 진자운이야말로 모용청려를 초절정의 길로 이끈 장본인이라 할 수 있었다. 이만한 일로 놀랄 이유가 없다.

스슥.

자신의 움직임을 쫓아 연달아 파고든 일음지를 모조리 강기의 막으로 튕겨 버린 진자운이 단숨에 모용청려의 지척까지 파고들었다.

반보붕권의 움직임.

모용청려는 그것까지 파악하고 있었다.

팍! 파파파팍!

순간적으로 신형을 공중으로 띄워 올린 모용청려의 교족이 거의 백여 번이 넘게 진자운의 안면을 파고들었다. 처음 소요퇴법을 사용했을 때와 똑같은 공격.

한데 진자운은 이번에도 모용청려의 공격을 피하지 않았다.

오히려 불쑥 앞으로 튀어나온 얼굴.

그는 오히려 소요퇴법의 변화 속으로 자신의 안면을 냉큼 들이밀었다.

‘이런, 말도 안 되는!’

모용청려는 자신의 소요퇴법에 담긴 힘이 족히 만 근을 넘는다는 걸 누구보다 잘 알고 있었다. 진자운의 엄청난 무공 실력을 알고 있다곤 하나 어찌 안심할 수 있으랴.

휘릭!

모용청려는 허겁지겁 진자운의 얼굴을 피해 자신의 소요퇴법을 거둬들였다. 그리고 공중에서 연속적으로 일으킨 세 번의 대회전.

제운종.

무당파의 비전경공까지 펼치고서야 모용청려는 완벽하게 진자운의 안면 공격을 피해낼 수 있었다. 진자운은 얼굴만으로 모용세가의 소요퇴법을 피해내고, 다시 모용청려로 하여금 제운종까지 펼치게 만든 것이다.

슥!

옷자락을 펄럭이며 바닥에 떨어져 내린 모용청려의 얼굴에 허탈한 기색이 스쳐 갔다.

된통 혼을 내주려 했다.

진심을 알고 싶었기 때문이다.

하지만 자신은 한 가지 사실을 간과하고 있었다. 진자운이란 인간은 일반적인 사람들의 생각을 훌쩍 뛰어넘는 짓을 아무렇지도 않게 벌이는 괴물이란 것을.

꼬옥!

모용청려의 입술이 살짝 깨물린다.

분하다.

그것이 지금 그녀의 뇌리를 가득 메운 감정이었다. 자신의 무공이 약함이 분하고, 진자운을 완벽하게 사로잡지 못한 것이 분하다.

그러나 가장 크게 분한 것은 자신이 그를 사랑한다는 점이었다. 혹시라도 다칠까 봐 쉽사리 공격조차 하지 못할 정도로 말이다.

그걸 다시금 깨달았기에 모용청려는 분했다. 어쩌다가 자신이 이런 사랑에 눈먼 멍청한 여인이 되었는지 한심하고 또 한심했다.

뚝!

모용청려는 눈물이 떨어져 내리기 전에 얼른 소매를 들어 눈가를 훔쳤다.

이미 속마음을 몽땅 들켜 버린 상황.

더 이상의 추한 꼴은 보이고 싶지 않았다.

약자.

지난바 무력이 아니라 진자운을 더 깊이 사랑하기에 자신이 약자임을 그녀는 알고 있었다.

"관두도록 하죠……."

자신의 안면 공격이 실효를 거둔 것에 흡족한 미소를 짓고 있는 진자운을 물끄러미 바라본 모용청려의 허탈한 한마디.

그것은 패배 선언이었다.

그리고 그녀는 신형을 돌려세웠다. 그러려고 했다.

한데 그때 진자운이 갑자기 그녀를 향해 바람같이 신형을 날렸다. 다시 예의 얼굴 들이밀기와 더불어.

후욱!

남자의 뜨거운 숨결.

느닷없는 진자운의 기습에 모용청려는 당황했다. 얼떨결에 포옹을 당하고, 다시 입술을 빼앗겼다. 자존심을 되찾기 위해서 방금 전까지

살벌한 싸움을 벌였던 사이라곤 생각되지 않는 상황에 봉착한 것이다.

정신이 혼란스럽다.

모용청려는 진자운에게 입술을 빼앗긴 채 어째서 일이 이렇게 되어 버렸는지 생각해 내려 무진장 애를 썼다. 그렇게라도 하지 않으면 심장이 터져 버릴 것만 같았다. 그리고 떠오른 중대한 한 가지 사실.

'그만큼 나 역시 원하고 있다!'

모용청려는 자신의 감정에 솔직해지기로 했다. 이런 순간까지 세속의 허례허식에 사로잡히고 싶진 않았다.

'한다!'

'해!'

입맞춤을 끝내고 떨어진 두 남녀의 눈빛이 얽힌 건 극히 짧은 순간이었다. 서로의 마음이 손에 잡힐 듯 느껴진다.

젊은 영혼.

두 사람은 누가 먼저라 할 것 없이 서로의 옷을 벗기기 시작했다.

이미 미쳐 버린 피.

펄펄 끓는 열정을 서로를 향해 그대로 쏟아내며 두 사람은 풀숲 위로 쓰러져 내렸다. 조금의 망설임도 없이.

"으아아아아!"

처음엔 싹 무시했다.

절호의 기회.

오랜만에 꽤나 진지해질 수밖에 없었다. 서로 마음을 연 이후에도 애정 행각에 있어선 꽤나 깐깐하게 굴던 모용청려가 자신의 품 안에서 잔뜩 풀어져 있었다. 이러한 때에 딴생각을 한다는 건 말도 안 되는 짓이었다.

분명 그랬다. 분명 그렇긴 한데…….

울부짖음은 또다시 진자운의 귓속으로 파고들었고, 극도로 민감한 오감을 진동케 했다.

한 번으로 그친 것이 아닐뿐더러, 단지 귀로만 파고든 소리 또한 아니다.

만약 그런 것이었다면 결국 진자운이 한숨과 함께 모용청려의 봉긋 솟은 가슴에서 손을 떼어내진 않았을 것이다. 사실 이같이 중요한, 어찌 보면 천하를 얻는 것보다도 더 대단한 역사적 사건이 일어나기 직전인 때에 어떤 사내가 감히 딴마음을 품을 수 있겠는가. 전심전력을 다 기울인다 해도 모자랄까 하늘을 우러러 두려워해야 할 판국이거늘.

하지만 진자운은 그리해야만 했다. 내심 눈물을 삼키며 그리했다.

절대지경에 오른 자신의 심령을 뒤흔든 소리의 정체를 파악해야만 한다는 강박감!

그것이 젊음의 열정조차 잊게 만들었다.

스윽!

진자운이 풀숲에서 신형을 일으키자 그의 손짓에 완전히 자신을 맡기고 있던 모용청려가 살짝 어깨를 떨어 보였다.

얌전히 감겨져 있는 눈.

고른 숨결.

진자운의 갑작스런 심경의 변화나 행동을 봤을 리 없다. 단지 그의 손이 떨어지자 곤륜의 밤바람에 추위를 느꼈을 따름이다. 그리고 초절정고수의 민감한 오감이 뜨겁게 달아올랐던 젊은 피를 식힌다.

"소리… 때문에 그런가요? 그런 거라면 신경 쓰지 말아요. 저 정도의 소리라면 이곳에서 족히 몇 리 정도는 떨어진 장소예요.”

“사매도 알고 있었던 거야?”

“…….”

대답이 없다.

진자운은 모용청려의 그런 점이 꽤나 귀엽다고 생각했다. 심혼을 울렸든 귓전을 때렸든 그따위 소리 따윈 다시 싹 무시하고 싶어진다. 그렇게 생각했다.

‘앙큼한 것!’

내심 웃어 보인 진자운의 목소리가 느물거리는 표정과 함께 조화를 이뤘다.

“흐흥, 그러니까 여태까지 아무것도 모른 척 몸을 맡기고서 줄곧 주변의 동태를 파악하고 있었던 거로군? 정말 사매다운 치밀한 행동이야.”

“…이곳에는 우리만 있는 게 아니니까요.”

“그것도 그렇군.”

모용청려의 말에 수긍을 하면서도 진자운은 다시 그녀에게 다가들지 않았다. 모용청려는 간과했지만, 자신은 눈치 챈 어떤 것에 대한 호기심을 끊기 어려웠기 때문이다.

“사매, 그래도 나는 저 소리가 꽤나 신경이 쓰이는군. 난 아무래도 생각했던 것보다 섬세한 남자인가 봐.”

“…….”

“어차피 이렇게 된 이상, 오늘은 이쯤 하고 후일을 기약하는 게 어때?”

“설마… 진짜로 지금 날 버리고 가려는 건 아닐 테지요?”

"아쉬운 건 사매만이 아니라구."

진자운의 대답이 떨어진 것과 동시였다. 여태까지 첫날밤을 맞는 새색시와 같던 모용청려가 감고 있던 눈을 떴다.

발갛게 상기된 얼굴.

별빛과 같은 눈동자.

세상의 아름다움이란 아름다움은 몽땅 다 모인 듯한 얼굴에 담긴 건 담담한 분노였다. 다시 본래의 모용청려로 돌아온 것이다. 그것도 진자운에게 화를 낼 때의 그녀로.

"사형… 지금이라도 마음을 돌릴 수 없나요?"

"사매, 미안."

"진짜 날 버리고 가겠다는 거예요?"

"앞으로 우리 사이엔 기회가 또 있을 거야, 아주아주 많이. 그러니까 오늘은……."

"죽어버려요!"

"하하, 그런 무서운 표정은 말고오……."

진자운은 입을 재빨리 놀리며 두 손을 모아 보이더니, 모용청려에게 다시 얼굴을 들이밀었다. 대충 입맞춤으로 상황을 무마하려는 의도였다.

찰싹!

진자운의 시도는 실패로 돌아갔다.

그의 얼굴에 대뜸 손도장을 찍고 발로 배를 걷어차 버린 모용청려가 재빨리 흐트러진 옷매무새를 바로 하기 시작했다. 어느새 그녀 역시 밤의 정령이 뿌리고 도망간 게 분명한 열정이란 미약에서 깨어나 버린 모습이다.

"사매… 아프다구!"

진자운이 슬쩍 울상을 지어 보이자 모용청려가 언제 열에 들떠 있었냐는 듯 냉정하게 말했다.

"기껏해야 아녀자의 손이 아파봤자 얼마나 아프겠어요. 사형은 천하에 두려워하는 게 아무것도 없는 사람이잖아요? 어쨌든 오늘 일에 대해선 반드시 후일 대가를 치를 날이 있을 거예요. 꼴도 보기 싫으니 당장 내 앞에서 사라져 버려요!"

"……."

진자운은 모용청려가 진짜 화가 났다는 걸 알 수 있었다. 애써 감정을 드러내지 않으려 하는 모습 깊숙이 상처받은 여심이 손에 잡힐 듯 보인다. 앞으로 이런 기회가 꽤나 오랫동안, 혹은 영원히 오지 않을 가능성도 완전히 배제할 순 없을 듯하다.

'씨발, 도대체 언 놈이 밤중에 잠도 안 자고 소리를 질러대는 거야!'

진자운은 내심 욕설을 내뱉고, 다시 모용청려에게 치대려다가 갑자기 시선을 동쪽의 고봉 쪽으로 던졌다.

이름조차 알지 못하는 고봉.

마침 푸른 달이 걸려 있던 고봉의 정상에서 작은 점 하나가 빠르게 확대되었다. 자청해서 오늘 주변에서 가장 높은 고봉에 앉아서 경계를 서고 있던 파미륵이었다.

그의 거대한 신형은 단숨에 야영지 한가운데로 추락했다. 아니, 착지했다.

쿠쿵!

조금이라도 낙하하는 속도를 빨리하려고 비전의 만근추를 사용했음이 분명하다.

파미륵의 거대한 몸이 거의 절반이나 땅속에 파묻혀 있었다. 곤륜산맥의 대부분이 얇은 흙의 거죽 아래 단단한 암반이 숨어 있음을 생각하면 실로 놀라운 광경이었다.

물론 과거 파미륵의 무지막지한 몸 공격을 감당해 본 적이 있는 진자운은 놀라지 않았다. 오히려 그는 모용청려를 떠나 한걸음에 파미륵 앞에 이르렀다.

퍽!

진자운의 발이 가차없이 파미륵의 투실투실 살찐 볼살을 걷어찼다.

경고조차 없이 감행한 공격.

파미륵의 과하게 튼실한 목 근육이 한순간 옆으로 확 꺾였다가 제자리로 돌아왔다. 과연 엄청난 몸이다.

"진 소협, 이건 좀 심한 거 아닌가!"

파미륵의 항의에 진자운이 퉁명스레 대꾸했다.

"난 오히려 내가 지나치게 관대했던 게 아닌가 싶습니다만?"

"관대?"

"남의 은밀한 사생활을 몰래 엿보는 취미를 가진 변태 늙은 화상 따위 땅속에 산 채로 파묻어 버리는 편이 낫지 않겠소이까?"

"사, 산 채로 파묻어 버려……."

끄덕!

진자운은 대답 대신 고개만을 끄덕거렸다. 말보다 오히려 더욱 단호한 대답이다.

파미륵의 입에서 앓는 소리가 흘러나왔다.

"끄응, 완벽하다고 생각했거늘……."

'정말 저 늙은 중이 내 이목을 피하고서 몰래 훔쳐보고 있었단 말

인가!'

모용청려의 얼굴에 기가 차다는 표정이 스쳐 갔다.

이 같은 일을 만나고 보니, 방금 전까지 잔뜩 화가 났던 것조차 부끄럽다.

휘익!

바람 소리가 나도록 신형을 돌린 모용청려가 잰걸음으로 두 사람의 곁을 떠나갔다. 적어도 며칠간은 파미륵이나 진자운의 얼굴을 보지 못할 것 같다.

그 모습을 실눈으로 힐끗거린 파미륵이 입가에 느물거리는 미소를 만들어냈다.

"흐흐, 모용 소저도 꽤나……."

"사매는 성격이 꽤나 독한 편입니다. 무공으로 안 된다고 생각되면 세력을 동원할지도 모릅니다."

"…크흠."

뒷말을 헛기침으로 바꾼 파미륵이 재빨리 파묻혀 있던 땅속에서 거대한 공 같은 몸을 빼냈다. 동작 하나만큼은 과연 초절정고수답다.

진자운이 그때를 기다려 질문을 던졌다.

"대사도 그 소리를 들었겠지요?"

"그 천지를 찢어발기는 비통함이 담긴 울부짖음을 말하는 것인가? 그렇다면 들었다고 할 수 있네."

"천마신교의 총단입니까?"

"거기 빼고 그런 괴물을 수용할 수 있는 곳이 어디 있겠는가? 처음에는 오마 중 하나가 아닌가 싶었네만……."

"오마가 아닐 수도 있다는 겁니까?"

"오마는 마도무학의 대종사들이라 할 수 있네. 어찌 저리 지독한 마성을 뿜어내겠는가? 극마지경이란 건 말하기 좋아하는 자들이 만들어 낸 허구는 아니라네."

파미특의 말속에는 마도무학에 대한 강한 자부심이 담겨 있었다. 하긴 그 역시 어쩔 수 없는 마도인이니 어쩌면 당연한 일인지도 모르겠다.

'그럼?'

진자운이 눈빛으로 질문을 던지자 파미특이 실눈 가득 신광을 일으키며 중얼거렸다.

"혹시 전설의 혈강시(血殭屍)나 극악한 방법으로 제련된 마물이 아닐까 하는 생각이 드네. 천마신교의 신농전은 과거에도 비슷한 짓을 저지르곤 했으니까 말이야."

"신농전? 천마신교에 그런 곳도 있습니까?"

"설마 신농전에서 만들어낸 각종 마공을 실험하기 위해 중원에서 일으킨 혈겁에 대해 들어본 적이 없는 건가? 신농전의 그 같은 해악 때문에 정파에서 무림맹을 만들고, 후일 피를 피로 씻는 마정대전까지 벌어지게 된 것일세. 계속되는 혈겁을 더 이상 정파의 제문파들이 견딜 수 없게 된 것이지. 그래서 몇몇 문파들이 힘을 합하게 되었고."

"……."

진자운의 얼굴에 흥미진진한 기색이 떠올랐다. 자신이 전혀 몰랐던 과거 무림사이고 보니 새록새록 재미가 샘솟지 않을 수 없다.

결국 파미특의 얘기가 마정대전의 끝인 허공 진인과 담천위 간의 대결에 이르자 진자운의 눈살이 가볍게 찌푸려졌다. 예전에 몇 번이나 들었던 비겁한 승리에 관계된 얘기는 다시 듣고 싶지 않았기 때문이다.

‘쳇, 마도인들은 어째서 항상 이 얘기만 나오면 신이 나서 어쩔 줄을 모르는 걸까? 목숨을 건 싸움의 승부가 정정당당하면 어떻고 아니면 또 어쩌라구.’

진자운의 본심이었다. 그래도 그는 정파에 대한 욕을 늘어놓으며 얼굴에 화색이 만발한 파미륵을 굳이 말리진 않았다. 그럴 필요를 느끼지 못했기 때문이다.

게다가 또 한 가지!

지금 진자운은 파미륵에게 신경을 쓸 여가가 없었다. 그의 심경을 뒤흔들어 놓았던 예의 울부짖음이 또다시 천지를 진동시키기 시작했던 것이다. 잠시 잠잠했던 만큼 그 위세는 족히 전보다 두 배는 되어 보인다.

“대사, 저 정도 마물이라면 지금쯤 천마신교 총단은 완전히 뒤집어졌을 것 같은데, 어떻게 생각하시오?”

“응?”

“지금 모른 척하는 거요?”

“응?”

“제기랄, 됐수. 그냥 움직입시다!”

자기가 말하고 자기가 화낸다. 그리고 밑도 끝도 없는 말을 던졌다. 그러나 파미륵은 전혀 어색해하지 않았다. 마치 이때만을 기다리고 있었던 듯 그는 실눈에 담긴 안광을 더욱 강렬하게 만들었다.

히죽!

그에게 특유의 웃음을 던진 진자운이 잠시 모용청려가 떠난 방향을 눈으로 살피곤 바로 신형을 움직였다.

천마신교의 총단이 있는 방향.

천지를 뒤흔드는 울부짖음이 터져 나온 쪽이었다.

*   *   *

"크아!"

석문이 열린 것과 동시였다. 흡사 대호의 눈에서 뿜어져 나오는 것 같은 귀광 두 개가 모습을 드러냈다. 당연히 결코 사람의 입에서 흘러 나온 소리라곤 볼 수 없는 괴성의 소유자가 분명하다.

'마물……?

감처연은 입가에 항시 걸려 있던 미소를 잠시 지워 보였다. 압도적 인 마기가 뭉클거리며 자신을 향해 파고드는 걸 느낀 까닭이다.

그러나 감처연은 절대지경에 오른 고수였다. 한낱 마기 따위에 거리 낌을 가질 사람이 아니었다. 그때까지는 분명 그러했다.

쉬악!

첫 번째 움직임.

어둠 속을 떠돌던 두 개의 귀광이 흔들린 순간, 감처연의 축 처져 있 던 왼 소매가 앞으로 쭉 뻗어 나왔다.

콰릉!

감처연의 소매 끝에 담긴 힘은 족히 만 근을 상회한다. 일반적인 초 절정고수의 강기공과 맞먹는 위력이다.

그런 압도적인 힘이 담긴 일격!

당연히 귀광의 소유자는 피떡으로 변했어야 옳았다. 감처연은 분명 그리 생각했다. 하지만 결과는 정반대였다.

촤촤촤촤촤악!

만 근의 힘이 담겨 있던 소매가 갈기갈기 찢어져 공중에 휘날린다.

스으.

한때 소매였던 옷자락의 파편 속에서 움직이는 인영. 감처연은 일장 정도 물러서야만 했다. 귀광의 소유자가 이격을 날려왔기 때문이다.

'호신강기가 회오리를 일으켜……?'

감처연은 입가의 미소를 더욱 짙게 만들었다. 방금 전의 일합으로 비록 손해를 보긴 했으나 그 정도는 미약했다. 형체를 보이지 않고 있던 귀광의 소유자가 지닌 힘을 확인한 것으로 소득은 충분하다 할 수 있었다.

그럼 이젠 반격에 나설 차례.

감처연은 몇 개나 되는 분신을 연달아 만들어냈다. 어느새 지척까지 이른 마기를 흘려 버리기 위함이었다. 처음과 달리 정면 승부를 피한 것이다.

또한 그녀는 연달아 다섯 개나 되는 장환을 만들어냈다.

시간차를 두고 만들어진 다섯 개의 빛의 고리.

그 짧은 섬광에 비로소 귀광의 소유자는 자신의 본모습을 드러냈다.

혈발에 혈염.

핏빛 눈동자.

섬뜩할 정도로 튀어나온 어금니.

양손에는 야수와 같은 손톱이 나 있고, 누더기를 걸친 온몸의 근육은 당장 터질 것처럼 약동한다. 누가 보더라도 훌륭한 마물이다.

게다가 더욱 대단한 사실은 그 마물이 지나칠 정도로 놀라운 무공 실력까지 겸비하고 있다는 것이었다.

콰콰콰콰쾅!

연속적으로 자신을 향해 날아든 다섯 개의 장환을 마물은 전혀 힘들이지 않고 피해냈다.

일반적인 마물의 움직임이 아니다. 초절정을 뛰어넘는 절대고수만이 보일 수 있는 모습이었다.

"혈… 왕……."

감처연은 자신을 공격한 마물의 정체를 대번에 알아봤다. 꽤나 특징적인 이름과 모습만으로도 그 같은 사실을 알아내기란 그리 어렵지 않았다.

혈왕.

눈앞의 결코 사람이라 할 수 없는 마물은 마의 유원이 그리 말하던 존재임이 분명했다. 누구라도 감처연과 같은 입장이 되었다면 그리 생각했을 것이다.

그렇다면 그는 감처연의 부군인 악구괴 단지경이어야만 했다. 그가 바로 혈왕이니까.

생각이 거기까지 이른 순간 감처연의 얼굴이 와락 일그러졌다. 그리고 자신의 팔을 자를 때조차 눈썹 한 번 찡그려 본 적이 없는 그녀의 얼굴에서 미소가 사라졌다.

믿고 싶지 않은 현실. 모든 희망이 산산조각났다.

그만큼 충격적이었다.

하지만 그녀는 아직 포기할 수 없었다.

눈앞의 참혹한 현실을 도저히 믿을 수 없었다. 결코 눈앞의 마물은 단지경이 될 수 없는 것이다.

"망할 마물 녀석 따위가 감히!"

감처연의 입에서 차가운 노성이 터져 나왔다.

◆ 第八十七章 ◆
소괴, 웃으며 죽다!

감처연은 발끝으로 바닥을 강하게 찍었다.

공간을 가로지르는 하나의 선.

쏜살같이 그녀가 혈왕을 향해 파고들었다.

그와 함께 현란한 변화를 보이기 시작한 그녀의 수장. 비전절학 중 하나인 설화신장(雪花神掌)이 펼쳐졌음이다.

파파파파팟!

흡사 꽃잎 같고 어찌 보면 하늘에서 떨어져 내리는 눈송이 같은 수백 개의 손 그림자들이 단숨에 혈왕의 전신을 에워쌌다. 손 그림자 하나하나는 모두 강기로 이루어진 수강이다. 방금 전에 여유있게 피해낸 장환과는 또 다른 압도적인 공격!

그러나 이번에도 감처연의 공격은 허사로 돌아가야만 했다.

스스스스슷!

흡사 노련한 무림고수같이 혈왕은 몇십 개나 되는 분영을 만들며 감처연의 설화신장을 피해냈다.

완벽한 파훼.

감처연은 순식간에 자신의 삼대절학 중 하나인 설화신장을 무용지물로 만든 혈왕의 보법을 한눈에 알아봤다.

어찌 못 알아볼 수 있으랴. 그녀의 설화신장과 눈앞의 보법은 본래 하나로 묶여진 무공인 것을.

'난행보(亂行步)…….'

감처연의 안색이 일시 처연하게 변했다. 조금 전까지와는 달랐다. 난행보야말로 그녀가 사랑하는 남편 단지경에게 전수했던 보법이었다. 혈왕이 그가 아니라 어찌 또다시 생각할 수 있겠는가.

"여보오!"

감처연이 발작적으로 소리치며 혈왕을 향해 파고들었다.

묘하게 혈왕과 비슷한 움직임.

난행보였다.

그러자 혈왕이 다시 움직임을 보였다. 감처연이 자신을 공격하는 줄 착각하고 반격에 들어간 것이다.

카캉!

순간 혈왕의 길쭉한 손톱이 현란한 변화를 일으키며 파고들던 감처연의 전신을 난자했다.

본능적으로 그 또한 감처연의 움직임이 난행보임을 직감했다. 자신이 훤히 알고 있는 변화. 그 틈을 노려 공격하는 건 당연한 일이었다. 상대가 자신의 처인 감처연이란 점을 완전히 부정한다면 분명 그러했다.

"여보… 오…….."

감처연의 호신강기는 혈왕의 손톱을 완벽하게 막아내지 못했다. 역부족이었다.

갈기갈기 찢기운 몸.

휘청이는 감처연의 전신에서 뜨거운 핏줄기가 번져 나온다. 심각한 중상을 입은 것이다.

그러나 감처연은 포기하지 않았다.

그녀는 다시 난행보를 펼쳤다. 혈왕이 난행보를 펼쳤고, 자신이 펼치는 걸 안 이상 완전히 이지를 잃고 마물이 된 건 아니란 판단.

거기에 그녀는 자신의 모든 걸 걸었다.

스으.

감처연의 난행보는 눈에 띌 정도로 느려져 있었다. 혈왕이 조금이라도 오랫동안 자신의 모습을 지켜볼 수 있도록 하려는 의도였다.

그러자 그녀의 의도가 통했음인가?

혈왕이 감처연을 향해 다시 예의 손톱을 휘갈기려다가 잠시 주춤거렸다.

혈향!

그것이 원인이었다.

감처연의 몸에서 뿜어져 나온 뜨거운 피 내음이 반흡혈귀가 되어버린 혈왕을 당황케 했다.

그는 유원의 계속된 치료로 어느 정도 피에 대한 참을성을 키웠지만, 그것이 완벽한 건 아니었다. 흡혈귀에게 있어 피에 대한 갈구는 거의 생존 본능이나 다름없었기 때문이다.

그래서 그는 애초에 자신이 집으로 삼은 신농전의 지하 석실로 들어서는 침입자를 계속 살려두지 않았다. 아예 흡혈할 대상 자체를 남겨놓지 않는 수법을 사용한 것이다.

그리고 완전히 이지를 잃기 얼마 전, 자신이 흡혈귀의 본능을 드러내서 폭주하지 못하게 하기 위해 스스로를 가둬 버렸다. 먹이가 없다면 어찌 흡혈귀가 될 수 있겠는가.

그러나 오늘 상대한 감처연은 너무 강했다.

그녀는 여태까지 상대했던 자들처럼 단숨에 목숨을 잃지 않았다. 오히려 몇 번이나 강력한 공격을 가해서 그를 당황하게까지 만들었다. 반흡혈귀가 된 후 무공이 더욱 강해진 혈왕으로선 예상조차 하지 못했던 일이 벌어진 셈이다.

게다가 너무나 향기롭고 유혹적인 피의 내음.

혈왕의 인내력은 슬슬 한계를 드러내고 있었다. 피의 유혹이 거세어진 것도 무리는 아니다.

"크으으."

혈왕은 고통스레 신음하며 뒤로 물러섰다. 그에게 남은 마지막 이성이 시킨 일이었다.

그러나 감처연은 그때 대단히 큰 착각에 빠졌다. 피의 유혹 때문에 괴로워하는 혈왕의 모습을 잃어버린 이지를 되찾기 위한 몸부림이라 생각한 것이다.

"여보, 힘내세요!"

"크… 크……."

"당신은 무림의 영웅이잖아요! 어찌 그딴 병마에 질 수 있단 말이에요! 당신은 이겨낼 수 있어요!"

"……."

한마디씩 내뱉을 때마다 감처연은 혈왕에게 다가들었다. 그리고 그녀의 몸에서 풍기는 혈향은 점점 더 진해졌다. 최후의 이성으로 만들어놓은 봉인에 얽매여 있던 혈왕으로선 그야말로 미칠 지경.

감처연이 거의 지척까지 다가들었을 때였다.

툭!

머릿속에서 뭔가가 끊어지는 소리와 함께 혈왕의 얼굴에서 그나마 남아 있던 핏기가 싹 사라졌다. 결국 봉인이 깨져 버리고 만 것이다. 그리고 한 치가량 더 튀어나온 송곳니.

콰득!

순간 감처연의 목젖 깊은 곳으로 혈왕의 송곳니가 파고들었다.

터져 나오는 핏물.

혈왕은 전혀 마다하지 않고 달디단 감로수와 같은 아내의 피를 빨아 마셨다. 생명의 진액을 사양 않고 자신의 몸속 깊숙이 저장해 갔다.

덜덜덜덜덜…….

감처연은 자신의 생명력이 일시에 빨려 나가는 걸 느끼곤 온몸을 마구 떨었다. 절대고수라 해도 몸 안의 피를 몽땅 빼앗겨서는 살 수가 없다.

자연스레 바동거려지는 수족.

그러나 혈왕은 결코 감처연을 놓아주려 하지 않았다. 오히려 그녀의 달디단 감로수를 근원 깊숙한 곳까지 탐닉하기 위해 송곳니를 더욱 깊숙이 박을 따름이다.

"여보… 여보……."

감처연은 애처롭게 입술을 떠듬거리다 어쩔 수 없이 혈왕의 천령혈을 향해 자신의 수장을 들어올렸다.

진원지기가 담겨 하얗게 빛나는 수장.

아주 오랜만인 흡혈의 기쁨에 완벽하게 도취해 있는 혈왕의 머리를 바쉬놓기엔 더할 나위 없이 적당하다. 그는 이 일격을 결코 피할 수 없을 것이다. 그게 당연했다.

부들!

감처연의 수장이 한차례 떨림을 보였다.

자신의 죽음과 남편의 죽음.

그 둘 사이에서 그녀는 방황했다. 생과 사가 여기 함께 있으니, 어찌 고심하지 않을 수 있으랴.

그리고 결국… 그녀는 결정을 내렸다. 자신의 죽음을 그냥 받아들이기로.

스륵.

감처연이 조용히 수장을 내려뜨렸다.

자기 희생?

그런 건 아니었다. 아니라고 생각한다. 그녀는 단지 평생 사랑해 왔던 남편 단지경이 없는 세상에서 살 자신이 없었을 따름이다.

살 만치 산 지금 돌이켜본다.

그로 인해 얼마나 많이 웃을 수 있었던가. 또 그가 없는 세상이란 얼마나 따분할 것인가.

'그를 만나 행복했다. 나쁜 적보다는 좋은 적이 훨씬 많았어. 그러고 보면 나는 꽤나 운이 좋은 여자였지 않은가……'

감처연이 잔뜩 열중해 있는 혈왕의 혈발을 손으로 한차례 쓰다듬으며 입가에 미소를 담았다. 그리고 구주를 떨어 울리던 또 하나의 별이 빛을 잃고 힘없이 떨어져 내렸다.

　　　　＊　　　　＊　　　　＊

신농전에서 울려 퍼진 천지를 뒤집는 듯한 괴성.

천마신교 총단 전체가 발칵 뒤집히지 않았을 리 만무하다. 얼마 전에 오마와 십대마군 간의 항쟁이 벌어진 이후 처음 있는 사단이었기 때문이다.

그런 소란 중에도 소리산은 꽤나 느긋한 걸음으로 신농전으로 향했다.

흐트러진 의관과 불그레한 안색.

방금 전까지 그가 어떤 일을 벌이고 있었는지 대충 짐작이 가는 모습이다.

그러나 어느새 신농전 앞에 집결해 있던 오대마군 중 어느 누구도 그에게 뭐라 시비 걸지 못했다. 단지 노골적으로 부러운 시선을 던질 따름이었다. 그가 누구와 지금까지 시간을 보내고 있었는지 잘 알고 있었기 때문이다.

'제기랄, 달콤한 신혼이란 건가!'

'크흐흑, 나의 려매와 지금까지 이런 짓 저런 짓 몽땅 했겠지!'

'쥐밀! 다른 건 몰라도 내가 밤일에 있어서만큼은 최고인데. 소 대형보다 잘할 자신이 있거늘…….'

자신을 향해 쏟아진 오대마군들의 따가운 시선에 소리산이 흐뭇한 미소로 화답해 줬다. 승리자란 본래 패배자들에게 마음을 너그럽게 갖는 게 당연하다.

"형제들이 생각하는 그대로일세. 방금 전까지 이 노형은 려매와 즐거운 신혼을 만끽하고 있었다네. 려매가 근래 들어 옥녀소심공을 익힌 덕분에 남자를 기쁘게 해주는 법이 많이 늘었더군. 이젠 내가 오히려 려매한테 가르침을 구해야 할 판이야."

"크험."

"커험."

소리산의 대놓고 하는 염장질에 불편한 헛기침이 오대마군 사이에서 마구 터져 나왔다.

오랫동안 십대마군 모두의 꽃이자 여신이었던 유옥려.

갑자기 소리산이 혼자 그녀를 독차지하게 된 것만 해도 열받는데, 이런 염장질은 타오르는 불길 속에 기름을 붓는 것과 같았다. 용서할 수 없는 일인 것이다.

빙긋.

소리산은 전혀 반성하지 않고 웃어 보였다. 언제나와 같이 얄미운 웃음이다. 그리고 흘러나온 말.

"그래서, 신농전에서 잠자고 있던 혈왕이 폭주하게 된 건 뭐 때문인가? 별일 아니라면 형제들의 능력을 믿고 다시 처소로 돌아가고 싶은데 말야?"

"애석하게도 소 대형은 오늘 우리와 함께 밤을 지새우셔야 할 것 같습니다. 혈왕이 이미 신농전의 지하 밀실에서 탈출했을뿐더러, 내성의 성벽조차 뛰어넘은 것 같으니까요."

"흠, 내성의 방어진이 이미 무너졌다는 뜻이군. 그럼 외성의 오 개 부대가 몽땅 총단을 비운 지금, 혈왕의 폭주를 막을 자는 없다는 뜻이로군. 얼마 전부터 주변이 꽤나 조용해진 걸 보면?"

"그렇다고 봐야 할 것 같습니다."

"그런데 지금까지 이런 곳에 모여서 뭘 하고 있었던 거야!"

갑자기 소리산의 얼굴에서 흘러넘치고 있던 여유 넘치는 미소가 흔적도 없이 자취를 감췄다. 대신 창공을 유유히 날던 매가 먹잇감을 발견한 듯한 눈빛이 오대마군 중 자신의 말을 받고 있던 초일환에게로 향했다. 대답의 후속을 기대하며.

초일환이 어깨를 가볍게 으쓱해 보였다.

그렇지 않아도 소리산에게 느닷없이 유옥려를 빼앗긴 후 매우 감정이 상해 있었다. 이런 때 치대 보지 못한다면 언제 해보겠는가.

"소 대형께서 그런 질문을 하시니 뜻밖이군요? 여태까지 소 대형은 본래 세상에서 모르는 게 아무것도 없는 사람이라고 생각했거늘."

"……."

"아! 그러고 보니 이번이 처음은 아니로군요. 소 대형은 지난날 상대주님과 영마 천좌에 관해서도 크게 오판을 하셨으니까요."

초일환이 자신의 머리를 손가락으로 톡톡 건드렸다. 당장이라도 멱살을 붙잡고 싸우자 덤벼드는 듯하다.

그러나 소리산은 이미 입가에 미소를 다시 되찾고 있었다. 초일환이 아무리 시비를 걸어도 그에겐 단지 패배자에 불과했다. 똑같이 자신을 격하시켜 싸울 까닭이 없다.

"초 현제, 지금 자네와 내 능력에 관한 토론을 벌일 까닭이 있을까? 혹시 자네가 삼신마의 지위를 차지한다면 내 그때 가서 한번 진지하게 고려해 보겠네."

"그건……."

"그래, 그건 아닐 테니, 일단은 십대마군의 좌장이자 삼신마의 으뜸인 내게 여태까지 벌어진 일에 대한 후속 보고나 계속하게나. 그게 지금 자네가 할 일이고 임무인 것이야."

'큭!'

초일환은 순간적으로 아주 진지하게 소리산에게 덤벼드는 걸 고려했다.

왜 그렇지 않겠는가.

그를 이기고 오랫동안 짝사랑해 왔던 유옥려를 되찾아온다… 정말 생각만으로도 짜릿한 전율이 몰려오는 듯하다. 생각만으로 끝내기엔 지나칠 정도로 달콤하고 유혹적이다.

하지만 초일환은 자신이 그리할 수 없음을 또한 너무나 잘 알고 있었다.

그가 십대마군 중 삼신마의 바로 아래인 서열 사위이긴 하나 명실상부한 일위인 소리산과 비교하자면 어른과 아이의 차이라 할 수 있었다.

머리는 물론이거니와 무력마저도 혼자 그에게 덤벼들어선 단 일 푼의 승산도 없을 게 뻔했다. 아예 상대조차 되지 않는 것이다.

슥!

재빨리 내심 깊숙한 곳에서 부글거리며 끓고 있는 질투의 기색을 지우고, 자신의 주제 파악을 한 초일환이 허리를 조금 숙여 보였다.

"소 대형의 말씀이 옳습니다. 제 임무는 바로 그것이지요."

"아니 다행이네."

끝까지 얄밉게 구는 소리산의 말에 초일환은 다시금 울컥 화가 치미는 걸 가까스로 참았다. 어쨌든 지금은 고개를 확실히 숙일 때였다.

"전날 소 대형께서 명령하신 대로 저희는 그동안 신농전을 비무장지대로 만들었습니다. 이임생은 일부러 신농전의 의원들을 대부분 이끌고 상 대주님을 따라 떠났고, 주변의 호위들은 몽땅 물렸습니다."

“이미 내가 아는 사항은 넘어가자구.”

“예. 그 결과 오늘 드디어 소 대형께서 기다리고 있던 대어가 신농전으로 찾아들었는데, 결과가 사뭇 저희의 예상을 뛰어넘는 쪽으로 전개된 것 같습니다.”

“그런 것 같군. 소괴 선배의 시신은 잘 거뒀겠지?”

밑도 끝도 없는 질문이다. 그러나 소리산이 던진 질문의 의미를 못 알아들을 정도로 멍청한 초일환은 아니다.

그가 얼른 고개를 끄덕여 보였다.

“일단 신농전 내의 병동으로 옮겨놨습니다. 소 대형께 들었던 것과는 꽤나 차이가 나는 외모더군요. 아무래도 혈왕과 싸우다가 외모가 크게 훼손된 것이겠지요.”

“절대지경에 오른 고수가 외모까지 크게 훼손당할 정도로 당했다? 혈왕의 무위가 정말 그 정도라니…… 이건 정말 대단한 일이로군.”

“대단한 일이라기보다는 큰일입니다. 그 마물은 신농전을 빠져나가자마자 주변에 몰려 숨어 있던 십전의 정예 무사 중 삼십여 명을 죽이고, 내성의 성벽을 뛰어넘었습니다. 그 뒤 아직 놈의 이동 경로가 전해지지 않고 있으니, 어쩌면 이젠 추격할 수 없는 상황이 됐을지도 모릅니다.”

“혈왕에게 인성이 돌아왔다면 그건 당연한 일이야. 절대고수 이상의 무력을 지닌 혈왕의 움직임을 어찌 평범한 외성의 신교 무사들이 알아볼 수 있겠는가?”

“혈왕의 인성이 돌아왔다고 보시는 겁니까?”

“나 역시 그렇게 믿고 싶진 않네. 하지만 소괴 선배는 절대지경에 오른 고수였고, 혈왕과는 부부지연을 맺은 사이야. 혹시 범인들의 예상을 뛰어넘는 일이 일어났다 해도 크게 문제될 건 없을 거야."

"……."

초일환은 정말 그렇다는 생각에 그저 고개만 끄덕여 보였다. 그러자 소리산이 미미하게 고개를 가로저어 보였다.

"하지만 자네들도 정말 멍청하구만. 어찌 십대마군씩이나 되는 사람들이 다섯이나 모여 서서 여태까지 아무런 대책도 세우지 않고 텅 빈 신농전만 지키고 있었단 말인가?"

"그야 소 대형이 신농전에 대해선 미리 언질을 주신 게 있었던지라……."

"신농전 쪽에서 큰 소란이 일면 이유불문하고 주변을 막고 오대마군 이상이 모여서 진을 치란 명령을 말하는 건가? 하지만 그 명령은 신농전에서 혈왕이 도망치는 걸 막기 위함이었네. 놈을 놓쳤다면, 누구든 나서서 후속의 조치를 취했어야 옳은 일이었어. 내 친절히 설명해 주니 이젠 이해가 가는가?"

"…예."

초일환의 어색한 대답을 들은 소리산이 드물게 눈살을 가볍게 찌푸려 보였다. 이번 혈왕 건에 대해선 초일환을 비롯한 오대마군뿐 아니라 자신 또한 크게 실수를 했다는 생각이 들었기 때문이다.

흡혈귀가 된 단지경.

그의 존재를 알았을 때 소리산은 내심 쾌재를 불렀다. 자신에게 후일 아주 요긴하게 써먹을 수 있는 최강의 패 하나가 생겼다고 생각했기 때문이다.

하지만 전설상에 등장하는 흡혈귀에 대해 면밀히 조사해 본 후 그는 곧 심각한 고민에 빠졌다.

불사지체!

흡혈귀가 된 자가 얻게 되는 지상 최강의 육체를 의미한다. 절대지경에 오른 고수가 자연스레 이루는 금강불괴(金剛不壞)와는 차원이 다른 영원불멸의 육체이다.

당연히 이미 절대지경에 오른 고수였던 단지경이 불사지체까지 이뤘다면 어떤 정도의 무위를 보일 수 있을지 이건 아예 감이 잡히지 않았다.

최강의 패임에 확실하긴 하나 아주 위험한 최악의 패가 될 가능성 역시 배제해선 안 된다. 사실은 후자 쪽이 될 확률이 아주 농후하다 할 수 있을 터였다.

소리산은 더욱 많은 정보가 필요했다.

혈왕이 된 단지경의 정확한 무력과 위험성, 약점 등을 알아내야만 했다. 그를 그만큼 중하게 생각한 것이다.

신농전 부전주 마의 유원을 통해 소리산은 이를 해결했다.

그의 주변에 자신의 사람을 몰래 심어서 단지경에 대한 치료를 감시했고, 연구할 수 있었다. 꽤나 오랜 시간과 공을 들이고서야 가능할 수 있었던 일이다. 몇 번이나 수하들을 신농전의 지하로 침투시킨 건 모두 그 같은 자신의 계획을 숨기기 위한 사석작전이라 할 수 있었다.

수년이 흘러 소리산은 혈왕 단지경에 대한 모든 정보를 수중에 넣을 수 있었다. 최강의 패를 갖기 위한 첫 번째 준비가 끝난 셈이다.

그는 두 번째 준비를 위해 독술의 원조라 불리는 운남 만독문을 이용했다. 흡혈귀에 대한 사료를 빠짐없이 연구하던 중 운남 묘족의 고독(蠱毒)과의 상관관계가 다분히 있음을 깨달았기 때문이다.

연구는 집요했다.

뭐든 한 번 시작하면 끝을 봐야만 직성이 풀리는 소리산의 평소 성격이 발동한 까닭이다. 그리고 결국 그는 단지경의 병세에 관해선 유원보다 훨씬 박식해질 수 있었다. 또한 흡혈귀의 증상과 약점, 다루는 방법까지 파악하는 데 성공했다.

혈왕 단지경의 존재를 눈치 챈 후 십 년 만에 이룬 쾌거!

집념이 이룬 결과였다.

하지만 완벽을 신조로 삼는 소리산의 계획에도 아주 결함이 없었던 건 아니었다. 사실 결함이라기보다는 천재지변이라 할 만한 일이 벌어졌다.

그가 만독문 비전의 고독을 풀어서 단지경의 이지를 빼앗고 진정한 혈왕으로 만들려고 할 때였다.

갑자기 대법을 펼치던 중 한 마리의 쥐새끼가 석실을 가로질러 가다 혈왕의 손아귀에 붙잡혔다. 놈의 입가에 묻어 있던 벌레의 피 내음에 혈왕이 반응을 보인 것이다.

단숨에 쥐를 통째로 씹어먹은 혈왕은 대법 최후의 순간에 발광을 시작했고, 당시 소리산에겐 그를 제압할 만한 무공이 없었다. 그래서 결국 대법은 불완전하게 끝나야만 했고, 혈왕은 짐승이나 다름없는 지능밖엔 남지 않은 마물이 되어버렸다.

정말 뜻밖의 결과였다.

그래서 한동안 소리산은 자의 반 타의 반으로 혈왕에게서 손을 떼고 있었다. 혈왕을 다시 제압하려면 십대마군 중 상당수를 움직여야 하는데, 그랬다간 당시 총단을 장악하고 있던 영마 반여삭에게 정보가 샐 가능성이 컸다. 또다시 소란을 일으켜선 안 되었다.

때문에 당시 소리산이 주도한 만독문 멸문 작전은 일종의 소일거리이자 반여삭의 시선을 딴 쪽으로 돌리려는 의도가 다분했다. 그의 혈왕에 관한 집착은 그만큼 크고 지독한 것이었던 것이다.

그런데 뜻밖에도 갑자기 기회가 찾아왔다. 소괴 감처연과의 만남이 바로 그것이었다.

자신을 죽이러 온 감처연을 구워삶으며 소리산은 자연스럽게 또 다른 계획을 세울 수 있었다. 절대고수인 감처연을 이용해 혈왕에게 심한 타격을 입히고, 다시 고독을 풀어 대법을 완성시킨다는 아주 단순한 계획이었다.

한데 결과가 이리 틀어질 줄이야!

소리산은 내심 혀를 차며 전날 혈왕에 대해 확실하게 뒷마무리를 해두지 못한 걸 후회했다. 또다시 절호의 기회가 날아가 버리고 말았다는 판단이었다.

쌍괴!

소괴 감처연과 단구괴 단지경.

엄밀히 말해 부부이자 천하를 호령하던 절대고수인 두 부부의 운명을 비극으로 몰아간 원흉은 소리산 본인이라 할 수 있었다. 그건 어떤 식의 변명으로도 회피할 수 없는 일일 터였다.

하지만 어차피 무림이란 강자가 약자를 억누르는 세상이고, 온갖 지략과 모략으로 기량을 겨루는 곳이었다. 설혹 자신 때문에 감처연이 죽고 단지경이 미쳐 버렸다 해도 그건 모두 그들이 재수없었을 따름이라고 소리산은 생각했다. 자신이 양심의 가책을 받을 필요는 조금도 없는 것이다.

'게다가 지금 중요한 건 그런 게 아니다. 일의 원인을 따지기보다는 수습을 생각해야 할 때인 거야.'

까닥!

재빨리 생각을 정리하곤 머리를 한차례 옆으로 흔들어 보인 소리산이 침울한 기색의 초일환에게 질문했다.

"자네는 혈왕에 맞서 몇 초나 버틸 수 있을 것 같은가? 참고로 말하자면, 나는 소괴 선배한테 십 초식 이상을 버티기 힘들었다네."

"……."

초일환이 쉽사리 대답하지 못하고 볼살만을 크게 꿈틀거렸다. 막 대답을 하려다가 자존심이 크게 상해 입을 닫아버렸음에 틀림없다.

'삼 초쯤 부르려 했나 보구만.'

내심 피식거린 소리산이 다른 사대마군에게 다시 시선을 던졌다.

"자네들 또한 비슷하겠지?"

"……."

역시 대답이 없다. 그들 또한 초일환과 비슷한 생각을 하고 있었던 것이리라.

소리산이 고개를 끄덕였다.

"그렇군. 나 역시 오판을 했기는 마찬가질세. 설마 하니 혈왕이 소괴 선배를 죽일 수 있으리라곤 보지 않았으니까 말야. 그래서 지금부터 좀 일을 몰아서 처리해야 할 것 같으니, 형제들은 내 말을 주의 깊게 들어주게나."

"명령만 하십시오!"

"명령만 하십시오!"

초일환이 얼른 대답하자 나머지 사대마군 역시 목소리를 높였다. 이러쿵저러쿵해도 큰일을 만났을 때 소리산만큼 믿음직한 사람은 없는 것이다.

소리산이 말했다.

"본래 나는 자네들 외에 총단의 외성 밖에다가 한 명의 방수를 더 숨겨두었었네. 여율량으로 하여금 혈왕과 양패구상하고 도망치는 소괴 선배를 막도록 지시를 한 게지. 혈왕만큼 그 선배도 탐이 났거든."

'폭풍마검 여율량!'

'그가 신교로 돌아왔단 말인가?'

초일환을 비롯한 오대마군의 얼굴에 놀람의 빛이 스쳐 갔다.

폭풍마검 여율량.

삼신마 중 일인이자 십대마군 서열 이위로 무공으로만 보면 소리산보다 뛰어나다고 알려진 인물이다. 오마를 제외한 천마신교 최강의 고수인 것이다.

그런 그가 천마신교를 떠나 완전히 연락이 끊어진 지 벌써 십여 년이 넘고 있었다. 지난번 십대마군 전체 소집령이 떨어졌을 때조차 모습을 드러내지 않았을 정도였다.

한데 그가 다시 천마신교로 돌아와 소리산의 밀명을 받고 있었다 하니, 오대마군이 놀라는 것도 무리는 아니었다.

소리산이 말을 이었다.

"하지만 놀랍게도 혈왕이 소괴 선배를 죽였으니, 상황은 크게 달라지게 된 셈일세. 여율량의 무위가 아무리 높다 해도 소괴 선배를 뛰어넘을 순 없을 테니까 말야. 그러니 지금부터 자네들은 여율량에게 달려가 그를 돕도록 해야 할 것일세. 여율량과 자네들 오대마군이 힘을 합한다면 아무리 혈왕이 광고절금한 마물이라 해도 생포하는 데 문제가 없을 거야."

"생포를 해야 하는 겁니까?"

"당연하지! 그동안 그 마물에게 내가 들인 공이 얼마나 된다고 생각하는 건가? 혈왕을 내 것으로 만들지 못한다면 나는 아마 홧병이 나서 쓰러지고 말 거야."

"하지만……."

머뭇거리는 오대마군에게 소리산이 한쪽 눈을 깜빡거려 보였다.

"그거 있잖은가."

"그거?"

"왜, 지난번에 사용한 거."

"……."

오대마군이 다시 침묵했다. 소리산이 말한 '그거' 가 무엇인지 대충 짐작이 갔기 때문이다.

'쪽팔리게 또 정파의 참마진을 펼쳐야 하는 건가!'

그렇다.

소리산이 말한 '그거' 란 전날 오마 중 둘을 제압하기 위해 펼쳤던 아미 복호사 비전의 사상참마진이었다. 마를 금제하기에 사상참마진 이상 가는 법진은 존재하지 않았기 때문이다.

문득 초일환이 질문을 던졌다.

"그런데 소 대형은 어찌할 작정이십니까?"

"나?"

자신을 손가락으로 가리켜 보인 소리산이 입가에 흐릿한 미소를 만들어냈다.

"나야 지금부터 다시 처소로 돌아가 려매와 아직 끝내지 못한 일을 하며 남은 밤을 불태워야……."

"소 대형!"

“…겠지만, 일단은 천마총 쪽의 경계를 강화시키는 게 선결 과제일 테지.”

‘성녀…….’

소리산에게서 성녀 담화연이 갇힌 천마총에 관한 이야기가 흘러나오자 오대마군의 얼굴이 침울하게 변했다.

비록 상유하가 지존성마검을 연마했다곤 하나 아직 십대마군의 마음속에는 성녀 담화연의 그림자가 강하게 자리잡고 있었다. 사람의 마음이란 게 그리 쉽사리 바뀔 수 있는 게 아닌 것이다.

소리산이 이를 모를 리 만무하다. 슬쩍 침중한 표정을 지어 보인 그가 말했다.

“혈왕이 일으킨 혼란의 틈을 노려 천마총으로 난입하려는 무리가 없으리란 보장은 없네. 지난번에 성녀님의 밀명을 받고 총단을 떠난 어리석은 자들과 같이. 그러니 자네들은 그리 알고 어서 외성 쪽으로 달려들 가라구. 만약 혈왕에게 여율량을 잃으면, 나는 자네들 전체한테 죽을 때까지 화풀이를 하게 될지도 모르니까.”

“명을 받듭니다!”

“명을 받듭니다!”

소리산의 협박하는 듯한 뒷말에 초일환을 비롯한 오대마군이 얼른 허리를 숙여 보였다. 그리고 순식간에 외성 쪽으로 신형을 날려가기 시작한 오 인.

‘꼭 애들처럼 갈궈야 말을 듣는다니까.’

내심 고개를 흔든 소리산이 뒷짐을 진 채 시선을 내성의 가장 은밀한 곳에 자리잡고 있는 천마총 쪽으로 던졌다.

천마총의 주변을 철통같이 에워싸고 있는 석림과 삼대절진을 믿지 못하는 바는 아니나 역시 신경이 쓰였다. 그만큼 성녀란 존재가 천마신교 내에서 차지하는 위치는 절대적이었다.

"흠, 아무래도 려매는 오늘밤 끝까지 독수공방을 해야 할 것 같군."

아쉽다는 듯 입맛을 다신 소리산의 신형이 역시 야천을 향해 날아올랐다. 초일환 등에게 말한 바와 같이 천마총의 방비를 직접 챙기기 위함이었다.

*　　　*　　　*

쉬아아악!

곤륜의 밤을 가르는 두 개의 유성.

천마신교 총단을 향하는 진자운과 파미륵이다.

두 사람은 거의 한 걸음에 백여 장씩을 이동하며 단숨에 몇 개나 되는 곤륜의 산봉을 뛰어넘었다. 무공이 떨어지는 일행들을 뒤에 남겨놓은 이상 마음껏 경공의 속도를 높이는 것도 문제가 되지 않는다.

'호오?'

진자운은 문득 자신의 뒤를 조금도 처지지 않고 따르는 파미륵 쪽을 힐끔 바라봤다. 파미륵의 무공이 진짜 예전보다 많이 증가했다는 생각이 들었기 때문이다.

과거 파미륵의 무공은 초절정의 중간 정도였다.

이는 운남에서 헤어지기 전까지 변함이 없었다.

그런데 재회 후 진자운이 파악한 파미륵의 무공은 크게 발전해 있었다. 아무리 적게 잡아도 초절정의 마지막 단계는 되어 보이는 것이다.

그동안 기연이라도 얻은 것인가?

진자운은 진지하게 고민했다. 과거에도 만만치 않았던 파미륵의 급격한 성장을 모른 척 외면만 하고 있을 순 없었다.

결국 진자운은 파미륵의 무공 수위를 확실하게 알아둬야겠다는 판단을 내렸다. 그리고 지금 이를 시행했는데, 결과가 꽤나 놀라웠다. 파미륵의 무공은 진자운이 생각한 이상일 수도 있는 것이다.

슥!

진자운이 갑자기 신형을 멈춰 세웠다. 이제 일각 정도만 더 가면 목표로 했던 천마신교의 총단인데, 반드시 그곳에 가기 전에 확인할 일이 있었다.

파라락!

순간 불어온 한 가닥 야풍에 진자운의 옷자락이 크게 펄럭거렸다.

그때 진자운의 바로 앞에 파미륵이 육중한 신형을 고정시켰다. 엄청난 몸집에도 불구하고 그 움직임이 바람에 휘날리는 봄날의 꽃잎과 같다.

"휘이!"

나직이 휘파람을 분 진자운이 슬쩍 이를 드러냈다.

"대사, 무공이 꽤나 증진한 것 같습니다? 그동안 만년삼왕 같은 영약이라도 몰래 훔쳐 드신 게 아닙니까?"

"만년삼왕? 그런 것이 진짜 인세에 있는 것인가? 진짜 있다면 한번 본불도 맛을 보고 싶구만."

"영약 같은 걸 먹고 무공이 증진된 건 아니다? 그럼 마교에 입문할 때 꼬맹이한테 무공비급이라도 받은 거겠구려?"

"……"

파미륵이 대답 대신 실눈을 더욱 가늘게 떴다. 이젠 눈이 아예 살에 파묻혀서 보이지도 않을 정도다. 그리고 말한다.

“무공비급 따위로 고수의 무공이 증진되지 않는다는 건 진 소협도 알고 본불 역시 아는 사실이네. 어째서 갑자기 그런 말도 안 되는 말을 지껄이는 건지 본불에게 말해줄 수 없겠는가?”

“말해주면 답을 주시렵니까?”

“답이야 본래 스스로 구하는 것이지, 어찌 남이 가르쳐 줄 수 있겠는가.”

“안 가르쳐 주겠다는 뜻이구려?”

“그런 셈이지.”

파미륵이 고개를 끄덕이자 진자운이 히죽 웃어 보였다.

“진짜 포대화상은 아직 살아 있겠지요?”

“포대화상?”

미간 사이를 슬쩍 좁혀 보인 파미륵이 입가에 묘한 괴소를 만들어냈다.

“흐흐, 그리고 보니 진짜 그 뒤룩뒤룩 살찐 모양새가 포대화상을 닮긴 했구만. 그 녀석, 뼈마디와 살집이 워낙 좋아서 죽지는 않았네. 뭐, 얼굴 가죽이 몽땅 벗겨지고 전신의 근맥이 끊겼으니 앞으로 살아가는 데는 꽤나 많은 애로 사항이 있겠지만 말야.”

“그렇게 된 것이었구려.”

고개를 끄덕이는 진자운에게 파미륵이 질문했다.

“그런데 어째서 노부에 대해 의심을 하게 된 것인가? 역시 무공 수위 때문인가? 그동안 꽤나 연기를 잘했다고 생각했는데 말야.”

“훌륭한 연기였소. 다만 포대화상과 나는 한동안 함께 환란을 경험한 일이 있었기에 그가 꽤나 풍류를 즐기는 색마임을 알고 있는 것이오. 모용 사매나 설향 누님 같은 미녀에게 별다른 관심을 보이지 않는 색마라니, 얼마나 어색한 일이오?”

“색마? 그 몸집에 승포 가사까지 걸치고서?”

“본래 중이 고기 맛을 알면 절간에 빈대가 남아나지 않는다는 말이 있잖소.”

“어느 지방에 그런 말이 있는가?”

“먼 동방에 있소.”

말을 마친 진자운이 입가에서 미소를 지웠다. 이젠 점잖은 대화가 아니라 주먹질을 하며 싸울 때가 된 것이다.

콰릉!

느닷없이 단천뢰심강을 일으킨 진자운이 파미륵에게 일권을 날렸다.

일권파!

극히 평범한 반보붕권의 동작이나 그 속에 담긴 건 단천뢰심강의 정화인 월인천강이었다. 위력이 똑같을 리 만무하다. 적어도 열 배의 차이가 있었다.

그러자 순간 파미륵이 일권파의 직격을 피해 뒤로 일 장가량 물러섰다. 평범한 일권파 속에 담긴 월인천강의 기운을 읽고 일단 정면충돌을 피한 것이다.

그리고 파미륵의 전신에서 노도와 같이 일어난 무형지기!

얼핏 보기에도 진자운이 갑자기 쏟아낸 월인천강에 필적하는 기세다.

“마기?”

진자운이 눈살을 가볍게 찌푸려 보였다. 파미륵이 쏟아낸 무형지기 속에 담긴 압도적인 마의 기운을 감지했기 때문이다.

그러자 갑자기 기습을 당한 탓인가. 후덕하고 여유가 넘치던 파미륵의 얼굴로 섬뜩한 살기가 감돌았다.

“애송이, 잘도 까불었구나. 네놈이 태극무검이라 불리며 정파에서는

제법 명성을 쌓은 모양이다만, 감히 노부 앞에서 재롱을 떨었으니 목숨
을 내놓아야만 할 것이다."

'거의 종리 선배나 임 맹주에 버금가는 고수… 인가……?'

진자운은 파미륵에게서 쏟아져 나오는 마기가 갈수록 강렬해지는
걸 느끼며 재빨리 단천뢰심강을 전신에 둘렀다. 전날 임대성과 싸울
때와 같은 정도의 대비를 한 것이다.

이는 눈앞의 파미륵을 절대고수로 인정했다는 건데, 이럴 경우 떠올
릴 수 있는 사람의 숫자는 극히 한정되었다. 사실 마도 쪽 인사가 분명
한 만큼 오마 외엔 생각할 수 있는 사람이 없다고 봐야 옳다.

오마!

천마신교의 오대장로이자 현 마도무림 최강의 고수를 뜻한다. 지금
눈앞에서 마기를 폭출시키고 있는 파미륵이 과거 인연을 맺은 바 있던
광마 종리신광과 동급의 고수란 의미.

오싹!

진자운은 자신에게 엄한 사부나 다름없었던 종리신광의 예전 모습
을 떠올리곤 온몸에 소름이 돋는 걸 느꼈다. 임대성과의 결전 때보다
더한 흥분을 느낀 것이다.

'결국 이 자리까지 이르렀다. 종리 선배를 만나기 전에 다른 오마를
만난 건 과연 행운인가, 불행인가?'

스스로에게 답을 구할 수 없는 질문을 던진 진자운이 천천히 권식을
잡아갔다. 방금 전 기습 시 사용했던 것과 똑같은 일권파의 기수식.

일순 두 절대고수 사이로 바람을 타고 부유하던 풀잎 하나가 떨어져
내렸다.

◆ 第八十八章 ◆

혈왕은 제압되고, 귀마는 팔을 잃다

신농전을 벗어나 한동안 미친 듯한 폭주를 하고 난 혈왕의 모습은 크게 변해 있었다. 그동안 억지로 참고 있던 흡혈의 본능을 마음껏 풀고 나자 드디어 완벽한 흡혈귀로 변모하며, 과거의 본모습을 회복한 것이다.

은발에 창백한 안색.

피처럼 붉은 입술 사이로 살짝 튀어나와 있는 두 개의 어금니.

겉에 걸치고 있는 누더기만 제외하면 누가 보더라도 매혹적인 미중년의 모습이다. 분명 그렇게 보였다.

그런 혈왕의 주변에는 지금 거대한 시체의 산이 쌓여져 있었다. 내성의 성벽을 뛰어넘는 그를 발견하고 달려든 총단 외성의 경계를 맡고 있던 무사들이었다.

혈왕은 자신에게 달려든 무사들을 몰살시키는 데 한 치의 망설임도 보이지 않았다.

그가 이미 인간의 감정을 몽땅 잃어버리고 완전히 다른 존재가 되었음을 의미하는 대목이다.

할짝!

문득 손가락 끝에 묻은 핏물을 혀로 살짝 핥은 혈왕의 얼굴에 교활한 미소가 떠올랐다.

얼마 전부터 자신을 숨어서 주시하고 있던 인간의 기운을 파악하자 기분이 좋아졌다. 필시 자신이 일으킨 혈겁을 보고 마음이 흔들린 때문이리라.

"크크큭, 마교에는 꽤나 고수가 많다고 하던데, 이런 허수아비들뿐이라니 정말 실망이로군, 실망이야."

도발.

혈왕은 여전히 모습을 드러내지 않고 있는 은신자가 있는 쪽에 차가운 시선을 던졌다. 그의 존재를 이미 파악하고 있음을 슬쩍 내비친 것이다.

스으.

결국 혈왕의 시선이 닿아 있던 곳에서 한 명의 노검객이 모습을 드러냈다.

백발백염에 불그스름하니 청수한 안색.

손에 쥐어진 검에 담긴 노을빛 검강의 물결.

노검객이야말로 삼신마 중 한 명인 폭풍마검 여율량이었다.

우웅!

일순 여율량의 검에서 일어난 검강이 울음을 토하며 거의 일 장이나 되는 주변을 에워쌌다.

갑작스런 기습에 대비한 행동.

자신의 시야를 어지럽히며 삼엄하게 일어난 검강의 파도를 힐끗 바라본 혈왕의 입가에 비웃음이 내걸렸다.

"크흐흐, 검을 뽑자마자 노을과 같은 검강으로 검막을 형성시킬 수 있다니 대단하군, 대단해."

"인세에 나와서는 안 되는 마물이 말을 다 하다니 대단하군, 대단해. 하지만 내 혈류마검의 정화를 대하고도 전혀 두려움을 보이지 않는 걸 보면, 역시 대단하군. 과연 천둥벌거숭이 같은 소리산이 공을 들인 마물다워."

"소… 리산……."

"허허, 어렸을 때부터 지긋지긋하게 관계를 맺은 내 친구라네. 혹시 알고 있는가?"

"……."

혈왕은 대답하지 않았다. 대신 여태까지의 다소 장난스럽던 기색을 얼굴에서 싹 지워 버렸다.

그가 비록 지금 인간은 아니라 하나 단지경일 때의 기억을 완전히 잃은 건 아니었다. 계속 자신을 괴롭혔던 소리산을 기억하지 못할 리 만무하다.

그리고 떠오른 얼굴 하나.

인간인 시절 연을 맺었던 부인 감처연이다.

문득 그녀가 죽기 직전에 지어 보였던 미소를 떠올린 혈왕의 두 눈이 혈광으로 물들었다.

복수심?

혈왕에게 그런 인간적인 감정이 남았을 리 만무하다.

그는 단지 감처연이 매우 강했다는 사실을 떠올리곤, 눈앞에 있는 여율량에 대한 경각심을 높였을 뿐이다. 다시 그녀에게 당했던 것과 같은 고통을 되풀이하고 싶진 않았기 때문이다.

천지를 양단하듯 일어난 거대한 마기!

평생을 마도에서 보낸 여율량의 얼굴에서 여유가 사라졌다. 혈왕이 뿜어낸 마기가 결코 오마보다 못하지 않다는 걸 눈치 챈 것이다.

'허어, 어찌 한낱 마물 따위가 저런 엄청난 마기를 뿜어낼 수 있단 말인가!'

여율량은 아직 혈왕이 감처연을 죽인 사실을 알지 못했다. 만약 그 같은 사실을 알았다면, 결코 혈왕과 정면 승부를 벌일 생각 따윈 품지 않았으리라.

선수필승!

그는 오히려 혈왕을 먼저 공격하기로 마음먹었다. 그게 옳다고 생각했다.

쉬악!

철통같이 자기 자신을 보호하고 있던 검막을 푼 여율량의 검이 혈왕을 향해 파고들었다.

파파파파팟!

일순 여율량의 검에서 일어난 노을빛 검강은 단숨에 백여 개나 되는 분영을 만들어냈다.

백영낙조(百影落照).

천마신교의 십대마공 중 하나인 혈류마검의 절초가 혈왕을 노리며 파고들었다.

일격필살의 기세!

그러자 혈왕의 신형이 일순 흐릿하게 변했다. 여율량이 쏟아낸 검강의 파도가 도착하기 바로 직전의 일이었다. 당연히 백영낙조는 수포로 돌아갈 수밖에 없었다.

콰콰콰콰쾅!

방금 전까지 혈왕이 서 있던 자리는 단숨에 초토화가 됐다. 그 정도의 위력이 있는 백영낙조였다.

그 순간 여율량의 공격을 피한 혈왕의 공격은 시작되고 있었다.

콰릉!

백영낙조가 수포로 돌아간 것과 동시였다.

여율량이 바로 만들어낸 검막에서 엄청난 폭음이 일었다. 혈왕이 자신의 불사지체를 자랑이라도 하고 싶었던지 맨몸으로 검막에 달려들었기에 벌어진 일이다.

“큭!”

여율량의 입에서 자신도 모르게 신음이 터져 나왔다. 혈왕이 맨몸으로 부딪친 검막의 일부분이 찢기며, 섬뜩한 한기가 쏟아져 들어왔다. 혈왕은 그저 아무런 생각도 없이 자신의 불사지체를 시험한 것이 아니었다.

그럼 혈왕은?

돌격했던 것만큼 빨리 혈왕은 여율량으로부터 튕겨졌다. 아무리 불사지체라곤 하나 검강으로 만들어진 검막을 들이박고 무사할 순 없었으리라.

‘일개 마물 따위가 이리 강하다니…….’

여율량은 자신이 소리산에게 속았다는 생각이 들었다. 그에게 들었던 혈왕의 능력은 이처럼 엄청난 게 아니었다. 단지 일합을 나눠봤을 뿐이나 이건 괴물도 보통 괴물이 아닌 것이다.

한데 그때였다.

스으.

흔들린 기혈을 안정시키기 위해 숨을 고르고 있던 여율량의 눈동자가 크게 확장되었다.

어느새 뒤로 튕겨져 나갔던 혈왕이 처음보다 두 배쯤 빠른 속도로 파고들고 있었다. 전혀 피해를 입지 않은 모습을 하고서 말이다.

콰득!

여율량의 눈살이 크게 찌푸려졌다.

격렬한 고통과 어이없음.

"뭐……."

빠르게 뒤로 물러서는 혈왕의 모습을 멍청하게 바라보던 여율량의 가슴에서 폭포수 같은 핏물이 터져 나왔다. 혈왕의 흉포한 손에 심장이 박살나 버린 것이다.

쿵!

생기를 잃은 여율량의 신형이 외로 쓰러져 내렸다. 얼마 전 혈왕이 만들어놓은 시산혈해 속에 또 하나의 시체가 포함되는 순간이었다.

낼름.

혈왕이 방금 전 여율량의 심장을 터뜨린 자신의 손에 묻은 핏물을 다시 혀로 핥아먹었다.

따끈따끈한 심장에서 막 터져 나온 생피의 맛은 그야말로 별미라 할 만했다. 상대가 꽤나 무공이 강한 고수였기 때문인지 이번 피는 더욱 각별한 맛이 나는 것 같았다.

한데 문득 신선한 피 맛을 음미하는 데 골몰해 있던 혈왕의 신형이 갑자기 몇 개의 분영을 만들어내며 흔들렸다. 야천을 가로질러 날아든 오대마군이 벼락같이 쏟아낸 몇 개의 검강과 도강, 강기를 피해내기 위함이었다.

콰쾅!

콰콰콰콰쾅!

여율량의 혈류마검과 마찬가지로 혈왕을 암격한 오대마군들의 공격은 모두 목표를 놓쳤다. 그저 애꿎은 주변만 초토화시켰을 뿐 혈왕에겐 티끌만큼의 피해도 입히지 못한 것이다.

스슥.

단숨에 암습을 당한 곳에서 십 장이나 떨어진 곳까지 이동한 혈왕의 입가에 비웃음이 담겼다.

"크크큭, 마교에는 꽤나 고수가 많다고 하던데, 이런 허수아비들뿐이라니 정말 실망이로군, 실망이야."

여율량에게 했던 것과 똑같은 말.

노회한 여율량과 달리 일제히 부근에 떨어져 내린 오대마군은 단숨에 도발에 넘어갔다. 이미 혈왕이 주변에 만들어놓은 시산혈해에 모두 흥분한 상태였기 때문이다.

"당장 사상참마진을 펼쳐 혈왕을 제압한다!"

초일환의 일갈에 맞춰 사대마군이 비장한 표정으로 목소리를 높였다.

"불법수호!"

"제마멸사!"

사대마군이 바람같이 움직여 양손과 입술을 피로 물들이고 있는 혈왕의 주위를 에워쌌다. 바로 사상참마진을 펼쳐 법력을 이용한 금제에 들어간 것이다.

그러자 방금 전까지 여유작작한 모습을 보이고 있던 혈왕의 얼굴에 처음으로 당황감이 스쳐 갔다.

아무리 절대지경을 뛰어넘었고 불사지체를 이뤘다지만 마물은 마물이었다. 정파에서도 가장 법력이 강하다 알려진 사상참마진이 발동하자 마기의 억제를 받지 않을 수 없었다. 마기의 힘을 빌어서야 비로소 인세에 존재할 수 있는 마물에겐 아주 위험한 상황이 된 셈이다.

"크으으!"

혈왕은 연신 괴로운 신음을 토해내며 사상참마진 내에서 이리 뛰고 저리 뛰었다. 어떻게든 사상참마진을 뚫고 달아나야 하는데, 그게 쉽지 않았다. 마물에게 있어 사상참마진 같은 법진은 천적이나 다름없는 것이다.

그래도 혈왕은 포기하지 않았다.

마기가 제압당했어도 그는 절대지경에 오른 고수였다.

마물로서의 마력을 발휘하지 않더라도 사대마군의 합력에 대항할 충분한 힘이 있었다.

콰쾅!

쾅쾅쾅!

마기를 잃은 혈왕이 마구잡이로 사대마군에게 장환을 쏟아내기 시작했다. 법진을 이룬 사대마군 중 가장 무력이 약한 자를 찾기 위함이었다.

혈왕은 곧 뜻을 이룰 수 있었다.

'왼쪽에서 두 번째……'

혈왕이 찍은 자는 십환쇄혼비 같은 암기술이 장기인 홍안매혼 이류였다. 당연히 내력이 다른 마군들보다 못할 수밖에 없다. 혈왕의 판단은 정확했다.

휘오오!

순간적으로 자신의 전력을 극한까지 끌어올린 혈왕이 이류류를 노리며 질풍처럼 달려들었다. 드디어 자신을 괴롭히던 사상참마진을 부술 수 있게 됐다고 믿어 의심치 않고서.

그러나 소리산이 오대마군 전체를 보낸 데는 다 이유가 있었다. 바로 이 같은 상황이 있을 것을 우려해 무공이 가장 강한 초일환으로 하여금 대국을 주재케 하려는 의도였다.

"건방진!"

초일환이 차갑게 소리치며 재빨리 이류류를 향해 자신의 전신내력을 격체전력의 수법으로 쏟아냈다. 단숨에 이류류의 내력을 두 배 이상 상승시켜 준 셈이다.

콰쾅!

격렬한 충돌음과 함께 혈왕의 신형이 도로 사상참마진의 중심으로 돌아갔다. 순간적인 이류류와 초일환의 합력에 막혀 사상참마진을 탈출하는 데 실패할 수밖에 없었다.

결국 시간이 흐르자 혈왕의 입에서 또다시 광란에 가까운 괴성이 터져 나오기 시작했다. 사상참마진의 법력에 마기와 힘이 제압되자 다시 마물로서의 본성이 드러났고, 정신이 퇴행하기 시작한 것이다.

*　　　*　　　*

'무섭군, 무서워.'

땅 밖으로 머리를 절반쯤 내민 채 육노당은 내심 고개를 절레절레 흔들었다. 눈앞에서 벌어지고 있는 혈왕과 오대마군 간의 싸움이 갈수록 점입가경에 이르고 있었기 때문이다.

그러자 그의 바로 밑에서 발판 노릇을 하고 있던 장진구가 얼른 전음으로 소리쳤다.

[육 도장, 언제까지 이러고 있어야 하는 겁니까?]

[싸움이 끝날 때까지.]

[그러니까 그게 언제나 돼야 끝나냔 말입니다!]

[그야 나도 모르지.]

모르쇠로 일관하는 육노당의 전음에 장진구는 기가 막혀 한숨을 푹 내쉬려다가 입을 굳게 다물었다.

스웃!

어느새 목젖에 닿아 있는 검봉.

검의 주인인 남희명과 그의 뒤에 바짝 붙어 있는 소설향, 모용청려 등이 일제히 장진구에게 고개를 가로저어 보인다. 현재 상황이 숨결을 내뱉는 것조차 허락할 수 없음을 웅변하는 모습이었다.

그럼 어째서 이들이 지금 천마신교의 총단, 땅속에 모여 있는 것일까?

그 이유를 말하자면 먼저 진자운이 파미륵과 단둘이 혈왕이 내뱉은 괴성의 뒤를 쫓던 그때로 돌아가야만 한다.

진자운은 모용청려를 팽 토라지게 만든 후 바로 전음으로 사정 설명과 함께 읍소를 했다. 파미륵에 대한 개인적인 의심을 말하며 성녀 담화연을 따로 구출하기 위해 육노당 등과 움직이기를 종용한 것이다.

결국 모용청려는 진자운의 부탁을 성실히 이행했고, 지금 그녀를 비롯한 일행 모두는 육노당이 판 굴속에 몸을 숨기고 있었다. 다시 한 번 육노당이 서산파 비전의 땅파기 실력을 유감없이 발휘한 결과였다.

하지만 육노당이 천마신교 총단에서 지낸 건 고작 수개월 정도에 불과했다.

그가 아무리 땅파기의 명인이라곤 하나 드넓고 복잡한 총단의 내부로 정확하게 침투하기란 모래밭에서 바늘을 찾는 것처럼 어려운 일이라 할 수 있었다.

그래도 최선을 다한 결과 어떻게 외성까지는 숨어들어 왔는데, 하필 고개를 디밀자 보인 건 혈왕과 오대마군 간의 대혈전이었다.

재수 옴붙은 상황!

일행 모두는 숨조차 제대로 내쉬지 못하고 머리를 자라모냥 쑥 집어넣을 수밖에 없었다. 혈왕이 이기든 오대마군이 이기든 빨리 싸움의 결판이 나기를 기원하면서 말이다.

그렇게 시간이 흘러갔다.

육노당의 두 발에 짓밟힌 채 고개를 땅에 박고 있던 장진구가 반쯤 졸고 있다 눈에 이채를 띠었다. 방금 전까지 천지를 진저리치게 만들고 있던 혈왕의 울부짖음이 갈수록 잦아들더니, 곧 흔적도 없이 소멸했기 때문이다.

'드, 드디어 싸움이 끝났다!'

그렇다.

그때 끝까지 온갖 발광을 보이며 저항하던 혈왕은 결국 오대마군의 사상참마진의 법력 앞에 무릎을 꿇고 말았다. 전신의 수십 군데가 넘는 혈도를 제압당한 채 바닥에 널브러지고 만 것이다.

[싸움이 끝났다. 곧 밖으로 나갈 수 있을 것 같으니 잠시만 더 참아주게나.]

[예.]

계속 밖의 동정을 살피고 있던 육노당에게 확인을 받은 장진구의 얼굴에 기쁨의 눈물이 왈칵 쏟아져 내렸다. 살아서 다시 천마신교 총단에 돌아온 것보다도 곧 발판 신세를 면할 수 있다는 점이 더욱 기뻤다. 그 점을 깨닫고 다시 서글픈 표정이 되고 말았지만 말이다.

잠시 후.
승리자인 오대마군이 혈왕을 데리고 내성으로 향하고 얼마 지나지 않아 육노당을 비롯한 일행들이 속속 굴속에서 뛰쳐나왔다.
보기에도 참혹한 시산혈해.
육노당을 비롯한 일행들 대부분이 눈살을 크게 찌푸렸다. 어지간히 많은 혈전을 치러본 그들임에도 눈앞에 펼쳐진 모습은 심한 정도를 크게 웃도는 것이었다.
한데, 그때 주변을 둘러보고 있던 남희명이 갑자기 창백하게 질린 표정으로 신형을 날렸다. 사부인 여율량의 시신을 발견한 것이다.
"사부……."
심장 부근에 구멍이 난 채 피 구덩이 속에 누운 여율량의 얼굴을 확인한 남희명의 두 눈에 흐릿한 습막이 번져 나왔다.
삼류검문인 남해검문의 평범한 제자로 묻힐 뻔했던 그에게 새로운 삶을 준 사람.
평생의 은인이자 목표였다.
그런 여율량이 지금 눈앞에 처참한 모습으로 죽어 있었다. 어찌 피가 거꾸로 돌고 분노로 이성이 마비되지 않는지 이상할 정도였다. 미쳐서 울부짖지 못하는 것이 너무 화가 나는 것이다.
툭!
어느새 다가온 소설향이 남희명의 가늘게 떨리고 있는 어깨를 양손

으로 감싸 안았다. 연인의 고통을 자신의 가슴으로 끌어안아 준 것이
다. 아무런 말도 없이.

"크으윽!"

남희명의 입술 새를 뚫고 작은 흐느낌이 흘러나왔다. 사부의 죽음을
앞에 두고서도 아무것도 할 수 없는 자신, 그리고 그런 자신을 있는 그
대로 끌어안아 준 소설향.

남희명이 울 이유는 충분했다.

'씨발, 꼭 내 앞에서 그렇게 끌어안고 지랄을 떨어대야겠냐!'

어느새 서로를 꼬옥 끌어안고서 닭살을 떨어대기 시작한 남희명과
소설향의 모습을 힐끔거리며 육노당이 바닥에 침을 뱉었다.

쓰디쓴 입맛.

흙을 파다가 지렁이라도 입에 들어갔는지 끈적거리면서도 신 냄새
가 목젖으로 치밀어 올라온다. 시큼한 질투의 화신이 육노당의 몸속에
강림하며 일어난 현상이다.

남희명에게 울 이유가 충분하단 걸 모르는 바 아니다. 부모와 다름없
는 사부가 죽었다면, 한 번 대성통곡해 주는 것이 인지상정이라 할 수 있
다.

하지만 그로 인해 그동안 서로 서먹서먹했던 남희명과 소설향의 화
해와 재결합이 이뤄진다는 건 도저히 용납할 수 없는 일이었다. 만약
성녀 담화연을 구하러 온 상황이 아니라면 지금 당장 때려치고 빠져나
온 굴속으로 다시 뛰어들고 싶은 심정인 것이다.

그때 뒤에 멀뚱히 서 있던 장진구가 육노당을 바라보며 고개를 절레
절레 흔들어 보였다. 육노당의 쓰라린 가슴을 그만은 가슴 깊숙이 공

감할 수 있었다. 그 자신의 인생이야말로 육노당과 그다지 다를 바가 없었기 때문이다.

'불쌍한 사람. 내가 앞으로 좀 더 잘해줘야겠구만. 서로 상처받은 사람들끼리…….'

퍼억!

장진구가 안면에 뇌정추를 직격당하곤 신형을 크게 휘청거렸다. 그의 안쓰러워하는 표정을 우연히 발견한 육노당이 효율적으로 굴을 뚫느라 들고 있던 뇌정추를 스스럼없이 집어 던진 것이다.

휘익.

장진구의 안면을 강타하고 튀어 오른 뇌정추를 육노당은 재빨리 신형을 날려 낚아챘다. 사문인 서산파의 보물인 뇌정추를 함부로 다룰 순 없는 일이었다.

대붕비약(大鵬飛躍).

전설상의 붕새를 상상해 만들어진 서산파의 비전경공.

단숨에 몇 장이나 되는 거리를 가로질러 바닥에 떨어져 내린 육노당이 얼굴을 양손으로 가린 장진구를 향해 으르렁대듯 말했다.

"제기랄 녀석, 다시는 날 그런 식으로 바라보지 마라! 나는 결코 네 녀석과 같은 패배자가 아니니까!"

"……."

입 안의 이가 몽창 빠진 탓에 장진구는 침묵했다. 입을 열면 옥수수처럼 빠진 이와 함께 쌍욕이 튀어나올 것 같았다.

억울하고 분한 마음이야 한량없지만, 오랫동안의 경험상 이럴 땐 참고 넘어가는 게 보신에는 이롭다는 걸 알기 때문이다. 세상을 안다는 건 그만큼 슬픈 것이었다.

찌릿!

장진구가 육노당을 잠시 죽일 듯 노려봤다.

당장 맞붙어 싸우고 싶으나 그럴 수 없는 상황이었다. 이렇게 노려보기라도 해야 직성이 풀릴 것 같았다.

그때 두 연인의 아름다운 화해와 두 사내의 얼토당토않은 소란을 힐끗 바라본 모용청려가 담담한 표정으로 말했다.

"그만 이동하도록 하죠. 생각보다 오늘밤은 많이 남지 않았어요."

"아!"

"그……."

남희명과 소설향이 얼른 서로에게서 떨어졌고, 서로를 노려보던 장진구와 육노당 역시 일단 독기 어린 눈빛을 거둬들였다. 모용청려의 일깨움에 번뜩 정신이 든 것이다.

'성녀님을 구해야 한다!'

'성녀님을 구해야 한다!'

'성녀님을 구해야 한다!'

누구 하나 할 것 없이 뇌리를 채운 상념 하나.

언제 번잡스런 모습을 보였냐는 듯 일제히 모용청려 근처로 모여든 일행들의 시선이 빠르게 내성 쪽으로 향했다. 성녀 담화연이 갇혀 있는 내성의 천마총이 지금 그들을 부르고 있었다.

*　　　*　　　*

파파파파팟!

일순 진자운과 파미륵 사이로 떨어져 내리던 풀잎이 산산조각났다.

두 절대고수 사이에서 방전되고 있던 무형지기의 영향이었다.

이는 오랜 대치의 끝을 의미했다.

스윽.

진자운이 반 족장 앞으로 신형을 이동시킨 순간, 그를 감싸고 있던 대기가 커다란 진동을 일으켰다. 호신강기를 형성하고 있던 단천뢰심강의 확장이었다.

단순명쾌한 정면 승부!

진자운의 의도를 읽기란 전혀 어렵지 않은 일이었다.

이를 파미륵은 자신에 대한 도발로 받아들였다. 아무런 잔재주도 부리지 않는 정정당당한 승부라니. 그런 건 고수가 하수를 만났을 때 멋있는 말을 내뱉으며 하는 싸움이었다.

'건방진 정파 애송이!'

내심 차게 소리친 파미륵이 일순 실눈을 크게 떴다.

일시 두 배 이상 커진 눈동자.

그 속에서 기묘한 회색 빛이 번뜩인 순간, 진자운의 태산과 같이 굳건하던 일권파의 권형이 미묘한 흐트러짐을 보였다. 파미륵의 회안을 본 순간, 갑자기 심혼에 막심한 타격을 받은 것이다.

사안.

귀마 일소멸정 매신형의 장기이자 성명절학!

가짜 파미륵의 진실된 신분이 밝혀지는 순간이었다.

그러나 사안에 당해 정신이 분산된 진자운에겐 지금 그런 게 중요하지 않았다. 사실 생각해 볼 시간조차 없었다.

급했다.

어느새 매신형이 소름 끼치는 귀기를 일으키며 또 다른 성명절학인 귀혼음조수를 날려오고 있었다. 지금은 목숨을 건지는 데만 주력해도 생사를 장담키 어려운 때였다. 그리고 진자운은 아직 죽고 싶은 마음이 전혀 없었다.

스윽.

재빨리 지검무 태극의 보법을 밟으며 뒤로 신형을 물린 진자운의 가슴에서 피보라가 터져 나왔다. 어느새 귀혼음조수의 조강(爪罡)이 스치고 지나간 것이다.

'이만하면 싸다!'

진심이다.

진자운은 내심 크게 소리치곤 다시 지검무 태극의 보법을 밟았다.

순간적으로 십여 개 이상 늘어난 신형.

거의 사선으로 움직인 귀혼음조수의 이격을 진자운은 아슬아슬하게 피해냈다.

한 번 정도는 어떻게 참아냈다.

하지만 또다시 절대고수의 호신강기를 단숨에 찢어발기는 위력의 조강에 당한다면, 승부의 추가 급격히 매신형 쪽으로 기울어질 게 뻔하다.

그것만은 피해야만 한다. 머리가 아니라 몸이 그렇게 생각했다.

그러자 매신형의 입가에 흐릿한 미소가 떠올랐다.

일소멸정.

웃음 한 번으로 모든 정파를 멸한다 알려진 매신형의 더러운 성격이 발동했다. 정파의 떠오르는 별이라 불리는 진자운의 실력이 실로 보통이 아니란 생각이 들었기 때문이다.

'될성부른 싹은 애초에 꺾어버려야지…….'

후덕한 파미륵의 얼굴에 정말 어울리지 않는 살소가 그려진다. 그는 진자운을 진심으로 찢어발겨 죽이고 싶었다. 그리고 그럴 수 있다고도 생각했다.

"애송아, 어디 이번 것도 한번 피해봐라!"

"……."

침묵하는 진자운을 향해 매신형이 매와 같이 신형을 날렸다. 귀혼음조수 최강의 초식 중 하나인 귀혼수라무(鬼魂修羅舞)를 펼친 것이다.

슈카카카카칵!

진자운의 눈앞에서 수백 개가 넘는 조강의 환영이 떠올랐다가 순식간에 사라졌다.

그리고 진자운의 귓전을 미친 듯 울려 퍼진 괴음!

"큭!"

진자운의 신형이 사안에 당했던 때와 같이 크게 흔들렸다.

귀혼수라무의 특징.

환영에 정신을 집중시킨 후 방심한 상태의 청각을 노리는 악랄한 수법에 충격을 받은 것이다.

파슷!

이번에는 진자운의 옆구리에서 피가 튀었다.

처음보다 심한 상처.

매신형이 사신과 같은 웃음을 보이며 또다시 귀혼수라무를 펼쳐 냈다. 처음과 똑같이 모습을 드러낸 수백 개의 조강.

진자운은 감히 받아낼 엄두조차 내지 못하고 신형을 뒤로 뒤집었다. 일단 뒤로 물러나서 전열을 다시 갖출 필요성을 느낀 것이다.

물론 매신형이 웃으며 진자운을 그냥 보내줄 리 만무하다.

차차차차차악!

갑자기 매신형이 여태까지 덮어쓰고 있던 파미륵의 거죽을 벗어 던졌다. 그리고 공기가 가득 든 가죽 공을 폭발시키듯 진자운이 물러서려던 배후를 향해 터뜨려 버렸다. 한번 잡은 승기를 절대 놓치지 않겠다는 의지였다.

"……."

진자운은 더 이상 뒤로 물러설 수 없었다.

주변이 온통 거죽 파편의 홍수였다. 시야 확보조차 되지 않는데 무조건 뒤로만 신형을 날린다는 건 미친 짓이다. 이런 상황에선 시야 확보가 우선적으로 해결돼야 할 일이었다.

그 점을 매신형 역시 알고 있었다.

스칵!

수천 개가 넘는 거죽 파편의 홍수를 뚫고 매신형의 섬뜩한 귀조가 강력한 조강을 형성한 채 파고들었다. 정확히 진자운의 목젖을 노리고서.

진자운으로선 일촉즉발의 위기!

한데, 여태까지 거의 일방적으로 밀리고 있던 진자운의 입가에 문득 사악한 미소 하나가 떠오르는 게 아닌가.

히죽!

매신형은 뭔가 잘못됐다는 걸 직감적으로 깨달았다.

뭔지는 모른다.

하지만 수없이 많은 실전으로 쌓아 올린 경험이 이를 강하게 소리치고 있었다. 그리고 매신형은 자신의 직감을 무시하는 바보가 아니었다.

휘릭!

매신형의 귀조가 최후의 순간 진자운의 목젖을 비껴 나갔다. 공중에서 기가 막힌 대회전을 일으키며 방향을 틀어버린 까닭이다.

직감만으로 버리기엔 꽤나 아까운 기회.

매신형은 완벽한 승리를 위해 작은 걸 포기할 줄 아는 미덕을 발휘했다. 분명 그렇게 생각했다. 신형을 비틀던 중 귓전을 파고든 진자운의 비웃음을 듣기 전까진.

"하하, 순진하긴! 그냥 아무것도 할 수 있는 게 없어서 거만한 웃음을 던졌을 뿐인데……."

"놈!"

매신형이 안색을 붉게 물들인 채 진자운 쪽으로 신형을 급격하게 틀어 보였다. 진자운 같은 정파의 애송이에게 속았다는 생각이 들자 분한 마음이 솟구친 것이다.

그러나 이 역시 진자운이 노리는 바였다.

"하하, 역시 순진해!"

"……."

순간 진자운의 손끝에서 방금 전에 만들어뒀던 월인천강이 시퍼런 섬광으로 변해 매신형에게 파고들었다. 연속적으로 매신형의 사파절기에 당하면서도 끝까지 숨겨두고 있던 최후의 한 수를 폭발시킨 것이었다.

쾌득!

매신형의 신형이 크게 흔들렸다.

그리고 푸른 밤을 검게 물들이며 떨어져 내린 왼팔.

진자운이 쏟아낸 월인천강에 가슴이 관통당하는 걸 막기 위해 왼팔 하나를 희생할 수밖에 없었던 것이다.

"휘이!"

진자운이 자신 역시 피투성이인 주제에 나직이 휘파람을 불었다.

아쉬움인가?

그보다는 팔 하나를 잃고도 표정 하나 변함이 없는 매신형의 굳건한 모습에 대한 감탄이었다.

자신이 만약 매신형과 같은 처지가 됐다면 미친 듯이 발광을 하거나 눈물 콧물을 다 흘리며 대성통곡할 게 뻔했다. 무인에게 있어 팔을 잃는다는 건 상처 한두 군데 생기는 것과는 크게 차이가 나는 일이었기 때문이다.

"제기랄, 마도인이라도 인정해 주지 않을 수 없겠구만. 노인장의 이름을 말해주지 않겠소이까?"

"매신형."

"일소멸정?"

"……."

매신형이 대답 대신 오만한 표정으로 고개만 끄덕거렸다. 잘린 팔뚝의 피가 어느새 멈춘 걸 보니, 강력한 내공을 움직여 혈도를 막고 있음이 분명하다.

힐끔.

매신형의 상처 부위에 시선을 던진 진자운이 직설적으로 말했다.

"나는 말 같은 거 돌리는 걸 굉장히 싫어하는 사람이니 바로 말하겠소. 매 선배, 이미 우리 둘 사이의 승부는 끝난 셈이니, 파미륵 대사의 행방을 말해주고 이만 떠나주지 않겠소?"

"싫다!"

"에이, 그렇게 고집 부리지 말고……."

"싫다고 했다!"

매신형은 두 번 말할 것도 없다는 듯 단호하게 눈을 빛냈다. 결코 타협 따윈 하지 않겠다는 의지가 엿보이는 모습이다.

진자운은 이 같은 눈빛을 한 사람이 얼마나 지독한 고집쟁이인지를 경험을 통해 알고 있었다. 그가 어린 시절을 보낸 무당파야말로 이 같은 고집쟁이들이 잔뜩 모여서 티격태격하는 곳이었다.

게다가 돌이켜 생각해 보면, 그 후 몸담은 무림맹이나 사천정의련, 모용세가 같은 곳에서도 이 같은 인물들은 생각보다 많았다. 세상이 몽땅 미쳐 버린 게 분명하다.

'제기랄 늙은이, 광마 선배를 생각하면 그냥 마음대로 죽여 버릴 수도 없고…….'

진자운은 사부나 다름없는 광마 종리신광을 떠올리곤 내심 한숨을 내쉬었다. 그와 함께 오마에 속한 매신형을 죽일 순 없다는 판단을 내린 것이다.

"그럼 그냥 떠나슈. 어차피 마교의 딴 놈들을 족치면 다 알아내게 되어 있는 일이니."

"떠나라?"

"그렇소."

진자운이 고개를 끄덕이자 매신형의 입가에 작은 주름이 생겨났다.

"푸허허, 정말 노부도 늙었구나! 정파의 애송이에게 이런 말을 듣는 날이 올 줄이야!"

"본래 장강의 뒷물결이 앞 물결을 밀어낸다고 합디다. 내가 비록 후배긴 하나 화룡대수 임 맹주를 이긴 전적도 있으니, 매 선배가 졌다고 해서 크게 체면이 상하는 건 아닐 것이오."

"임대성은 주화입마한 상태였다. 어찌 그와 노부를 같이 비교할 수 있느냐?"

“그야 내 손으로 매 선배를 죽이고 싶지 않아서 그냥 생각나는 대로 지껄인 게 아니겠소?”

진자운은 꽤나 드물게 진실을 담아 말했다. 그러자 매신형의 얼굴에 어이없다는 기색이 떠올랐다.

“그냥 날 죽이기 싫다? 정파의 알량한 인정을 베풀려는 것이라면 일 없다. 노부는 별호대로 여태까지 수없이 많은 정파인들을 짓밟아왔다. 지금 와서 복수를 당한다 해도 그다지 큰 유감은 없다.”

“쳇, 그렇게 죽고 싶어하는 걸 보니 매 선배도 꽤나 인생이 재미없었던 것 같소?”

“뭐라?”

“상황이 그렇지 않소이까? 내가 살려 드리겠다 말하는데도 자꾸 죽이라 강요하고 있으니.”

“노부는 단지…….”

“하지만 그래도 절대 나는 매 선배를 죽일 수 없으니, 정말 내 말이 맞으면 스스로 해결하시는 편이 나을 거요.”

그 말을 끝으로 진자운이 매신형에게서 신형을 돌려세웠다. 이곳으로 오기 전 모용청려에게 부탁을 해놓긴 했지만, 무려 천마신교의 총단으로 침투하는 것이었다. 걱정이 안 된다면 그건 거짓말일 터였다.

당혹? 체념?

진자운의 뒷모습을 어이없다는 듯 바라보고 있던 매신형이 갑자기 버럭 소리 질렀다.

“애송아! 지금부터 천마신교의 총단으로 가려 하는 것이냐?”

“그렇소.”

“파미륵이란 돼지는 지금 천마뇌옥에 갇혀 있다. 천생이 워낙 강골이라 아직 죽지는 않았을 것이다.”

“고맙수.”

진자운이 슬쩍 손을 들어 흔들어 보였다. 파미륵이 좀 걱정됐는데, 매신형의 말을 듣고 보니 꽤나 안심됐다. 어쨌든 갇힌 곳을 알았으니 구해내는 건 어떻게 될 터였다.

그때 매신형이 슬며시 목소리를 낮춰 한마디 더 보탰다.

“그리고… 될 수 있으면 천마총 부근에는 가지 않는 편이 좋을 것이다.”

진자운이 걸음을 멈춰 세웠다. 매신형이 한 말의 의미가 뭔지 눈치 챘기 때문이다.

“성녀를 구하지 말라는 의미요?”

“그건 네 녀석이 알아서 생각할 문제다. 다만 이것으로 노부가 네 녀석에게 진 빚은 깨끗이 없어진 셈이니, 다음번에 다시 만나게 되면 우리는 적이다!”

매신형의 단호한 말을 들은 진자운이 입가에 슬며시 장난스런 미소를 만들어 보였다.

“그 말은… 지금 매 선배와 나는 친구란 말이오?”

“친구? 그 무슨 말도 안 되는 소리냐! 어찌 노부가 너 같은 정파의 애송이와 친구를 할 수 있단 말이냐!”

“뭐, 아니면 말구.”

평상시와 전혀 다름없는 한마디를 던져 매신형을 또다시 노발대발 하게 만든 진자운이 재빨리 야천으로 날아올랐다. 매신형과의 싸움으로 인해 천마신교 총단에 침투할 절호의 기회인 오늘밤을 몽땅 날려 버릴 순 없었다. 지금부터라도 바삐 움직여야 한다는 뜻이었다.

◆ 第八十九章 ◆　성혈(聖血)

금당.

여느 때와 마찬가지로 마정천에서 늦은 저녁 수욕을 끝마치고 처소로 삼은 금당에 돌아온 담화연은 조금 가슴이 답답하여 창문을 활짝 열었다.

기다렸다는 듯 쏟아져 들어온 야풍.

곤륜산맥의 드높은 산봉에서 쏟아져 내려온 바람의 청량함이 담화연의 답답하던 가슴을 조금 시원하게 해준다. 역시 담화연은 대곤륜의 정기를 받고 자라난 여인인 것이다.

하지만 곧 담화연의 선홍빛 입술에 가벼운 한숨이 떠돌았다. 곤륜과 천마신교를 싫어하는 건 아니다.

아니, 사실은 꽤나 좋아하고 있다고 보는 게 옳다. 어찌 됐든 이곳이야말로 담화연이 태어나고 어린 시절을 보낸 고향이니까 말이다.

그렇지만 그건 어디까지나 담화연에게 자유가 주어졌을 때의 얘기였다. 천마신교의 고귀한 성녀로서 대우를 받을 때나 할 수 있는 마음 편한 말이었다.

천마무적대주 마군자 상유하.

한때 천마신교 역사상 최강의 천재이자 젊은 무사들의 우상이었던 마도의 기린아는 어느새 신교 전체를 장악하고 있었다. 놀랍게도 오마의 으뜸인 영마 반여삭과 광마 종리신광을 동시에 제압하고, 십대마군마저 복속시켰다 한다.

믿을 수 없는 일.

담화연은 처음 코웃음 쳤다. 말도 안 될뿐더러 있을 수도 없는 일이라 생각한 것이다.

그렇지만 시간이 흐르자 담화연은 점차 불안해졌다.

소문.

역대 교주들을 뽑던 천마지연(天魔之宴)에 관한 이야기가 무사들 사이에서 은밀히 돌고 있었다. 여태까지 전대 교주였던 마선 담천위에 대한 신성이 지배하고 있던 천마신교에 새로운 바람이 불기 시작했음이다.

그렇다면 새로 선출될 교주의 일순위는 누가 뭐라 해도 상유하라 할 수 있었다.

설혹 소문과 같이 오마와 십대마군을 복속시키는 역사를 이룩한 게 아닐지라도 여태까지 보인 역량이나 천재성만으로도 충분히 후보에 오를 만했다. 전대 교주의 유일한 혈손인 성녀 담화연만 없다면 분명 그러했다.

이 부분에서 담화연은 자신이 앞으로 상유하의 앞날에 가장 큰 방해가 될 인물임을 깨달았다.

지금이야 천마총을 열기 위해 성혈이 필요하단 이유로 목숨을 연명하고 있지만, 천마지연을 통해 상유하가 교주에 오르면 이야기가 전혀 달라진다.

담화연이란 존재는 그가 천마신교를 완전 장악하는 데 걸림돌이 되는 과거의 유물이 되어버리고 말 터였다. 천마총을 열든 열지 않든지 간에.

"나쁜 놈!"

담화연의 입가에 머물러 있던 한숨이 결국 하나의 말을 만들어냈다. 상유하와 천마지연을 떠올리다 생각난 누군가에 대한 원망이 담긴 말.

지금 담화연의 뇌리 속을 가득 메우고 있는 건 항상 장난스럽고 유들유들하지만, 입가에 맺힌 고집이 보통을 넘는 청년의 얼굴이었다.

진자운.

담화연의 마음을 훔쳐 가놓고는 벌써 일 년이 다 되어가도록 나 몰라라 하고 있는 도둑놈이었다. 그녀가 진심으로 그를 욕하는 것도 무리는 아니다.

그러나 곧 담화연의 미려한 눈가에는 짙은 그리움이 떠올랐다.

성숙한 여인의 향기.

얼마 전 십구 세가 된 담화연은 이제 더 이상 꼬맹이가 아닐뿐더러, 한 명의 어엿한 여인이라 할 만했다.

그래도 잠 못 드는 이 밤.

못 견딜 정도로 진자운이 보고 싶었다. 그의 너른 가슴에 포옥 안겨서 왜 이렇게 늦었냐고 마구 주먹질하며 어리광을 부리고 싶은 것이다.

그게 지금 가장 하고 싶은 일이었다.

빙그레.

진자운을 생각하는 것만으로 기분이 풀려 입가에 미소를 머금던 담화연의 눈에 문득 이채가 스쳐 갔다.

'불빛?

담화연이 이상하게 생각할 만하다.

밤이면 하늘의 별빛과 멀리 솟아 있는 곤륜의 만년 설봉 외엔 보이는 게 없는 금당 밖으로 지금 휘황한 몇 개의 불빛이 모습을 드러내고 있었다. 뭔가 큰일이 벌어지지 않았다면 절대 있을 수 없는 일이었다.

슉!

담화연은 망설이지 않았다.

단숨에 창문 밖으로 신형을 빼낸 그녀가 훌쩍 금당 밑으로 뛰어내렸다. 부근에 상유하의 명령을 받은 천마무적대의 무사들이 곳곳에 포진해 있을 테지만, 그녀는 전혀 개의치 않았다. 그들이 설혹 모조리 달려온다 해도 일단은 마음속에 인 궁금증을 풀어야만 했다.

파파팟!

과연 담화연의 예상대로 곧 금당의 주변에서 몇 명의 무사들이 달려나왔다.

자신들 전부의 목숨보다도 고귀한 그녀가 느닷없이 창문 밖으로 뛰어내렸으니 당연한 반응이다.

생긋.

담화연이 가장 먼저 달려온 무사에게 부드러운 미소를 던졌다.

예전과 같은 가식이 아닌 인간적인 감정이 담긴 미소.

그만큼 아름답다.

움찔!

서른쯤 되어 보이는 나이의 무사가 안색을 벌겋게 물들이더니, 조그만 목소리로 말했다.

"저기, 성녀님, 이러시면……."

"안 되는 거겠죠?"

"…예."

담화연이 미미하게 고개를 끄덕여 보였다.

"그럴 줄 알았어요. 어차피 전 지금 포로나 다름없는 신세니까요."

"그런……."

무사는 더욱 안색을 붉히곤 말끝을 제대로 잇지 못했다. 그 역시 담화연의 신세가 전날과는 크게 달라졌음을 알고 있었기 때문이다.

담화연이 다시 미소 지었다.

"괜찮아요. 본래 담가는 할아버님이신 천위공께서 돌아가신 이후부터 신교 내에서 유명무실했기에 저는 언젠가 이런 날이 오리란 걸 알고 있었답니다."

"……."

"그런데 무사님과 이렇게 만나게 된 것도 인연인데, 한 가지만 부탁해도 될까요?"

무사는 안 된다고 말하려 했다. 성녀와 이렇게 사적인 대화를 나누는 것만 해도 규율을 어긴 것이라 할 수 있었다. 그녀의 부탁마저 들어준다면 어찌 다른 동료들과 대주 상유하를 대할 수 있겠는가.

그러나 무사의 고개는 어느새 천천히 끄덕여지고 있었다.

경국지색의 미모 때문?

그런 외양적인 면보다 더욱 큰 것이 있었다. 담화연의 진심이 담긴 표정, 바로 그것이었다.

"말씀하십시오."

"고마워요."

담화연이 역시 고개를 끄덕이곤 말했다.

"도대체 밖에서 지금 무슨 일이 벌어진 건가요? 자려다가 문득 창밖을 보니, 수없이 많은 불빛이 보이는지라 궁금해서 견딜 수가 없게 됐네요."

"그, 그건……."

"말하기 곤란한 사항인가요? 만약 그렇다면……."

"아닙니다."

담화연의 말을 중간에서 끊은 무사가 진지한 표정으로 말을 이었다.

"현재 총단에 사고가 좀 났습니다. 외성 쪽에서 몇몇 난동을 부리는 자들이 있었던 것 같습니다. 이미 내성에 남아 있던 마군님들께서 나섰으니 곧 정리될 일이라 봅니다."

"마군들만 움직여요? 그럼 오마 천좌들은 현재 총단 내에 아무도 없다는 건가요?"

"그렇습니다. 모두 사천과의 경계에서 정파연합군과 대치하고 있는 상 대주님을 원호하러 떠나셨습니다. 아무래도 석년에 벌어졌던 마정대전의 복수전이 시작될 모양입니다."

"그렇다면 지금 총단의 총책임자는 소리산 대마군이겠군요?"

"그렇게 알고 있습니다."

"……."

담화연의 크고 예쁜 눈이 한차례 깜빡임을 보였다. 그녀가 뭔가를 깊이 생각할 때 보이곤 하는 모습.

무사의 표정이 잠시 망연해졌다. 담화연의 고심하는 표정을 보고 또다시 넋을 잃고 만 것이다.

하지만 그는 더 이상 담화연과의 대화를 나누며 기쁨에 몸을 떨 기회를 가질 수 없었다.

쑥!

갑자기 무사가 서 있던 밑바닥이 들썩이더니, 한 쌍의 망치와 정이 모습을 드러냈다.

서산파 지보, 폭뢰정과 뇌정추.

당연히 무사는 갑자기 땅속에서 튀어 오른 뇌전에 날벼락을 맞고 땅속으로 파묻혔다. 육노당이 손을 쓴 것이다.

그러자 주변을 배회하고 있던 무사들이 일제히 병장기를 빼 든 채 담화연을 향해 신형을 날려왔다. 어떻게든 그녀를 지키겠다는 의지가 느껴지는 모습들.

그러나 땅속에서 모습을 드러낸 사람은 육노당뿐이 아니었다.

사사삭!

육노당을 필두로 남희명과 소설향, 장진구와 모용청려가 연달아 모습을 드러냈다. 모두 육노당이 총단에 있는 동안 심심파적 삼아 뚫어 놓은 땅굴을 통해 순식간에 주변의 절진을 통과한 것이다.

"침입자?"

"침입자다!"

무사들은 일시 담화연을 에워싼 육노당 등을 향해 바로 공격해 들어왔다. 일단 그들에게서 담화연을 구하는 것이 우선적인 선결 과제였다.

그러자 남희명이 혈류마검을 펼쳤고, 소설향은 혈우마도를 풍차처럼 휘둘러 댔다. 그리고 육노당과 모용청려가 각자 절학을 펼치자 십여 명이 넘던 무사가 추풍낙엽처럼 바닥으로 나뒹굴었다.

물론 그러는 중에도 열심히 딴 짓을 하는 자는 존재했다.

장진구.

일행 중 가장 무공이 약하고 보신 행위에 능한 그는 전혀 싸움에 끼어들지 않았다.

아예 무사들의 검을 피해 바닥에 찰싹 달라붙고는 눈치만 살필 따름이었다. 자신과는 전혀 관련 없는 싸움에 괜스레 끼어들었다가 부상이라도 입을 것을 진심으로 걱정했기 때문이다.

“킥!”

무풍지대랄까?

싸움의 한가운데 서 있으면서도 싸우는 자들과 완전히 동떨어져 있던 담화연이 입가에 작은 미소를 만들어냈다. 장진구의 모습을 보고 전날 처음으로 진자운을 만났던 항주에서의 기억을 되살려낸 것이다.

‘그땐 정말 재미있었는데…….’

한데 그녀에게 전날 항주에서의 추억을 되살려준 게 장진구만은 아니었다.

은발의 절세미녀!

면사를 쓰지 않았지만, 금세 누군지 알 수 있을 만큼 특징적인 외모를 지닌 모용청려란 존재가 담화연의 시야를 채우며 파고들었다. 의혹이 일지 않을 리 만무하다.

‘저년은 전날 항주에서 진 가가한테 추파를 던지던 모용세가의 철봉황 모용청려가 분명하다. 어째서 저년이 이곳에 온 거지?’

담화연의 입가에 떠돌던 미소가 순식간에 흔적을 감췄다. 뭔가 등을 타고 검은색 불안의 기운이 스멀거리며 밀려들고 있었다. 기분이 매우 나쁜 것이다.

그러는 동안, 초절한 무공 실력을 지닌 사 인의 빼어난 활약으로 금당 주변의 무사들은 모조리 전멸하고 말았다. 일급의 무사들이 밖에서 일어난 소란 때문에 진세 외곽 쪽으로 상당수 빠진 걸 감안하더라도 경악스러운 위력이라 할 수 있었다.

촤악!

검에 묻은 핏물을 바닥에 뿌린 남희명이 빠른 걸음으로 담화연에게 다가와 허리를 숙여 보였다.

"남희명이 성녀님을 뵈옵니다!"

사부 여율량의 죽음을 본 이후 정신적으로 성장한 탓일까?

예전보다 한결 믿음직스러워 보이는 남희명에게 담화연이 천천히 고개를 끄덕였다.

"반가워요. 진 가가는 어디에 있지요?"

"저희는 진 소협의 부탁을 받고 이곳에 온 것입니다. 진 소협 역시 근방에 있으니, 안심하십시오."

"근방에 있다?"

담화연의 시선이 어째서 진자운이 직접 오지 않았는지에 대한 추궁을 담았다. 생뚱맞은 모용청려의 등장에 살짝 상한 마음의 단편이 그대로 튀어나온 것이다.

남희명이 이 같은 여인의 섬세한 심사를 파악할 수 있을 리 만무하다. 그는 곧이곧대로 말했다.

"저 역시 그 이유에 대해 잘은 모르겠습니다. 진 소협이 바삐 길을 떠나며 모용 소저에게만 그 같은 전언을 남기셨으니까요.”

“모용 소저? 언제부터 대 천마신교의 무사가 정파세가의 여식에게 소저란 호칭을 붙이게 된 것이죠?”

“그건, 모용 소저가 진 소협의 사매가 되기에……..”

“사매? 그녀가 무당파의 제자란 말인가요?”

“그게 확실한 건 아닙니다만, 진 소협은 모용 소저를 매번 사매라 칭했습니다. 그래서 저희 역시…….”

“됐어요!”

손을 들어 남희명의 말을 끊은 담화연이 성큼성큼 모용청려 쪽으로 걸어갔다.

서슬 퍼런 기세!

흡사 본처가 남편이 맞아들인 첩을 처음으로 대면한 것과 같은 표정을 한 담화연을 물끄러미 바라본 모용청려가 피식 입가에 미소를 담았다.

'많이 컸지만, 아직 어리다!'

그녀가 내린 담화연에 대한 평가였다.

그러나 그녀의 그런 평가는 곧 완전히 달라져야만 했다.

저벅! 저벅! 저벅!

힘차게 모용청려 앞까지 다가온 담화연이 갑자기 입가에 빙긋 미소를 만들어냈다.

“모용 언니, 정말 오랜만이에요. 항주에서 헤어진 후 처음인가요?”

“담 동생의 말이 맞아요. 그때도 경국지색이었지만 지금은 더욱 어여뻐졌군요.”

“호호, 그래도 어찌 모용 언니만 하겠어요. 진 가가와 동문의 사형매지간이라니 안심이지, 만약 그 같은 사실을 몰랐다면 전 정말 두 분 사이를 크게 오해했을 거예요."

'호오?'

모용청려의 얼굴에 머물러 있던 여유가 놀람으로 환원되었다. 담화연에 대한 자신의 평가가 완전히 틀린 것임을 자인하지 않을 수 없었기 때문이다.

물론 그렇다 하여 모용청려가 담화연의 말 한마디에 굴복할 정도로 만만한 여자는 절대 아니다. 그리고 진자운을 두 눈 뜨고 강탈당할 마음 역시 전혀 없었다.

"사실 진 사형과 저는 공적으론 사형매지간이지만, 다른 한편으론 정혼을 한 사이이기도 해요. 담 동생이 오해를 한다 해도 어쩔 수 없는 일일 거예요."

"정… 혼……?"

"몰랐나요? 진 사형과 저는 강남대전을 끝낸 후 정식으로 서로의 마음을 확인했답니다."

짧지만 강렬한 한마디!

그것으로 모든 상황은 끝이었다. 담화연의 아름다운 얼굴에서 핏기가 빠르게 가시는 걸 바라보며 모용청려는 내심 승리감에 도취되었다.

하지만 담화연은 그걸로 무너질 만큼 모래성이 아니었다. 그녀는 곧 전열을 가다듬더니 반격에 나섰다.

"호호, 정혼이란 건 본래 깨지게 마련이지요. 제가 알기론 모용 언니 역시 과거에 다른 누군가와 정혼을 했었다고 하던데, 이번에도 파혼이 되지 않을까 싶군요."

"마치 그리되길 바라는 것 같군요?"

"맞아요. 모용 언니가 방금 전에 한 말이 모두 맞다면요."

"……."

모용청려는 결국 담화연이 강적임을 인정하지 않을 수 없었다.

'호오, 생각처럼 쉽지는 않다는 건가…….'

모용청려가 내심 한숨을 내쉬었다. 그러자 담화연이 살짝 그녀에게 눈을 흘기곤, 두 여인 간의 치열한 초전에 겁먹고 저만치 물러서 있는 다른 일행들을 향해 소리쳤다.

"지금 총단의 총지휘를 맡고 있는 사람은 십대마군의 으뜸인 소리산 대마군이에요. 그는 마도의 와룡이라 불리는 사람이니, 당장 이곳을 떠나는 편이 나을 거예요."

"성녀님의 명을 받습니다!"

"성녀님의 명을 받습니다!"

모용청려를 제외한 일행들 모두가 일제히 복명과 함께 담화연을 향해 허리를 숙여 보였다. 존귀한 성녀의 명이 떨어졌으니, 이젠 따르기만 하면 될 터였다.

*　　　*　　　*

성녀 일행이 땅속으로 모습을 감추고 얼마 지나지 않았을 때였다. 금당의 금빛 찬란한 지붕 위로 광마 종리신광이 모습을 드러냈다.

흡사 처음부터 그곳에 있었던 것 같은 모습.

'내 젊은 주군은 진짜 대단하구나! 어찌 일이 이렇게 될 줄 알고 있었단 말인가?'

종리신광이 눈 깊은 곳에 안광을 만들어냈다. 오늘과 같은 일이 미리 일어날 것을 예견했던 주군 상유하의 선견지명에 감탄을 금할 수 없었기 때문이다.

하지만 그에겐 작은 고민 또한 있었다.

성녀 담화연.

종리신광이 평생 가장 탄복했던 전대 교주 담천위의 유일한 혈손이 었다. 그녀에게 위해를 가하는 자가 있으면 결코 용서치 않으리라 마음먹고 있었는데…….

얼마 전 자기 인생의 두 번째 주군으로 삼은 상유하의 명령을 따르 자면 담화연에게 어쩔 수 없이 위해를 가해야만 했다. 천마총을 열기 위해 그녀의 성혈이 반드시 필요했기 때문이다.

현재의 주군을 위해 과거의 주군을 배신해야만 하는 더러운 상황.

게다가 또 한 가지!

종리신광 평생에 유일무이한 제자라 할 수 있는 진자운이 이번 일에 관련되어 있었다.

과거 무당산의 면벽수련동에서 처음 조우했을 때부터 범상치 않은 인재란 생각은 하고 있었다. 꽉 막힌 정파에서 싹이 꺾일 것을 걱정했 는데, 전혀 그렇지 않은 듯했다. 놀랍게도 몇 년 만에 무공을 대성하여 절대고수의 반열에 올랐다는 소문까지 들려오는 걸 보면.

한데 하필이면 그 진자운이 담화연과 연관을 맺고 있었고, 이제 그 녀를 구하기 위해 천마신교의 총단까지 도달했다는 소식이 들려왔다. 설상가상(雪上加霜)이라 하지 않을 수 없는 일이 발생한 셈이다.

"이것도 운명인 것인가?"

내심을 알 길 없는 중얼거림과 함께 알이 굵은 손마디를 한차례 꺾 은 종리신광이 입가에 옅은 한숨을 담았다.

성녀를 일부러 도망치게 만든 후 몰래 뒤를 따라가서 성혈을 취하라는 명령. 평소의 자신이라면 절대 따르지 않았으리라.

하지만 상유하를 주군으로 모신 이상 그의 첫 번째 명령부터 따르지 않을 순 없었다. 충성의 맹세란 그리 쉽사리 깰 수 있는 것이 아니었다.

슥!

일순 금당의 지붕 위에서 종리신광의 모습이 자취를 감췄다. 처음처럼 그곳에 아예 존재하지 않았던 것과 같이.

*　　　　*　　　　*

귀마 매신형과 헤어지자마자 진자운은 재빨리 근처의 동굴로 숨어들었다. 매신형의 귀혼음조수에 당한 상처를 대충이나마 수습해야 했기 때문이다.

조강!

매신형의 귀혼음조수는 놀랍게도 철벽같은 단천뢰심강을 종잇장처럼 찢어발겼다. 일반적인 강기가 아니라 조형의 형태를 띤 조강이었기에 가능한 일이었다.

어쨌든 덕분에 귀혼음조수에 직격당한 진자운의 가슴과 옆구리는 뼈가 드러나 보일 정도로 심한 상처가 났다.

보통 사람 같으면 사경을 헤맬 정도.

일시 진기의 흐름을 조절해서 상처 부위를 지혈시켜 놓긴 했으나 이대로 천마신교의 총단으로 향하긴 곤란했다. 복마전이나 다름없는 그곳에서 어떤 엄청난 고수가 기다리고 있을지 모르는 것이다.

'제기랄, 또다시 매 선배 같은 오마와 만난다면 죽었다고 복창해야 한다. 이번에 내가 한차례 득수한 건 그야말로 운이 매우 좋았다고 보는 게 옳아.'

그러고 보면 이번뿐 아니라 화룡대수 임대성 때도 그랬다.

비슷한 실력.

비슷한 위력의 신공절학.

승부를 가르는 건 풍부한 실전 경험이나 지세의 유리함도 있겠으나 엄밀히 말해 운이라 할 수 있었다.

누가 운이 더 좋은가!

그게 바로 종이 한 장 정도 차이밖엔 없는 승부처에서 승자와 패자를 정하는 관건이었다.

특히 오늘처럼 목숨을 건 승부에서는 더욱 그랬다. 오늘 진자운의 운이 나빴다면, 매신형의 조강에 목젖이 뜯겨 목숨을 잃었을지도 모르는 것이다.

그러니 어떻게 보면 진자운은 꽤나 운이 좋은 편이라 할 수 있었다. 두 번이나 생사대적과 맞닥뜨리고도 끝내 살아남았을뿐더러, 승리자가 되기까지 했다. 결코 운이 나쁘다곤 볼 수 없었다.

"흠, 뭐, 운이라면 여자 운도 그다지 나쁜 건 아니지……."

진자운은 꼬맹이 담화연과 새침이 모용청려를 거의 동시에 떠올리곤 눈을 가늘게 떠 보였다. 두 명의 절세미녀를 떠올리자 격심한 몸의 고통마저도 크게 완화된다.

슥!

눈앞의 편편한 바위를 손으로 쓸어서 깨끗이 한 진자운이 재빨리 그 위에 가부좌를 틀고 앉았다. 쾌속으로 운기조식을 취해서 흐트러진 진기를 가다듬고 상처를 어느 정도나마 회복시킬 요량이었다.

그런데 진자운이 눈을 반개하고 운기조식에 들어가려 할 때였다.

번쩍!

진자운의 반개됐던 눈에서 섬광이 일었다. 그리고 배후를 향해 빠르게 내쳐진 편월의 강기.

월인천강.

단천뢰심강의 정화가 번개가 무색할 빠르기로 공간을 갈랐다. 절대 어느 누구도 완벽하게 피해내진 못하리란 확신!

진자운의 자부심은 곧바로 무너졌다.

서걱!

월인천강은 노렸던 목표 대신 부근의 커다란 종유석을 자르곤 진자운에게로 돌아왔다.

자신만만했던 진자운으로선 낙심천만한 결과.

그러나 그는 전혀 놀라지 않았다. 대신 가부좌를 튼 자세 그대로 공중으로 떠오르더니, 갑자기 신형을 홱 뒤집으며 바닥으로 떨어져 내렸다. 단숨에 방향을 바꿔 버린 것이다.

슉!

그런 진자운 앞에 한 명의 백의미녀가 떨어져 내렸다.

상유연.

진자운과의 약속을 한차례 어긴 일이 있는 그녀가 느닷없이 모습을 드러낸 것이다.

"우리… 여기서 약속했었던 거요?"

"아니요."

"아! 그럼 이건 완전무결한 '우연'이로군?"

“그렇지 않아요. 저는 곤륜에 진 소협이 도착했을 때부터 줄곧 뒤를 따랐으니까요.”

“곤륜에 도착했을 때부터 줄곧 내 뒤를 따라다녔다? 그럼 매 선배와의 싸움도 지켜봤겠구만?”

“예. 귀마와의 싸움에서 이기다니, 정말 대단하더군요.”

“……”

진자운은 눈앞의 상유연이 한 말을 완전히 믿을 수밖에 없다는 걸 인정하지 않을 수 없었다. 그와 매신형과의 싸움 결과를 알고 있는 사람은 아무도 없었기 때문이다.

“그래서 이번엔 또 뭐 때문에 내 뒤를 졸래졸래 따라다닌 거요? 느닷없이 내가 진짜 사랑이란 걸 깨달아서 사랑을 고백하러 온 건 아닐 테고. 어? 설마 정말 그런 건……”

“고맙게도 아니에요.”

“쳇, 거기에 고맙게란 말은 또 왜 들어가는 거요?”

나직이 투덜거린 진자운이 눈에 힘을 담았다. 비로소 진지한 얘기를 할 마음이 된 것이다.

“나는 한시라도 빨리 천마신교의 총단으로 가야 하오. 이제 와서 상 소저가 어떤 소리를 하든 날 막을 순 없을 테니, 용건이나 어서 말해보쇼.”

“진 소협의 그런 솔직담백함은 칭찬받아 마땅해요.”

“흰소린 그만 하고.”

“오라버니는 성녀의 곁에 광마 종리신광을 숨겨뒀어요. 오마 중 최강자를요.”

“……”

진자운은 솔직히 말해 충격을 받았다.

그것도 아주 많이.

생각해 보면 종리신광과 진자운의 사이는 꽤나 특별했다. 어떻게 보면 그다지 큰 정이 없다 할 수 있는 사부 허무 진인이나 무당파의 제 도사들보다 진자운에겐 종리신광이 더 가까운 사람이라 할 수 있었다.

사부이자 친구.

어쩌면 그의 마음속에서 진짜 되고 싶었던 인물은 사백 허공 진인이나 사부 허무 진인이 아니라 광마 종리신광일지도 몰랐다.

그만큼 전날 그가 무당산에서 뭇 무당 도사들을 희롱하며 보였던 무위는 절대적이었다. 소년의 가슴이 마구 뛸 정도로 멋있었다.

그런데 그런 그가 이젠 적이라니! 적으로서 그를 만나야 한다니!

진자운은 온몸에 오싹한 소름이 돋는 걸 느꼈다.

두려운 것인가?

그렇진 않았다. 아니라고 생각했다.

그렇다면?

진자운은 전율이 일 정도로 강한 흥분을 느꼈다. 여태까지 수없이 많은 전장을 굴러다녔고, 수많은 강적들과 싸웠지만 이번과 같은 두근거림은 전혀 느껴본 적이 없었다.

자신의 마음속 최강자!

광마 종리신광과 목숨을 건 대결을 할 수 있게 된 것이다.

"그는 지금 어디에……?"

상유연의 추수와 같은 시선이 흔들린다.

"종리신광은 매신형보다 월등히 강해요."

"알고 있어."

"그래도 그와 싸울 건가요?"

"물론."

진자운은 두말할 필요 없다는 듯 고개를 끄덕였다. 평소 전혀 보인 적이 없던 강렬한 투기가 그의 얼굴로 떠돈다.

상유연이 말했다.

"종리신광은 지금 성녀 일행의 뒤를 조용히 따르고 있습니다."

"어째서?"

"천마총을 열기 위해서 반드시 필요한 성녀의 성혈을 정당한 방법으로 채취하기 위해서예요."

"일부러 도망치게 한 후 추격해서 꼬맹이에게 사고를 가장한 부상을 입히겠다는 뜻이군."

"뿐만 아니라 이번 기회에 성녀에게만 충성하는 신교 내 불순분자들을 전부 청소하고, 진 소협까지 함께 처리할 생각이에요."

"제길, 더럽지만 일석이조(一石二鳥), 아니, 일석삼조(一石三鳥)의 방법이로구만."

"그게 병법이니까요."

"병법?"

"천하를 얻기 위한 방법을 말하는 거예요."

"씨발, 그래서 기껏해야 스물도 안 된 어린 계집애의 피나 탐내고, 예전에 죽은 자들의 무덤을 열려는 건가? 그딴 게 천하를 얻는 병법이 라면 그런 건 개한테나 갖다 주라구!"

퉁명스레 소리친 진자운이 가부좌를 풀고 스윽 자리에서 일어섰다. 상유연과 대화하던 중 따로 운기조식을 취해 내상과 상처를 대충 봉합한 것이다.

　바로 동굴 밖으로 신형을 날리려는 진자운을 향해 상유연이 소리쳤다.

　"진 소협, 종리신광의 약점은 자신이 만든 무공에 대한 광오하기까지 한 자부심이에요!"

　"나도 내 무공에 대해선 꽤나 자부심을 가지고 있으니, 그런 건 도움이 되지 않아."

　"도움이 될 거예요."

　"도움은 무슨……."

　상유연에게 소리치며 신형을 돌리던 진자운의 눈에 가벼운 흔들림이 새겨졌다.

　소멸.

　방금 전까지 숨결이 닿을 정도로 가까운 곳에 머물러 있던 상유연의 모습이 보이지 않았다. 은신술이나 절정의 경공술을 펼쳐 모습을 감춘 게 아니라 아예 존재 자체가 사라져 버리고 말았다.

　어떻게?

　진자운은 내심 고개를 가로저었다. 세상에 이 같은 무공이 존재한다는 말조차 들어본 바가 없었다. 만약 있다면… 그건 무림을 완전히 뒤집을 정도로 엄청난 소란을 불러일으키고 말 게 분명했다.

　천하무적이나 다름없는 절대고수의 이목을 완벽하게 속일 수 있는 경공 혹은 이동술이라니!

　이만큼 무공과 기보에 목숨과 명예 걸기를 밥 먹듯 하는 무림인들을 매혹시킬 수 있는 게 있을 리 만무했다. 만약 있다면 그건 황궁무고나 천마총의 장보도 정도일 게 분명한 것이다.

　'혹시 상 소저는 사람이 아니라 귀매인지도 모르겠군. 그렇게 예쁜

걸 보면…….'

갑자기 말도 안 되는 상상까지 한 진자운이 고개를 한차례 흔들고는 바로 동굴 밖으로 뛰쳐나갔다.

목표는 천마신교의 총단.

꼬맹이 담화연과 새침이 모용청려, 그리고 그 밖의 동료들. 그들의 뒤를 쫓는 광마 종리신광이 있는 곳이었다.

『태극검해』 10권에 계속…

운남, 사천 취재 여행기 6

중국에서의 버스 여행.

그것은 단 한마디로 요약된다.

지루함과 지겨움.

좀비들을 태운 버스는 끝이 없을 듯한 산길을 달리고 또 달렸다. 대략 서울—부산간 정도의 거리를 산길로만 달렸다. 좋지도 않은 쿠션에 끼겨 앉아 있던 좀비들의 얼굴이 어찌 변했을는지는 대략 짐작이 갈 것이라 사료된다.

그래도 한 가지 좋은 점도 있었다.

중국, 그중에서도 기후의 다채로움으로 유명한 운남의 오월과 유월은 다양한 농사가 한창이었다. 한쪽에서 수확이 이뤄지고 있는 반면 다른 쪽에서는 한창 새파란 잎, 무성한 농작물이 바람에 흩날리고 있었다.

당연히 군데군데 보이는 마을은 참 고전적인 형태를 취하고 있었다. 우리나라의 새마을운동 시작 전의 모습과 그다지 차이가 없어 보였다.

나는 중간중간 잠을 자며 중국 시골 풍경을 계속 눈 안에 새겨뒀다. 모두가 후일 글을 쓸 때 유용한 자료가 될 것을 믿어 의심치 않은 것이다.

그렇게 4, 5시간을 달려 버스는 결국 여강에 도착했다.

앞서 거쳐온 곤명, 대리보다 더욱 높은 고산 지대에 위치한 세 번째 도시.

여강은 고래로부터 납서족이 터를 잡은 자치구로 대리와 여러모로 비교가 되는 곳이다. 굳이 비교하자면 한국과 일본 같은 관계라고나 할까?

운남을 대리국이 지배하고 있을 때였다. 당시 꽤나 강성한 힘을 가졌던 대리 백족들은 여강과 인근에서 얌전히 살고 있던 납서족을 수시로 괴롭혔다고 한다. 일종의 국경 침탈이었다.

그래서 납서족은 결국 여강같이 전혀 농사를 지을 수 없는 곳에서 매우 궁핍한 생활을 해야 했다. 부자로 떵떵거리며 잘사는 대리 백족과는 매우 비교되는 역사였다.

물론 나를 비롯한 좀비들에겐 그런 옛날이야기들이 그리 귀에 들어오지 않았다. 우리는 여강의 족히 몇백 년은 된 듯한 돌길에 환호했고, 곧이어 이동한 대극장에서 관람한 '여강 다민족 쇼'에 즐거워하기 바빴다.

여기서 다민족 쇼에 대한 소개가 좀 있어야 할 것 같다.

여강 시내 중심에 위치한 대극장에서 공연되는 다민족 쇼란, 운남 곳곳에 거주하는 백족, 납서족, 장족, 여서인 등의 고대 신화와 전설, 결혼 풍습을 엮은 것이었다.

이런 설명만 들으면 꽤나 재미없고 지루할 것 같지만, 실제 공연은 전혀 그렇지 않았다. 중국을 돌아다니는 동안 저언혀 보지 못했던 수많은 미녀와 빼어난 연기자들이 펼치는 앙상블이란 그야말로 최고였다.

특히 무대 바로 앞좌석에 앉아서 관람한 덕분에 나와 K광수님은 미녀 연기자가 던져 준 일종의 노리개를 획득하는 기쁨까지 맛봤다. 인생에서 승리하는 순간이란 바로 이런 때를 말하는 것이리라.

공연이 끝난 후 좀비들은 하나같이 흥분한 표정으로 대극장을 빠져나왔다. 이때 이미 매우 떠나기 아쉬웠던 대리에 대한 기억은 흐릿해진 지 오래였다. 역시 사람의 마음이란 간사스럽다.

그때 대극장 주변을 배회하던 우리의 눈에 여강 시내에서 벌어지고 있는 일종의 행사가 들어왔다. 당연히 그곳으로 달려가서 놀고 싶은 마음이 생기지 않을 수 없었다.

나를 비롯해 몇 명의 젊은이들이 마구 여강 현지 가이드 주근깨 양—감격스럽게도 이번 여행 최초의 여자 가이드였다—을 졸라댔다. 놀고 싶었기 때문이다.

그러나 여강의 밤은 꽤나 위험한 모양이었다.

주근깨 양은 강하게 고개를 가로저었다.

흥이 깨지지 않을 수 없었다.

좀비들은 투덜거리며 버스에 올라 일박을 하게 될 여강 호텔로 향했다. 어쨌든 중국 여행에 있어서 현지 가이드의 명령은 거의 절대적이라 할 수 있었다.

다음날.

여느 때와 마찬가지로 새벽에 호텔 앞에 배낭(…이라 쓰고 더블백이라 읽는다)을 들쳐메고 집결한 좀비들은 버스를 타고 여강의 성산이라 불리는 옥룡설산으로 향했다.

옥룡설산.

사천 미터가 조금 넘는 높이에도 불구하고 아직까지 어떤 사람의 발길조차 정상에 허락지 않은 처녀봉이었다. 그 이유는 다름 아닌 옥룡설산의 약한 암석질 때문인데, 에베레스트를 정복한 한국의 유명한 등산가조차 오르다 포기했다고 한다.

그러니 당연히 우리 좀비들이 오른 곳은 옥룡설산의 정상하고는 한참이나 거리가 먼 곳이었다.

중턱쯤 되려나?

운남으로 여행 오기 전 이미 여강을 들른 일이 있는 선배 작가 분의 조언대로라면 옥룡설산은 고산병을 일으킬 수 있는 높이였다. 중턱 정도라 해도 꽤나 높은 것이다.

그러나 주근깨 양의 설명이 옥룡설산의 높이에 이르자 좀비들의 입에서 피식거리는 웃음이 터져 나왔다.

왜 그렇지 않겠는가!

사천의 구채구와 사천 미터짜리 황룡을 이미 정복한 바 있는 터에 삼천오백 미터 정도의 높이란 우습지 않을 수 없었다. 이미 그 정도로는 기가 죽지 않을 노정을 거쳐 왔다는 뜻이다.

결국 좀비들 중 배탈이 난 몇 명을 제외한 대부분의 인원이 옥룡설산으로 향하는 리프트에 몸을 실었다. 여전히 떨어지면 죽음뿐인 안전 불감증, 그 자체인 리프트였으나 좀비들은 그냥 미소 지을 따름이었다. 이 역시도 이미 적응을 끝마친 지 오래였다.

그런데 이건 또 무언가!

주근깨 양의 감언이설에 속아 옥룡설산에 오른 좀비들은 모두 황당한 표정이 될 수밖에 없었다. 마음이 혹할 정도로 들었던 수많은 볼거리들이 저언혀 보이지 않았기 때문이다. 이 정도면 감언이설이 아니라 사기라고 함이 옳을 듯했다.

결국 우리들은 멀찍이 보이는 옥룡설산의 정봉을 배경으로 한 장 사진을 찍은 후, 주변에서 뛰놀고 있는 몇 마리의 눈 풀린 야크, 황소, 노래하는 장족 처녀들―그녀들의 얼굴을 본 순간, 총각 좀비들은 거의 반 실성지경에 빠지고 말았다. 쇼크를 강하게 먹었기 때문이다―을 구경하고 힘없이 밑으로 내려왔다. 어제 봤던 다민족 쇼의 즐거움이 산산이 흩어져 흔적조차 발견할 수 없게 됐음은 물론이었다.

그러나 아직 우리 좀비들을 기대하게 하는 게 남아 있었다.

여강 목왕부!

김용의 소설 녹정기에 등장하는 반청복명의 중심 세력 중 하나인 이곳은 좀비들에겐 꽤나 흥미로운 구경거리였다. 언제 또 역사상에 실존하는 목왕부의 흔적을 눈으로 볼 수 있단 말인가.

여강의 오래된 고택가를 구경한 후 우리는 두근거리는 가슴을 부여안고 목왕부로 향했다.

목부(木部)!

목왕부는 기실 목부였다. 그렇게 현판에 쓰여져 있었다. 그리고 또 한 가지 놀라운 점이 있는데, 그건 지금 여강에 남아 있는 목부가 목영의 후손들이 쓰던 왕부가 아니라 납서족 왕의 궁궐이라는 것이었다. 김용의 소설상에 등장하는 모든 것을 매우 진지하게 받아들이고 있던 좀비들에겐 꽤나 큰 쇼크였다.

이쯤에서 좀비들이 가이드 주근깨 양을 괴롭히지 않을 수 없었다.

우리들은 벌 떼처럼 주근깨 양한테 또 다른 목왕부가 어딨냐고 물어봤다. 우리가 보고 싶었던 건 납서족 왕의 왕부가 아니라 명조 때 운남을 다스렸다던 목씨들의 왕부였기 때문이다.

하지만 돌아온 대답은 도리도리였다. 주근깨 양은 아예 다른 목왕부의 존재 자체를 모른다 했고, 다른 가이드들 역시 마찬가지였다. 오삼계의 난이나 대리국 등과 달리 목왕부에 관한 기록은 중국 내에서도 거의 찾아볼 수 없다는 것이다.

혼란이 없을 수 없다.

우리는 설왕설래했고, 결국 본래 납서족 왕의 왕부인 목왕부에서 김용이 힌트를 얻어 가공의 왕부를 만들어낸 게 아닌가, 하는 결론을 내렸다. 그 외에는 다른 답을 낼 수 없는 게 당연하다.

때문에 본 저 태극검해에 등장하는 운남 사강파 중 하나인 여강 목왕부는 납서족의 왕부로 묘사되어 있다. 이 점 이 자리를 빌어 확실한 자료 조사 끝에 내린 결론임을 밝히는 바이다.

어쨌든 그런 수많은 추론들 끝에 납서족의 왕부 목왕부에 대한 조사는 끝을 맺었다. 이제 운남의 성도인 곤명으로 다시 돌아가야 할 때였다. 더 이상 여강에서 볼 만한 거리가 없었기 때문이다.

주근깨 양이 당황했다.

좀비들을 데리고 좀 빠르게 움직이다 보니, 비행기 시간이 제법 많이 남았다. 공항까지 가기 전까지 뭘 해야 할지 막막하지 않을 수 없었다.

결국 그녀는 시간 때우기 신공을 발휘하기 시작했다.

예정에 없던 납서족 고서체가 남아 있는 박물관 비슷한 곳을 비롯한 몇몇 구역으로 끌고 다녔다. 좀비들의 고개가 절레절레 흔들어지지 않을 수 없었다.

그나마 중간에 볼 수 있었던 오래된 고택 내부에 남아 있는 벽화—불교의 후천개벽이라 해야 하려나? 미륵불이 오기 전 세상의 지옥에 빠진 모습이 매우 리얼하게 그려져 있었다—는 제법 괜찮았지만, 그 외의 것들은 거의 난감, 그 자체였다. 중간에 싸구려 여강 지도를 팔려고 들이대던 아주머니의 파이팅이 신선하게 느껴질 정도였다.

그렇게 시간을 죽인 끝에 공항으로 갈 시간이 됐다.

평소보다 한 시간이나 일찍 공항에 도착한 좀비들에게 황당한 소식이 들려왔다. 고지대인 여강 전역에 구름이 잔뜩 끼어 비행기가 딜레이됐다는 것이었다.

딜레이!

이 말만큼 중국을 잘 표현하는 것도 없을 것이다. 다른 말로 '만만디'라고도 할 수 있는 이 말은 이번 여행 내내 우리 좀비들의 인내심을 시험했다. 이번이라고 다를 것은 전혀 없었다. 좀비들은 공항 로비를 유령처럼 배회하며 날이 걷히기만을 기도했다. 이렇게 우리의 귀중한 시간이 날아가는 건 도무지 참을 수 없었다.

이번 딜레이는 꽤나 길었다.

한 시간, 두 시간, 세 시간… 여섯 시간…….

무려 한나절을 홀딱 까먹고서야 비행기는 여강 공항에 착륙했다.

활주로로 떨어져 내리는 비행기를 바라보며 로비에 죽치고 있던 승객들이 일제히 환호성을 터뜨렸다.

이때만은 한국인, 중국인 같은 민족적인 장벽은 없었다. 오로지 기쁨과 환호로 우리는 하나가 되었다. 어느새 지긋지긋한 곳이 된 여강을 이제야 떠날 수 있게 된 것이다.

이번 비행 역시 매우 상큼했다.

여강을 떠난 비행기는 여전히 기체를 매우 심하게 흔들었고, 중국인들의 체형에 맞춰진 자리는 좁았다. 비행 시간이 대략 한 시간가량으로 짧지 않다면, 꽤나 괴로운 시간이 되었을 게 분명하다.

암튼 밤이 되어서야 곤명에 다시 도착한 좀비들은 파김치가 된 얼굴로 예전에 묵었던 호텔로 향했다. 일단 잠부터 자고 보자는 생각밖엔 없었다. 누군가 다음날 코스인 서산과 곤명호에 대해 떠들어댔지만(아마도 총관 군이었으리라 짐작한다), 거기에 호응하는 사람은 아무도 없었다.

결국 밤이 지나고 두 번째 곤명의 새벽이 밝았다.

호텔 로비에 집결한 좀비들은 다시 생생하게 얼굴이 살아나 있었다. 어제는 너무 피곤해서 밤에 모두 푹 잤기 때문에 벌어진 일이었다.

그리고 왁자하게 떠들며 버스에 올라탄 좀비들이 서산으로 향했다.

서산!

앞서 밝혔던 목왕부와 더불어 태극검해에 운남 사강파 중 하나로 등장하는 곤명 서산파의 모티브가 된 곳. 이제 그 엄청난 역사가 베일을 벗으려 하고 있었다.

무한 상상 · 공상 세계, 청어람 신무협&판타지

**「표사」, 「소환전기」를 뛰어넘는
참신한 재미와 쾌감을 선사한다!**

잠룡전설(潛龍傳說) / 황규영 지음

청바지와 박스티 같은 무협 소설!
쉽고 재미있는, 편한 무협을 즐겨라!

『잠룡전설』
(潛龍傳說)

"주유성?
영웅이지. 하늘이 내린 사람이야.
그 사람 게으르다고?
에이, 난 그런 소문 안 믿어.
게으름뱅이가 어떻게 그런 엄청난 일들을 해?"

강호에 내린 희대의 겁난.
하늘은 엄청 센 놈을 영웅이랍시고 내린다.
하지만…….
젠장! 엄청난 게으름뱅이다!!